KB266419

소백산맥 ⑬

시호랑이 길들이기 2

소백산맥 ⑬ 시호랑이 길들이기 2

발행일	2026년 5월 1일

지은이	이서빈
펴낸이	손형국
펴낸곳	(주)북랩

출판등록	2004. 12. 1(제2012-000051호)
주소	서울특별시 금천구 가산디지털 1로 168, 우림라이온스밸리 B동 B111호, B113~115호
홈페이지	www.book.co.kr
전화번호	(02)2026-5777　　　　　팩스　(02)3159-9637

ISBN	979-11-7598-209-3 03810 (종이책)　　979-11-7598-210-9 05810 (전자책)

작가 연락처 문의 ▶ ask.book.co.kr

전용 게시판에 문의를 남기시면 저자에게 직접 전달됩니다.

(주)북랩 성공출판의 파트너

북랩 홈페이지와 SNS에서 다양한 출판 솔루션을 만나 보세요!

홈페이지 book.co.kr　•　**블로그** blog.naver.com/essaybook　•　**출판문의** text@book.co.kr

카톡채널 북랩

소백산맥

13

시호랑이 길들이기 2

북랩

머리말

왜 사람은 살아야만 할까?

이 시소설은 외지고 황량한 시대를 외나무다리 건너듯 건너온 선조들과 우리의 이야기다. 선조들은 조선 5백 년이 일본에 어이없이 무너지고 대혼란을 겪으면서 그 참담하고 암울한 상실의 시대를 살아내기 위해 시시각각 밀려오는 죽음의 공포와 싸웠다. 천신만고 끝에 나라의 주권을 되찾기까지 반쪽짜리 나라에서 당해야 했던 그 많은 수모는 형언하기 어려울 정도다.

숨을 쉬는 것이 신기할 만큼 내일을 보장할 수 없던 참혹한 시대. 숨 속에도 죽음과 불안이 섞여 드나들던 시대의 이야기를 시작(詩作)의 키보다 더 높은 자료들을 모아 적어 내려갔다. 아직 세상에 태어나지 못해 역사에 묻혀 있는 말들을 시말서를 쓰듯 내 청춘의 기나긴 시간을 하얗게 지우면서 머릿속을 탈탈 털어 시적인 언어로 썼기에 시소설이라 이름 붙였다.

『소백산맥』은 일제 저항기 시체실에 몸을 숨기며 / 나라를 찾아 건국이 되고 / 공산주의 야욕인 6.25 전쟁에서 나라를 지켜 / 오늘 날 경제 강국이 되기까지 살아온, / 그럼에도 불구하고 살아내야만 했던 격변기(激變期)로부터 / 세계 모든 사람이 우리나라에 살고 싶어 하는 순간까지 / 긴 여정을 그려낸 소설 같은 이야기이다.

35년 전통 '영주신문'에 연재 중 독자의 요청이 많아 총 17권 중 연재가 끝난 1~11권을 이미 출간했고, 그 후속으로 12~17권을 출판한다. 총 17권의 대하소설을 연재할 수 있도록 지면을 내어주신 '영주신문'에 깊은 감사를 드린다.

『소백산맥』은 입으로 다 말할 수 없는 삶의 이야기들을 유교 사상이 에워싸고 있는 영남의 명산 소백산 자락 영주 지방을 무대로 삼아 펼쳐내었다. 소설 속 사라져가는 우리나라의 미풍양속과 문화, 그리고 구전 이야기에 많은 관심을 가져주신 독자 여러분께 깊이 감사드리며, 『소백산맥』 대장정의 마무리에도 변함없는 관심을 부탁드린다.

2026년 4월

이서빈

목차

시호랑이 길들이기

15

　쓴 글을 조용히 정성껏 접어서 머리맡에 두고 까치발하고 밖으로 나온다. 저녁별이 반짝반짝 눈물을 머금고 지붕 위엔 까치가 던진 덧니 하나가 휘익 떨어지고 있다. 차고 어두운 시간을 견뎌야만 한다. 쓸쓸함도 억울함도 모두 이겨야만 한다. 애써 기다리거나 생각하지 않아도 느닷없이 덤벼들어 공격하는 것이 쓸쓸함이요 억울함이다. 목련 꽃잎 한 잎이 지는데도 세상이 하얗게 슬픈 것이 삶이요. 떨어지며 억울해하는 것이 꽃잎인 것이다.

　이 야시야시하고 무시무시한 삶은 얼마나 매력적이고 얼마나 환상적인가? 이걸 느끼지 못하면 늘 불평불만에 절어 살지만, 이 자연의 조화를 읽으면 매 순간이 행복할 수 있음을 형님은 왜 모를까? 당나귀처럼 채찍질에 휘감긴 모욕이라고 할지라도 잘 견뎌야 한다. 이렇게 시호랑이 큰며느리는 소외감과 슬픔으로 얼룩진 시간을 타령하며 시간을 허비하고 있음에 숙명은 측은한 생각이 들어 툭툭 털고 일어나 형님이 자는 방으로 들어가 형님을 꼬옥 그러안아 준다. 형님이 알아주거나 못 알아주거나 그건 중요하지 않다. 중요한 건 진정으로 형님에게 행복 꽃이 피길 비는 내 마음이다. 그럴 것이다. 내일 아침엔 형님의 얼굴에 복사꽃처럼 화사한 웃음꽃이 피길 간절하게 바라면서 잠을 당겨 덮어주고 조용히 방문을 닫는다. 방긋, 어디서 진한 색깔 웃음이 파랗게 들린다. 푸른 색깔들이 익어가고 있나 보다.

내 인생사용 설명서

아이들이 모두 국민학교에 다닌다. 결혼 10년이 넘었는데도 당일 여행은 괜찮아도 1박은 절대로 안 된다고 말하는 남편이 도무지 이해가 안 간다. 여자하고 사기그릇하고는 내돌리면 깨진다는 신기하고 야릇한 생각을 하는 남편. 이 사람은 현대를 살아가면서 사고는 조선 시대 사고를 하고 있다.

아무리 습관과 풍속이 오래 간다지만 이렇게 나쁜 습관까지 그 시대에 머무르고 있다면 이건 큰 문제라는 생각이 든다. 그래 이 사고를 바꾸지 못할 바에는 지혜롭게 이 사고를 뛰어넘는 전략을 쓰자고 생각한다. 궁하면 통한다고 했던가! 다행스럽게도 아이들이 모두 반장을 한다. 나는 이제 아이들이 컸으니 친구들과 여행을 다니고 싶었다. 새장에 갇혀서 숨이 막힐 것 같다. 2박 3일 아니면 3박 4일 여행을 다녀온 친구들 말이 세상에서 가장 부러웠다.

그렇게 부러움으로 시간을 보내던 중에 학교에서 어머니회장을 맡아달라는 연락이 왔다. 다른 사람을 시키라고 하니 담임 선생님은 반장 어머니가 하셔야 한다며 꼭 부탁한다고 사정했다. 그래 내 아이를 학교에 맡겨 놓았으니 그 정도 부탁을 들어줘야겠다고 생각하고 어머니회장을 맡았다. 학교에 행사에도 가고 일이 많았다. 그러나 남편은 아들이 반장임에 신이 나서 아무리 늦게 들어와도 토를 달지 않았다.

그러던 어느 날 학교에서 보이스카우트에 아이를 가입시켜 달라고 했다. 그것 역시 그렇게 해야겠다고 생각하고 흔쾌히 들어주었다. 그리고 보이스카우트에서 방학 때 행사를 몇 박씩 다녀올 때 어머니회장은 따라가야 한다고 했다. 남편에게 말하자 천지개벽할 법한 말을 한다. *핵교에서 가는데 당연히 따라 가야제*라며 돈까지 챙겨준다. 그렇게 신나서 아이를 따라 다녀왔다.

그리고 한 해가 지나고 또 아이들 모두 반장이 되고 이번에는 육성회장을 맡아달라고 했다. 남편은 또 흔쾌히 맡으라고 했다. 이제 고학년은 육성회장이 따라오지 않아도 된다고 했다. 남편은 그래도 애들 혼자 보내지 말고 데리고 다녀오라고 한다.

나는 *야호!* 번개처럼 좋은 생각이 떠올랐다. 남편에게는 알았다고 대답하고 작은 아이까지 아람단에 가입을 시켰다. 1년에 두 번씩은 합법적으로 몇 박을 여행 갈 수 있는 절호의 기회가 생겼다. 친구들에게 내 날짜에 여행을 잡아달라고 부탁했고 친구들은 모두 좋아했다. 그리고 보이스카우트와 아람단이 여행 떠나는 날 용돈까지 두둑하게 받아서 학교에 온다.

교장실에 가서 인사하고 아이만 보내고 나는 여행을 갔다가 아들이 돌아오는 날짜에 아들 학교에서 만나서 집으로 왔다. 아이들은 모두 엄마 편이었다. *엄마 걱정하지 말고 여행 다녀오세요.* 하고 응원까지 해준다. 나는 너무 신이 나서 방학만 기다려졌다. 이렇게 여행을 다니는 것을 감쪽같이 모르는 남편은 선생님들 식사도 대접하고 아이 맛있는 거 아끼지 말고 사서 먹으라고 용돈을 넉넉하게 줬다. 몰래 한 사랑이 아름답다고 남편 몰래 다니는 여행이 너무 좋아 전율이 일 정도였다.

친구들과 박장대소를 하면서 여행을 다녔다. 남편은 모른다, 강하면 속는다는 그 평범한 진리를. 그렇게 강제로 여행을 못 다니게 하지 않았으면 속고 살지는 않았을 것을 남편은 그렇게 아내가 속이고 1주일씩 여행을 다녀오는 걸 감쪽같이 모르고 살았다. 참으로 재미있는 세상이란 생각이 들었다.

그리고 인생은 내가 사용하는 것이지 하고 싶은 것 남편이 말린다고 못 해 놓고 나이 들면 당신 때문에 젊어서 여행도 못 다녔다고 한들 무엇이 남겠는가? 그 나이가 되면 못 보내줘서 미안해할 것이고 못 가서 불만이 쌓일 뿐 둘 사이에 좋아지는 건 아무것도 없다. 그러나 지금 나는 내가 가고 싶은 여행을 1주일씩이나 1년에 두 번씩이나 마음 놓고 다니기에 너무 행복했다. 그러니 생활에도 활력소가 넘친다. 즐겁게 여행을 다녀온 기분은 1년을 행복하고 활기차게 지낼 수 있는 영양소를 채우고 오기에 충분했다. 아이들에게도 알아듣게 말했다.

아들 엄마 말 잘 들어봐! 너희 어렸을 때도 아빠가 여행 몬 가게 해서 아빠 몰래 너희들만 두고 댕게 온 거 기억하제? 응 엄마! 그른데 엄마는 진짜 진짜 여행을 좋아해서 여행을 댕기고 싶은데 아빠가 몬 가게 하시잖아. 그른데 엄마가 아빠 몰래 여행 다니고 싶은데 우째 생각해? 라고 물으니 4학년이 된 큰아들은 엄마, 제가 책에서 봤는데요, 사람은 하고 싶은 일을 간절하게 바라면 이루어진대요. 안 된다고 포기하지 말고 된다고 생각하고 하랬어요. 여행은 새로운 세상을 체험하는 거라서 좋은 거라고 선생님께서도 여행을 많이 다녀야 한다고 했어요. 그러니 엄마도 새로운 체험 많이 하세요. 좋은 일은 왼손이 하는 걸 오른손이 모르게 하라고 했어요. 엄마 비밀 지켜주는 것도 좋은 일이니까 아빠 모르게 할게요. 여행 많이 다니세요. 하고 말한다. 아들의 말에 천군만마를 얻은 듯 기뻤다. 그래 이게 나 숙명의 삶이야. 단 1분도 내 인생을 대신 살아줄 사람은 없어. 그러니 내가 하고 싶은 것 다 하고 즐겁게 살아야 해. 엄마가 못 한 거 내가 다 해서 엄마가 하늘나라에서도 한

이 풀리도록 살 거야. 생각하니 콧노래가 나오고 기분이 좋아졌
다. 나는 기분이 좋아 시 한 수를 지었다.

느닷

느닷이란 날개를 가진 운명과 숙명이란 새

운명새는
가슴섶으로 날아오고
숙명새는
등섶으로 날아온다

붉은 언어로 눈알을 쪼는 운명새는
가슴섶으로 날아와 피할 수라도 있지
어린 무녀 씻김굿 같은 숙명새는
등섶으로 날아와 피하지도 못한다

꽃물처럼 붉고
낙타 등처럼 황량한
운명새와 숙명새

구급차 부를 틈도 없이 날아드는 느닷에

안이 밖으로 바뀌기도 하고

양지가 음지로 변하기도 한다

등 섶으로 지면

짐이 되지만

가슴 섶으로 안으면

꽃이 되는 느닷

누군가는

휘파람 불며 솔향기 나는 황금문자 만들고

누군가는

소나무에 거꾸로 매달려 절망문자 깁는

느닷이란 날개를 가진

운명새와 숙명새

　　숙명과 운명은 느닷없이 날아드는 것이다. 나, 그러니까 숙명이
도 본래 이 세상에 없다가 느닷없이 이 세상에 태어났다. 그리고
운명도 나와는 아무 상관 없이 느닷없이 날아와 나의 마음속에 날

아 앉아 울기도 하고 날개를 퍼덕이며 날아오르기도 한다. 가슴 섶
으로 날아드는 운명과 등 섶으로 날아드는 숙명. 결국, 운명과 숙
명은 태어났던 곳으로 사라지고 말, 피할 수 없는 것들이다. 엄마
가 그렇게 숙명의 엄마로 태어났다 죽을 고생만 하고 운명적으로
가버린 것과 같이. 어린 무녀인들 무녀가 되고 싶은 무녀가 어디
있으며 씻김굿을 하고 싶은 무녀가 어디 있겠는가.

아득한 생각을 하며 잠을 청한다. 그러나 이까짓 여행 하나도
마음대로 할 수 없는 운명으로 태어났다면 그것이 다 무슨 소용인
가? 잠깐 살다갈 인생에 무엇이 그리 복잡하게 얽히고설켜 있는지
무엇하나 마음대로 되지 않고 운명에 끌리듯 끌려가는 생이라니.
누가 이런 생을 내게 물어보지도 않고 태어나게 하고 물어보지도
않고 어둠 속으로 끌고 가버리며 악랄하게 한단 말인가? 도대체
그 어디에 보이지 않는 마이다스 손이 있단 말인가?

그리스 신화 속 마이다스 왕 이야기는 그냥 이야기로 들으면 된
다. 마이다스 왕은 술의 신 디오니소스를 환대하며 그 대가로 소원
을 하나 들어주겠다는 약속을 받았고 마이다스는 욕심이 생겨 *내
가 만지는 모든 것이 황금이 되게 해달라*고 부탁했다. 하지만 그
능력은 곧 저주가 되었다. 음식, 물조차도 황금으로 변하자 굶주리
며 괴로워했다. 결국, 디오니소스의 도움으로 그 능력을 버릴 수
있었다는 이야기가 그리스 신화로 전해진다.

그렇지만 그런 욕심도 아니고 그냥 소소한 행복을 꿈꾸는 사람

들에게는 누가 그렇게 심술을 부리는 것일까? 엄마에게는 너무 가혹한 형벌을 연극 하게 하다가 결국 데리고 가고, 일본은 이유 없이 우리나라를 빼앗으려 하고 공산주의는 이 위대한 민족을 통째 공산주의 아가리로 삼키려 한다. 모든 것이 어지럽기만 한 나라다. 나는 왜 운명적으로 이런 나라에 태어났을까? 잠만 이리저리 뒤척이는데, 남편에게 말도 못 하고 여행을 다니며 좋아하는 자신이 너무 한심스러워 슬픔이 밀려온다.

왜, 한 인격체로 태어나 남의 간섭을 받아야 할까? 그것이 나쁜 일도 아니고 지극히 개인적인데 그래야만 할까? 답답함에 잠을 하얗게 날려 보내고 이튿날 시아버지를 만나러 기차에 오른다.

자기네 집안 가는 일은 며칠을 자고 와도 아무렇지도 않으면서 왜 여행만 안 될까? 생각하니 화가 나서 무작정 영주로 내려간다. 시댁에 도착하니 시아버지와 시어머니가 깜짝 놀란다. *니 연락도 없이 우짼 일이로? 아 들은 우째고 이래 내레오노?* 숨도 안 쉬고 묻는 말이 기껏 손자들 걱정인 게 또 한심스럽다. 기왕이면 *니 먼 일로 왔노? 머 속상한 일 있나?* 이렇게 물으면 얼마나 좋을까? 그것도 맘에 들지 않아서 *그냥 왔니더.* 하자 수상한 눈초리로 나를 쳐다보던 시아버지가 *방으로 들어온나, 보자.* 말하고 방으로 들어간다. 그냥 묵묵히 따라 들어간다. *니 먼 일 있제? 애비하고 싸왔나?* 번득이는 눈으로 쳐다보며 입으로 말을 꺼내서 던진다. *아이요, 아무 일도 없고 싸우지도 안 했니더.* 그래믄 우째 왔는 동 바른대로 대라! 그래 말을 안 하믄 걱정되잖나. 아무 일도 없는데 그냥 슬퍼서 내래 왔니더. 머가 슬퍼 이유가 머로? 결혼한 지 10년이 넘었는데도 다른 친구들은 및 일씩 놀러도 댕그고 하는데 지는 감옥살이를 하는 것 같니더. 단 한 분도 자고 오는 여행을 몬 가게 하이 숨통이 터져서 그래니더. 그래 또 놀러 몬 가게 해서 화가 나서 내래왔나? 여행이 잡힌 건 아이제만 괜히 생각하이 친정엄마 없는 게 서룹기도 하고 사는 게 먼지 싫기도 하고, 사램으로 태어나서 여행하는 것도 꼭 남핀 허락을 맡아야 간다는 게 서글프고 속상하고 우울하고 노예라는 생각이 들어서 그래니더. 사실 그게 싫어서 아 들 보이스카우트와 아람단에 가입시캐 놓고 오빠 몰래 여행을 갔다가 오는데 그것이 더 짜증 나서 그릅니더. 왜 이래 살라고 결혼을 했나 싶기도 하고요. 아버님 이릏다고 이혼하믄 사램들이 손꾸락질 하겠제요? 야가 지끔 그걸 말이라꼬 하나? 이혼이 누집 아 이름인 동 아나? 방법을 찾아서 살 생각은 안 하고 이혼할 생각부텀 하다이 니 똑똑한 양반집 딸이 왜 그래노? 그래지 말고 방법을 찾아봐라. 애비가 보내줄 것 같지는 않다. 그래이 니 내하고 짜고 시골 댕게 온다고 하고 한 이틀씩 놀러 갔다 온나. 여비는 내가 대주마. 그래야제 그 밝던 니가 이래믄 집안 분위기도 그릏고 아 들도 그릏고 애비도 직장에 맴 놓고 몬 댕근다. 그래다 보믄 집안이 참말로 풍비박산 날 수도 있다. 그래이 내하고 둘만 알고 여식 아들한테도 말하지 말고 가고 싶은 데 있으믄 내한테 말하믄 애비한테 전화해서 집에 내라 보내라 그랠 테이 댕게온나, 알았나?
아버님 꼭 그래 살아야만 되니껴? 그게 여자의 일생이이껴? 왜 사
람으로 태어나서 그래 살아야만 되는 동 지는 그게 싫니더. 그래
도 온 집안이 핀할라믄 우째노. 이래도 해보고 저래도 해보고 머
리 맞대고 방법을 찾아보자. 니가 그랬잖나, 생각하믄 길이 생겐다
고, 그래이 우리 우선 그래기로 하고 차츰 방법을 생각해보자. 오
늘은 내가 애비한테 전화할 테이 자고 낼 아침 차로 올래가서 아
들 봐라. 그래고 어데 놀러 가고 싶거든 전화하그라, 야, 알았니더.

그렇게 밤을 시골서 보내고 서울로 왔다. 남편이 왜 갔었냐고 묻
는다. 나는 화가 나서 그걸 왜 내한테 물어, 오빠 아부지한테 묻
제. 하고 쏘아붙였다. 남편은 무언가 심상찮음을 눈치챘다. 알았
어. 갑재기 오래서 나는 먼 일 있나 하고 피곤할 테이 얼릉 자자.
그렇게 의견 조율도 못 하고 그대로 하루를 지웠다. 삶이 너무 거
지 같다는 생각이 든다. 지독한 슬픔에 걸린 게 분명했다.

시아버지는 그날 이후로 아침마다 전화해서 내 기분을 살핀다.
고맙다는 생각이 드는 건 3개월이 지나고 슬픔 터널을 다 빠져나
온 후였다. 이렇게 숙명의 인생도 이진화라는 집안의 감옥에 갇혀
살기 위해 발버둥 치는 것 같아 또 슬펐다. 그걸 이기는 데 3개월
걸렸다. 아무것도 좋은 것도 없이 지내는데 여름방학 성적표를 가
지고 온 두 아들 모두 반에서 1등을 했다고 신발도 안 벗고 달려와
성적표를 들이미는 걸 보면서 이상하게 슬픔이 도망가 버렸다. 정

신이 번쩍 들었다. 그렇게 아이들의 성적표가 인생의 성적표가 되어 장맛비처럼 줄줄 쏟아내리던 슬픔을 바짝 말려 가슴이 뽀송뽀송하게 말랐다.

아, 이래서 엄마가 늘 우리를 보면서 산다고 했구나. 우리만 있으면 된다는 엄마의 말이 싱싱하게 들려왔다. 그 말이 이제야 이해된다니 너무 바보스러웠다. 그걸 자식을 보면서야 깨닫다니. 숙명은 자신을 회초리질 하면서 엄마에게 미안함을 전했다. 그리고 다 큰 아들을 양쪽 팔에 눕혀 보았다. 아! 엄마가 이런 기분이었겠구나! 삶은 이렇게 뼈저리게 슬픔이 닥칠 때야 엄마를 생각하게 만드는 조물주가 미웠다. 아주 많이 미웠다.

미궁 속으로

머 하나 물어보시더. 야 멀 물어 보실라꼬요? 진상이 아부지에 대한 게 궁금해서요. 묻지 마소. 말도 하기 싫니더. 그 인간 처음에는 나 좋다고 밤낮으로 드나들디이만 진상이가 손에 물갈퀴를 가주고 태어나자 내가 함부로 행동해서 저래 되었다고 그때부텀은 발길을 딱 모르는 사램매로 끊고 아이 양육비 한 푼도 안 주니더. 그래 잘난 척하고 죽고 몬 산다고 하든 인간이 그릏게 또 냉정하게 돌아서서 길거리에서 만내도 완전히 모르는 사램매로 행동하니더.

내가 아는척을 하믄 미친 여자를 만들어 버리니더.

　아주 가끔 및 년에 한 분 진상이 밥 한 끼라도 사주디이만 그것도 인제는 끊어 뿌래고 발길조차 끊었니더. 내가 이래 설거지를 해 가주고 근근이 목에 풀칠은 하제만 인제 지도 은제 죽을지 몰래서 진상이만 보믄 모가지서 피가 솟니더. 내가 죄가 많애서 저른 아를 낳았으이 그 인간 말대로 내 죄가 크기는 크제요. 저 아이만 아니었으믄 벌써 죽었을 게씨더.

　괜히 모르는 사램 잡고 빌 얘기를 다 하니더. 혹시 지가 죽으믄 우리 아 쫌 가끔 한 분씩이라도 부탁하니더.

　아무 말도 못 하고 자리에서 일어나 나온다. 저 한 많은 여인 그리고 아니 도대체 왜 신은 저리 혹독하게 두 사람을 화염 속에 던져두는지. 텁텁한 기분으로 다시 서울로 향한다. 도대체 어디서부터 어디까지가 진실인지 어디서부터 어디까지가 허위인지 판독이 어렵다. 서울에 와서도 진상이에 대한 생각 때문에 일상이 손에 잡히지 않는다.

　시아버지는 완강하게 아니라고 하고 진상이나 그의 어머니는 진상이 아버지인 것처럼 말한다. 시아버지가 갑자기 무서워진다. 저렇게 앞뒤가 다르다니. 어떻게든 밝혀서 저 아이가 잘 살 수 있게 해줘야 한다는 생각으로 방법을 찾기 시작한다. 일단은 아이가 공부할 수 있게 해 줘야 한다. 아침을 먹고 다시 청량리역으로 발길을 재촉한다. 영주역에 내려서 터미널로 간다. 변함없이 진상이 터미널 의자에서 멍하니 앉았다.

　진상아! 부르는 소리에 고개를 들더니 씨익 웃는다. 아지매 왜 또 왔니껴? 진상이 보고 싶어서. 참말로요? 내가 왜 거짓뿌렁을 해. 사램들은 지 손이라함 다 이상하게 쳐다보고 다 피하니더. 꼭 먼 짐승 보듯이 치다보니더. 그른데 왜 터미널에 맨날 와서 앉아 있어. 그거는요. 심심해서요. 아이씨더 진짜는요. 그게 아이고 지 한테 잘해주든 뒷집 누나가 있었는데 그 누나가 어느 날 이 터미널에서 버스를 타고 어데 간다는 말도 없이 가뿌랬니더. 어데 가냐고 물어도 대답도 없었제요. 그 누나는 지가 가픈 밥도 주고 지하고 놀아주기도 했는데 어느 날 여게 이 자리에서 만내서 누나는 어데로 간다고 언제 돌아올지 모르제만 꼭 돌아온다고 했니더. 그래서 맨날맨날 기다리고 있니더. 누나가 내가 커서 몬 알아볼까봐 내가 누나를 알아봐야 돼서 맨날 기다리는 게씨더.

　은제 떠났는데? 하마 3년도 넘었니더. 지가 국민핵교 졸업하든 해에 떠났으이. 그른데 소식도 없고, 오지도 않니더. 그 누나 집에 가서 물어봐도 잘 모른다고 곧 올 거라는 말밲에는 안 하니더. 맨날맨날 누나한테 편지를 쓰니더. 하루도 안 빠지고 공책에 크레용으로 멋있게 색칠하고 그 우에 편지를 써서 모아 놓았니더. 아지매 보고 싶으믄 보이 줄 수도 있니더. 그래 궁금하네.

　아이는 얼굴이 갑자기 밝아지면서 일어선다. 잠깐만요. 하고는 바람개비처럼 일어나서 뒤쪽으로 뛰어간다. 일어나서 따라가 본다. 따라가던 나는 발걸음을 멈춘다. 집이 아니라 천막 같은 것을 쳐놓은 곳으로 들어간다. 설마 집은 아니겠지. 이런 곳에서 어찌 춥고 더워서 살겠어. 진상이가 노는 놀이터겠지. 그렇게 마음의 물꼬를 트고 나니 다소 가슴이 가라앉는다. 그렇지만 불안감이 걷히지는 않는다. 어차피 여기까지 왔으니 한번 들어가 보자.

천막으로 들어간다. 거기엔 베개 2개와 이불 2개 휴대용 버너 1개 냄비 1개 요강 1개 숟가락 2개 젓가락 2개 밥공기 2개가 어지러이 제멋대로 널려있고 바닥엔 짚을 가져다 잔뜩 깔아놓은 위에 돗자리를 덮어 놓았다. 넝마주이 생활이다. 콧등이 시큰해진다. 이럴 수가! 진상이에게 눈물을 보일까 봐 하늘을 쳐다보며 눈물을 말린다.

아지매! 천장에 머 보시니껴? 아이, 보는 게 아이고 그냥 궁금해서. 머가 궁금하시니껴? 으으응 저기 빌이 주렁주렁 열래 있어서. 어데요? 어데 빌이 있니껴? 눈빛으로 천장을 뚫고 나가믄 하늘에 주렁주렁 있제. 에이 순 엉터리. 근데 지는 참말로 빌을 좋아하니더. 그 누나가 그랬거든요. 누나가 보고 싶거든 밤이 오거든 개밥바라기를 보라고. 그래믄 누나가 거게서 웃고 있을 거라고. 그래 맨날맨날 밤만 되믄 보니더. 그래서 개밥바라기가 뜨지 않는 날은 누나가 나를 보기 싫애하는구나 생각돼서 너무 슬프니더. 엄마 몰래 혼자 울 때도 많니더. 진짜야? 야, 그 누나를 맨날 그림으로 그리니더. 아지매 이거 보실라니껴?

아이는 공책을 한 아름 안고 온다. 공책을 당겨서 첫 장을 편다. 크레파스로 나무, 숲 새를 그려놓고 여자 얼굴이 그려져 있다. 그리고 깨알 같은 글씨를 빼곡하게 채워놓았다. 다음 장을 넘기고 또 다음 장을 넘기고 다음 권을 잡고 다 넘기고 또 다음 권 6권의 공책을 다 읽는 동안 내 눈은 기어이 폭포수를 쏟아내고 만다. 어느 누가 이렇게 애절한 연애를 하고 살 수 있을까? 구구절절 이 어린아이가 썼다고는 도저히 믿기지 않을 만큼 애틋하고 절절한 말들이 해바라기 씨앗처럼 빼곡하게 박혀 글씨들은 흐느끼고 있는 듯하다.

그림 또한 아주 일품이다. 그 많은 페이지 페이지마다 같은 그림이 하나도 없을 정도로 정성껏 잘 그려져 있고 색깔 또한 푸른색이 대부분이다. 누나를 기다리는 희망을 그린 것이다. 6권 모두 똑같은 그림 하나는 어김없이 그 자리에 앉았다. 여자의 얼굴인데 자세히 보니 터미널 의자 그 의자 위에 앉아 있는 그림이다. 변함없이 그 의자 위에서 한 페이지도 거르지 않고 위치도 모두 가장 가운데 위치에 앉아 있다.

그림을 가득 채우고 글씨를 그 위에 빼곡하게 그려 놓아 사람의 넋을 나가게 하는 묘한 그림이다. 그림이며 글의 내용은 어느 시인과 화가 못지않은 프로급이다. 아마도 이 그림과 글로 영화를 만들면 어디에서도 볼 수 없는 애정 영화로 홈런을 날릴 것 같다는 생각을 한다. 다 읽도록 눈물이 페이지마다 자신도 모르게 떨어져 얼룩이 져서 글자를 퉁퉁 불어터지게 만든다. 그걸 읽는 동안 무아지경에 빠져 시간이 가는지 오는지도 모른다.

그렇게 다 읽고 망연자실해서 멍하니 앉아있다가 진상이를 꼬옥 그러안아 준다. *진상아! 희망을 가져. 이 누나도 너를 잊지 않고 있을 거야. 다만 너무 바쁘거나 사정이 있어 너를 보러 오지 몬 하고 있을 뿐이제.* 품에 안겨서 빠져나올 생각도 않고 말한다. *지도 그래 생각하니더. 그래이 맨날맨날 터미널 그 의자에 하루도 안 빼고 나가서 기다래니더. 누나가 지를 몬 알아볼까 봐. 지가 먼저 누나를 알아봐야 되이까요.*

아이 머리 위로 눈물이 주르르 흐른다. 금방이라도 으앙 하고 울음을 터트릴 것 같은 그 무엇이 체면도 없이 목구멍으로 올라오고 있다. 아이는 아는지 모르는지 가만히 그대로 있다. 그렇게 마음을 가라앉히고 진상이를 데리고 밖으로 나온다. *진상이 멀 먹고 싶어? 아무거나요.* 진상이는 늘 아무거나다. 곰곰 생각해보니 음식 이름을 아는 것이 없어서인 것 같다.

진상이 음식 머가 최고로 맛있노? 밥하고 반찬요. 음식 이름 아는 거 머 있어? 짜장면요. 아 맞다. 라멘 하고 국시도 아니씨더. 또 울컥한다. 예감이 맞다. 도대체 이 아이를 어찌해야 좋단 말인가. 아이를 데리고 짜장면집으로 들어간다. *여게, 탕수육하고 짜장면 주소.* 하고 주문하자 진상이는 *아지매 여게는 짜장면백에 없니더. 탕수육이 먼지는 몰래도 그거는 여게서 안 파니더. 진상아 저게*

메뉴판 읽어봐. 아 맞다, 탕수육도 있네요. 안죽 한 분도 메뉴판을
안 읽어 봤니더. 이 한국 땅에서 탕수육을 짜장면집에서 파는 것
을 모르다니. 가슴에 서늘한 냉기가 한 줄기 흐른다. 멍하니 아이
를 바라본다.

시호랑이 길들이기

16

천 개의 천 조각을 덧대도 기울 수 없는 슬픔

아이가 측은해서 보고만 있어도 눈물이 흘러내린다. 어찌 저렇게 슬픔 덩어리로 태어났단 말인가? 도대체 신은 왜 저리도 잔혹사의 전설 같은 물갈퀴를 멀쩡한 사람의 손가락 사이마다 천형처럼 붙여놓았단 말인가? 인생은 간혹 불어오는 바람에도 간혹 쏟아지는 비에도 한순간 속수무책이 되는데 어쩌자고 저렇게 슬픔 조각을 손가락 사이에 덧대어 단단하게 꿰매놓았단 말인가? 저 어린 아이가 도대체 무슨 큰 죄를 지었다고.

인간이 가진 감정 목록을 모두 뒤져도 찾아낼 수없음에 또 슬퍼진다. 저 아이에게 수시로 다가올 분노와 참혹함은 어금니를 깨물거나 주먹을 쥐고 하늘이 무너지도록 소리를 지르거나 울어도 해결되지 못할 천형이다. 어쩌나, 깨꽃처럼 붉은 슬픔이 울컥울컥 목으로 넘어온다. 조금 있으니 탕수육이 나오고 자장면이 나온다.

지는 이 시상에서 짜장면이 최고 맛있니더. 고맙니더. 짜장면 보믄 누나 생각나니더. 누나가 짜장면을 딱 한 분 사줬는데 억수로 맛있었니더. 그래서 짜장면을 최고로 좋아하니더. 짜장면 보이 또 누나 생각나니더. 그른데 이게 탕수육인가 먼가 하는 음식이이껴? 그래, 이게 탕수육이야. 얼릉 한분 머 봐. 맛있을 거야. 야.

눈으로 맛을 본 다음 한 젓가락 집어서 입에 넣더니 오물오물 맛있게 먹는다. 한 점을 다 씹어 먹기도 전에 엄지손가락을 들어 보인다. 손가락 사이마다 얇은 막으로 이어진 손가락. 무섭기도 하고 짠하기도 하다. 진상은 맛있는지 자장면을 뚝딱 먹어치우고 나더니 탕수육은 먹지 않는다.

왜? 맛이 없어? 아이 배가 불러서요. 그래도 조끔 더 머 봐. 한참 마이 멀 나이에 이것 정도는 머야제. 아지매 그래믄 이거 싸 가주고 가믄 안 되니껴? 응? 이걸? 야, 아까와서 집에 갖다 났다가 멀라고요. 이거는 불어서 두믄 몬 먹어. 그래도 괜찮니더. 우리 엄마는 라멘 뿔은 거도 잘 먹니더. 머? 머라고 우리 엄마?

천진한 아이의 말실수 속에 엄마를 생각해서 안 먹었다는 게 보인다. 어린아이 마음 때문에 또 싸늘한 바람이 휙 지나간다. 엄마를 생각하는 마음씨가 기특하기보다 아프다.

미안하이더. 진짜는요. 우리 엄마는 이릏게 맛있는 거 한 분도

몬 머서 지만 먹기 미안해서 가 주고 가서 엄마 드랠라고 그랬니
더. 그래 기특하구나. 그래믄 이거 먹어. 아지매가 엄마 드실 거
하나 사줄게. 싫니더. 지가 왜 아지매 신세 지니껴? 이거 얻어먹은
것만 해도 미안하이더. 이것만 해도 실컫 되이까 이것만 싸 가주고
갈라니더.

제법 고집스럽게 말을 꼿꼿이 세운다. 아이의 자존심도 있을 것
같고 해서 몰래 주방으로 가서 하나를 더 시키고 먹던 것과 함께
포장해 달라고 부탁하고 온다. 아지매 싸 준다고 하니껴? 그래믄
우리가 먹던 건데 싸주고 말고제. 싸 주기로 했으이 가주고 가서
집에서 먹어. 야, 진짜로 고맙니더.

갑자기 일어서서 두 손을 차렷 자세로 내리고 고개를 숙여 인사
를 한다. 우습기도 하고 아프기도 한다. 그렇게 식당을 두고 밖으
로 나와 진상을 집으로 보내고 서울행 기차를 탄다. 저 아이를 어
찌해야 좋을까. 도무지 어찌해야 할지 묘책이 떠오르지 않는다. 그
렇게 그 아이는 서울까지 함께 따라와서 내 마음을 헤집고 다닌
다. 그렇게 또 일주일이 흐른다.

남편이 출근하고 아이들이 학교에 간 후 또다시 청량리로 가서
기차를 탄다. 당일 갔다 와야 하므로 일반 기차를 타서는 힘들고
제일 값이 비싼 기차를 타고 내려서 터미널로 가자 진상이는 변함
없이 그 의자에 앉아 있다. 버스에서 내리는 사람을 하나하나 세기
라도 하듯 쳐다보던 진상이는 나를 보자 벌떡 일어나 반가움을 앞

세워서 달려온다.

우리 어데 갈까? 가고 싶은데 있으믄 말해봐라. 멀리는 몬 가요. 왜? 지가 멀리 간 사이에 누나가 오믄 우째니껴? 누나가 오늘은 안 올 거야. 진상이 언제까지 그 누나를 기다릴 거야. 올지 안 올지도 모르는데. 그른 엉터리 같은 소리 하지 마소! 누가 그래디껴? 안 온다고!

얼굴이 벌겋게 달아오르더니 씩씩거리면서 어쩔 줄을 몰라한다. 그제야 실수했음을 느낀다. 아, 그래 아지매가 잘몬 말했구나. 만약 온다고 하믄 여게서 기다릴 거야. 누나는 이 의자 잊어 뿌렜을지도 모르니더. 아이 절대로 잊어 뿌래지 않았을 거씨더. 그릏제요. 맞제요. 누나는 절대로 지를 안 잊어 뿌렜을 거씨더. 그래믄 안 잊고 말고. 그래믄 누나가 혹시 우리 없을 때 오믄 읽게 우리 여기다가 핀지 한 통 써 놓고 갈까? 야, 근데 누가 다른 사램이 가주고 가뿌래믄 우째니껴? 다른 사램이 자기 것도 아인데 왜 가주고 가. 안 가주고 갈 거야. 그릏제요. 자기가 필요도 없는데 안 가주고 가겠제요. 그래믄 잠깐만요. 지가 공책하고 연필 가주고 와서 써 놓고 가요. 그래.

아이는 번개처럼 달려서 집으로 간다. 공책 한 장을 북 찢어서 그 위에다 연필로 글씨를 써서 가지고 온다. 누나! 진상이 아지매하고 잠깐 어데 갔다 올 테이까 누나 오믄 꼭 여게서 기다려. 진상이 씀. 이 편지를 침을 묻혀서 의자에 딱 붙여놓고 따라나선다. 됐

니더. 누나가 이 핀지 보믄 안 가고 기다릴게씨더. 맞제요? 그르믄
오믄 꼭 기다릴 거제.

　아이는 신바람을 앞세우고 어린아이가 소풍을 가듯이 좋아한다.
소수서원 죽계 계곡으로 간다. 정규 교육을 중단한 이 아이에게 무
엇을 어떻게 채워줘야 긍정적 삶을 살 수 있을까? 마음이 젖지 않
고 구겨지지 않고 용기를 가지고 살아갈 방법을 찾아주고 싶다. 결
코 쉬운 일은 아니지만. 죽계별곡이 탄생한 배경과 이것저것을 설
명해 주고 조심스럽게 묻는다. 진상아! 니 핵교에 다시 갈 생각 없
어? 몬 가니더. 핵교는 돈이 없어 몬 가니더. 핵교 가서 공부는 하
고 싶제? 그름요. 진짜로 공부하고 싶을 때도 있니더. 그른데 우리
엄마는 아파도 돈이 없어서 빙원도 몬 가는데 지가 우째 핵교 가
고 싶다고 하니껴? 그래서 핵교 가기 싫다고 핑계대니더.

　그 어린 진상의 눈에 벌써 눈물이 어룽어룽 고인다. 고인 눈물을
물갈퀴 손으로 쓰윽 닦아낸다. 물갈퀴 손을 보는 순간 또 먹먹하
다. 그릏구나. 엄마가 어데가 아프서? 잘 모르겠니더. 말을 안 해
주니더. 그른데 요새는 자다가 배를 움켜쥐고 한참씩 정신없이 뒹
구니더. 그래믄 지보고 먼 약이 있는데 그걸 달라고 해서 주믄 그
약 먹꼬 나믄 자고 그래니더. 마이 편찮으시구나. 야 진짜 마이 아
프시니더. 우리 엄마가 시상에서 최고 불쌍하이더. 아부지도 아
서? 아이요. 모르니더. 인제는 만내지도 몬하니더. 그래고 지한테
아부지란 말 입백에 꺼내지도 마라고 했니더. 꺼내기만 하믄 그냥

안 둔다고 소리 지르고 간 다음부텀은 한 분도 안 오니더. 지가 손 꾸락이 오리발 같애서 챙피해서 아들 안 하고 싶은 모양이제요. 그 래도 괜찮니더. 지는 엄마만 있으믄 되니더. 그래고 언젠가 누나가 오믄 그 누나하고 재밌게 지내믄 되니더. 누나도 아부지 없다고 기 죽지 말고 살라고 그랬니더. 아부지 한 개도 필요없니더. 엄마도 아부지 없다고 생각하고 씩씩하게 사라고 하시니더.

진상의 말속에 오기 같은 것이 묻어있다. 누가 저 어린 마음에 저리 상처를 입혔단 말인가? 소수서원을 나와 기차역으로 향한다. 진상은 또 터미널로 가서 누나 왔나 봐야 한다며 부리나케 뛰어간 다. 뒷모습에 가혹한 쓸쓸함이 흘러내린다. 어느 때 보면 멀쩡하고 어느 때 보면 약간 지능이 부족한 저 아이. 기차에 올라서 눈을 감 자 눈썹이 파르르 제 혼자 마구 떨어댄다. 차라리 사는 모습을 보 지 말 걸 그랬다. 어지러이 널려있는 삶이 자꾸 머릿속을 휘젓고 다닌다.

정말로 시아버지가 뿌린 씨앗일까? 아님 시아버지 말대로 저 사 람들이 멋대로 우기는 걸까? 도무지 알 수가 없다. 조금 더 두고 보면 알겠지만 어쩌면 영원히 알 수 없을지도 모른다. 부지런히 일 주일 치 집안일을 당겨서 해 놓고 진상이를 만나러 간다. 왜 가야 하는지 이유도 모른다. 그냥 두어서는 안 될 것 같은 불안감이다. 진상이는 갈 때마다 무얼 먹겠냐고 물으면 자장면을 먹겠단다.

진상아! 짜장면이 그래 맛있나? 야, 시상에서 짜장면이 최고로

맛있니더. 그래고 짜장면을 먹으믄 누나가 금방 올지도 모르니더. 누나가 그랬거든요. 짜장면은 자주 사줄 수 있다고. 그랬으이까, 짜장면을 먹다 보믄 누나가 더 빨리 올지도 모르잖니껴. 그른데 설마 누나한테 먼 일이 있지는 않겠제요? 지가 매일 밤매동 자기 전에 누나 만나게 해 달라고 기도 하니더. 누구한테? 그냥 다요. 이 우주 모두한테요. 우주? 모두? 누나가 이 우주 모두가 다 신이 라고 소원을 빌고 살믄 다 이루어진다고 했거든요. 그래서 맨날맨 날 밤매동 일기를 쓰고 기도하고 그래고 눈을 감고 누나 생각 하 믄 잠이 오니더. 그른데 꿈에도 한 분 안 나타나니더. 참말로 누나 는 나뿐 사램은 아닌데. 진짜 바뿐 모양이씨더. 그래, 그래, 바빠 서 그를거야. 꼭 올 거야. 그래이까 희망을 버래지 말고 열심히 살 아. 야, 안 그래도 누나 오믄 보이 줄라고 하루도 안 빠지고 핀지를 쓰는게씨더. 그래 잘하고 있어.

자장면 곱빼기를 다 먹고 나온다. 저 손가락으로도 젓가락질을 아주 능숙하게 잘한다. 잘 멌니더. 지는 또 얼릉 터미널 의자에 가 야 되니더. 혹시 누나가 왔을지도 모르잖니껴? 그 누나가 그래 좋 나? 야, 지가 손꾸락이 이래 생겼다고 친구들이 막 놀래서 울 때도 다른 사램은 다 지를 싫어하는데 누나는 괜찮다고 내중에 수술하 믄 다른 사램하고 똑같아진다민서 지 손을 잡아 줬니더. 그래 지 손을 잡아준 사램은 그 누나백에 없니더. 그랬구나. 얼릉 가봐. 야, 잘 멌니더 아지매요. 잘 가소.

막 인사를 끝내고 손을 흔들고 있는데 저쪽에서 시아버지가 걸어온다. 시아버지를 보자 진상이는 막 뛰어서 숨는다. 왜 숨을까? 진상이 뒤를 따라간다. *왜 숨어?* 아부지가 길거리에서 아는척하지 말랬니더. 내가 챙피한 모양이제요. 아부지라고 부르지 마라고 엄마가 시켰니더. 길에서 봐도 피하라고 엄마가 말했니더. 진상이 말을 들으니 속에서 분노가 치민다. *니 그래믄 누나 기다려. 아지매는 간다.* 말을 마치고 부리나케 뛰어간다. 시아버지는 어디에도 없다. 다시 돌아가려고 하는데 시아버지가 터미널에서 나온다. 얼굴에 벌레 터져 번진 것 같은 인상이다.

니 여게는 우째 내래왔노? 볼일이 있어서요. *먼 볼일?* 저 개인 볼일요. *어데 잠깐 들어가서 얘기 쪼매 하자.* 휑하니 코를 풀어버리듯 앞장서서 다방으로 들어간다. 뒤를 따라 들어간다. *여게 찬물 한 잔 얼릉 주소. 안죽도 날이 덥제요?* 다방 마담은 애교를 철철 발라 말을 던진다. *얼릉 찬물이나 주소. 저는 커피 주소. 커피 두 잔요.* 시키는 데는 관심도 없고 냉수를 벌컥벌컥 마신다. *왜? 목이 마르싰나 보네요.*

태연하게 묻자 대답도 없이 냉수를 다 마시고는 잔을 쿵! 소리가 다방에 꽉 차도록 놓는다. *니 대체 머하고 댕기노? 머가요? 니 오늘 누구 만났노 말이따.* 그제야 상황판단이 선다. 그렇지만 먼저 아는 척할 수는 없다. 안 그래도 답답한 터였는데 차라리 잘 됐다 싶다. *은제요? 니 참말로 사램 여럿 잡을 아 다 인제 보이. 내가 이*

두 눈으로 진상이 만내는 걸 봤는데 누구냐고 시치미 뚝 떼노, 가를 왜 만내노. 니가 가를 만내는 이유가 머냐 말이따.

소리는 펄펄 날아 다방 전체를 날아다닌다. 다행하게도 손님은 없다. 주인 마담이 이쪽으로 시선을 두지만, 아랑곳하지 않고 소리를 지른다. 은제부텀 만냈노? 그래고 왜 만내는 이유가 머로? 그게 머가 중요해요. 아버님 머 켕기는 거 있니껴? 야가! 야가! 생사램 잡지 마라. 켕기기는 머가 캥기. 그른 일 없다. 그르믄 이상하잖니껴? 켕기는 일 없는데 왜 그래 만내는 거에 알레르기를 일으키고 그래니껴? 그냥 손이 남하고 다르게 생게서 불쌍해서 왜 그랬나 하고 물어 봤니더. 똑바로 말 몬 하나? 니가 왜 진상이 손이 물갈 퀴가 있든지 없든지 신경을 쓰냐 말이따. 아버님이 이상하네요. 머가 이상해? 그 아이 이름이 진상이란 거 손가락에 물갈퀴가 있다는 걸 우째 아시니껴?

우물쭈물 쭈물우물 입에 넣고 씹던 말을 꺼낸다. 그 그 그거야 우 우 우연히 알게 됐제. 손바닥만 한 동네서 그래 특별하게 생긴 거 모르는 사램이 어데 있노. 알만한 사램은 다 알제. 분명 뭔가 있는데 아니라고 우기니 어쩔 도리가 없다. 아버님 왜 한 분씩 진 상이 만내서 먹을 거 사주고 그래니껴? 누가 그 따우 소리를 하 도? 진상이가 직접요. 그거야 불쌍해 보이서 가끔 한 분씩 짜장면 한 그릇 사주는 게 머 잘몬됐나? 혹시 진상이 엄마 모르니껴?

움찔한다. 눈썹이 고슴도치처럼 빳빳하게 선다. 이 동네 사램 모르는 사램이 어뎄노 다 안다. 나도 잘은 몰래도 다 알고. 그 여자가 식당에서 설거지하는 여잔데 낯이 반반해서 한 분 보믄 안 잊히는 낯이따. 그게 머가 어떻다고? 아니요. 머가 어떻다는 말은 안 했니더. 다만 우뜬 빌어먹을 인간이 저래 몹쓸 짓을 해서 아이를 낳았으믄 책임을 저야제. 저래 패대기쳐놓고 여자는 아픈데도 식당에 설거지하고 살 집이 없어서 포장을 치고 거리에서 자게 하는지 그 아이 아부지를 찾아서 정신 번쩍 들게 해 줄라고 진상이 아부지를 찾고 있는 중이씨더.

씨잘데기 없는 짓 치와 뿌래라. 자업자득이제. 여자가 지 몸 하나도 간수 몬 해서 아 를 낳았으믄 아 잘 키우는 게 당연하제 왜 남자는 찾아서 머할라고 그래노? 그래고 왜 니하고 아무 상관도 없는 일에 씨잘데기 없이 나서고 그래노. 남자가 아주 나쁜 사램 같니더. 자기로 인해 아 가 태어났으믄 돌봐 주는 게 도리제. 내 몰래라 하고 그냥 두는 게 인간이이껴? 몸이 멀쩡한 아 도 아이고 저른 아 를 낳았으믄 수술이라도 해주고 핵교도 보내주고 해야제. 죽으라고 내뿌래 둔다는 게 말이 되니껴?

니가 먼 상관이라고 나무일에 감 놔라. 대추 놔라 하노? 그 아하고 니하고 아무 상관 없으믄 모른 척 하믄 되제 할 일이 그릏게도 없나. 왜 서울서 이까짐 댕기민서 씨잘데기없는 짓을 하고 그래노? 상관이 있제요. 진상이 엄마는 중빙에 걸래서 오늘내일하고 진상이는 핵교도 몬 가고 자기한테 따뜻하게 해준 누나의 정을 몬 잊어 맨날맨날 터미널 의자에 앉아서 오지 않을 누나를 기다래고. 양심이 있는 인간이라믄 저래믄 안 되제요.

니는 나무 일에 그래 양심이니 머니 찾지 말고 아들이나 잘 키우고 살림이나 잘해라. 씰데없는 데 신경 쓰고 그래지 말고. 어둡기 전에 씨잘데기없는 짓 하지 말고 서울 가거라. 야, 안 그래도 차 시간이 다 돼서 가봐야 되니더.

그렇게 서울에 오고는 한 2주를 영주 터미널 의자에 못 간다. 날씨가 스산해지니 괜스레 진상이가 자꾸 눈에 밟혀서 어떻게 해야할지 도무지 생각이 안 난다. 이제 곧 찬 바람이 불 텐데 그 차가운 텐트 속에서 어찌 산단 말인가! 답답하기만 하다. 해결할 방법은 없고 그렇다고 아무 상관도 없는 아이라고 못 본 체하기에도 무언지는 모르지만 내키지 않는다. 그냥 두면 안 될 것 같은 생각에 고심한다.

그러던 중 어느 날 아주버님이 갑자기 집에 오신다. 아주버님 연락도 없이 우쨌 일이세요? 제수씨 아부지 먼 얘기 몬 들었니껴? 시골에 제수씨 동창들 마이 살고 있는데 아무 말도 몬 들었니껴? 먼 말을요? 시치미를 뚝 뗀다. 나 참 망신스러와 몬 살겠니더. 왜요? 아부지가 우리 엄마 말고 다른 여자가 있다니더. 그래요? 아이 제수씨는 왜 그래 태평하이껴? 난 지끔 죽고 싶은 심정이써더. 시골서 우째 낯을 들고 사란 말이이껴? 자세히 말씸해 보소, 먼 말인지?

글쎄 아부지가 다른 여자하고 자다가 들캐서 그 짝 남자가 간통
죄로 안 들어갈라믄 1억을 내놓으라고 요구하니더. 이걸 우째믄
좋니껴? 그래요? 참 어처구니가 없네요. 아니 바램은 아버님 혼자
피왔니껴? 상대 여자도 좋아서 둘이 바램 피와놓고 먼 위자료? 아
무래도 그 여자 꽃뱀 같니더. 그릏지 않고서야 우째 같이 좋다고
댕기민서 바램 피다 들케놓고 위자료는 먼 말이이껴? 그래믄 우리
도 그 여자한테 위자료 청구해야 될씨더. 참 살다가 빌 말을 다 들
어보니더. 부부가 살다가 헤어진 것도 아이고 바램 피와놓고 위자
료를 그것도 1억씩이나 그 여자 뱅글뱅글 돌았거나 아니믄 부부가
짠 거 같니더. 제수씨 말대로 짰다는 생각도 드니더. 남자가 어데
멀리 갔다고 해서 아부지가 그 집에 들어갔는데 경찰까짐 대동하
고 와서 바로 지서로 델꼬 갔다니더. 그래이 정황을 생각해 보믄
짰다는 제수씨 말도 맞는 거 같니더. 그냥 두믄 몇 달 살다가 나와
야 한다니더. 참말로 웃기는 일이 다 있니더. 일단은 지가 내래가
보고 올께이 그래 알고 계시이소. 동상들한테는 아무말 하지 말고
계시이소 제수씨. 알았니더. 그래믄 조심해서 댕게 오시이소. 제수
씨만 알고 당분간 동상들한테는 비밀로 해야 되니더. 알았니더.

당부를 두 번씩 던져놓고 간다. 그렇게 시아버지는 기어이 다른
여자가 던진 낚싯밥인 찌를 물었다. 남녀가 짜고 부잣집 남자를
골라 돈을 뜯어내는 부부 사기단에 걸린 것이다. 시아버지 재산을
한탕 노린 사건이다. 급하게 시골을 간 아주버님이 알아서 처리하

겠지 하고 잊기로 한다.

이럴 때는 모르는 척 있어 주는 것도 시아버지를 위해서 좋은 일인지도 모른다는 생각이 든다. 그렇게 시골을 다녀온 아주버님은 난감하고 황당해하며 화를 못 삭인다. 일을 처리할 생각은 안 하고 분노만 펄펄 끓이고 있다. 그냥 살게 내비둘 게씨더. 죄를 지었으믄 받아야제요. 어머님은 아세요? 안죽은 모르니더. 그래믄 안죽 알래지 말고 서울에 계신다고 하고 조용히 처리하는 게 좋겠니더. 싫니더. 엄마가 불쌍해 죽겠니더. 이혼해야 되니더. 할 때 하드래도요. 일단 1억을 요구한단 말이제요? 미쳤군. 단단히 미쳤어. 그래믄 합의서를 써 준다는 거군요? 이른 미친 누무 새끼! 마누레 팔아 돈 벌라는 수작인데 아부지가 거게 말래들었다는 게 쪽 팔레 죽겠니더. 아주버님 지끔 감정만 펄펄 끓어 제대로 일처리 하시기 글렀어요. 그래이 지한테 맡게 주소. 알았니더. 제수씨가 알아서 하소. 지는 아부지 인제 안 볼라니더. 그건 나중 문제고요. 아주버님 동상 퇴근하믄 시골에 다니러 갔다 하시고 여게 계세요. 알았니더.

영주행 기차를 타고 내려간다. 참으로 별일을 다 본다. 둘이 좋아서 잠자다가 걸렸으면 그만이지 무슨 돈을 요구한단 말인가. 지서로 가서 그 남자를 만난다. 남자는 시골 남자처럼 보이지 않는다. 머리카락을 올백으로 기름 발라 넘기고 검정 구두 코를 윤이 나게 닦아 신고 나팔바지에 젖꼭지가 여자보다 더 튀어나오게 꽉

끼는 웃옷을 입어 누가 봐도 제비처럼 보인다. 눈매도 꼭 범죄형 눈매를 하고 있다. 입술은 무슨 돼지 나발을 떼어다가 붙여놓은 듯 푸르딩딩하고 넓적 두툼하다.

만나자마자 무슨 빚쟁이를 만난 듯 거드름 잔뜩 묻은 말을 던진다. 누구 되시니껴? 메느리씨데. 내가 그짝한테 누군지 신분까짐 보고해야 되니껴? 싸늘한 냉기가 흐르는 말을 던지자 남자는 혼잣말처럼 말을 내뱉는다. 으응 이 집안은 메느리가 주권이 있군. 왜요? 지한테 주권이 다 있니데. 그래믄 안 되는 뱁이라도 있니껴? 그래이 인제부텀 지하고 모든 일 다 처리하시데. 지 말을 잘 알아들으싰니껴? 메느리가 시아부지 간통죄를 해결한다? 신문에 날 일이네.

빈정빈정 말을 돼지나발 입술에서 뱉는다. 이것저것 가려서 말할 기분이 아니다. 얼굴에 개기름이 번질번질한 남자가 한 마디로 재수 없게 보인다. 마음 같아서는 따귀라도 한 대 날리고 싶지만 참고 말을 한다. 지 말 잘 들으소. 우리 시아부지는 원래 바램기가 있는 분이라 집에서도 내놓았니데. 차라리 감방에 들어가길 바래던 차에 잘 됐니데. 그래이 앞으로 만낼 일은 없을 것 같니데. 두 사램 감옥 안에서 잘 살겠네요. 그릏게 좋은데 같이 감옥에서 지내게 돼서 울매나 좋을니껴. 그래고 우리 시아버지는 포기했니데. 한두 여자여야 해결을 하제. 수도 없이 여자를 만내는 시아버지를 가족인들 누가 좋아할니껴? 그래 식구들이 포기하길래 지가 한분

와 봤니더. 가족들이 포기했다고 메느리도 모른 척 있을 수 없어서 체민상 왔을 뿐이씨더. 우리 시아버지 감옥에서 살다 나오시믄 정신 차리겠제요. 이번 기회에 잘 됐니더. 그래고 지가 한 가지 물어보시더. 아니 아내가 바램을 피왔는데 위자료를 청구하는 게 어느 나라 뱁이이껴? 그래믄 나도 시어버지 바램 피왔으이 그짝한테 위자료 청구해야 될씨더. 그래이 아저씨 정신 바짝 차레소. 젊은 여자가 저레 아부지 뻘 되는 사람과 바램을 피우는 건 인생 막장이씨더. 이래 번들번들하게 기름기 흐르는 남편이 시퍼렇게 눈 뜨고 있는데 말이씨더. 우째 처(妻) 복이 그래도 없니껴? 우리 시아버지도 시아버지지만 아저씨도 참 불쌍하이더. 우째다가 나이 먹은 사람한테 젊은 마누레를 뺏게니껴, 쪽 팔리그러. 그거는 그릏고 우리 서로 위자료 청구할까요? 지한테 울매 청구 할라이껴? 우리 아주버님 말 들으니 1억을 청구하싰다제요? 그랬니더, 그거도 싸제, 나무 마누레를 범한 대가치고는. 그래요? 그래믄 지는 우리 아버님이 부자래서 1억 가주고는 적니더. 그래이 아버님 재산에 맞게 3억 청구할라 하니더. 그래믄 그짝이 청구하는 1억 빼고 아저씨가 불쌍해서 1억 깎아주고 지한테 위자료 1억만 주소. 그래믄 합의 봐 드림씨더. 지끔 먼 소리하니껴? 왜요? 지 말이 틀리니껴? 먼 위자료가 그래 비싸? 젊은 여자가 돌았구만, 그래고 서로 바램 피왔는데 먼 위자료야 위자료가! 그래 이제 바른말 하시네. 같이 좋아서 맞바램 피와놓고 우리 아주버님한테 위자료 청구를 먼저 한 게 누구이껴? 위자료 말은 아저씨가 우리 아주버님한테 먼저 말했다 제요? 노인네가 나무 가정을 파탄시 으이 그릏제! 그건 피장파장 이씨더. 우리 가정은 파탄 안 나고 그짝 가정만 파탄나니껴? 위자 료 같은 소리 하고 있네! 1억 준비해 와서 합의 봐 달라고 하든가 아니믄 그냥 가소.

　내 참 살다가 빌 꼬라지를 다 보네. 머 이른 여자가 있어! 이른 여자가 여게 있제요. 꼴 좋니더. 싱싱한 여자 나이 먹은 사램한테 뺏기고 머 그리 할 말이 많으껴? 지 같으믄 얼굴도 몬 들씨더. 저래 니 나이 먹은 사램한테 젊은 마누레를 뺏기제. 머라구요? 보자 보 자 하이 이 여자가 몬 하는 말이 없네, 왜요? 지가 없는 말 했니 껴? 사램들은 바른말을 하믄 화를 내제요. 이보소, 아저씨 제발 냉수 마시고 속 채리고 사소. 젊고 젊은 나이에 왜 그래 인생을 사 시니껴? 나는 아저씨 같은 사램하고 노닥거릴 시간 없니더. 서울 가니더. 아니 그냥 가믄 우째라고요? 그래믄 그냥 가제 갇혀 있는 시아버지를 업고 가라는 말이이껴? 합의 봐서 빼내고 가야제, 먼 메느리가 시아버지한테 그래 매정해! 지가 매정한 거 없니더. 정 그릏다믄 1억 얼릉 내놓으소, 그래믄 합의해 드림씨더. 참 내! 머 이른 여자가 있어? 여게 있제요. 하고 뒤돌아서 걸어온다.

　그래도 합의해서 사램은 빼내 놓고 봐야 되잖니껴? 남자의 말소 리가 조금 부드러워진다. 지한테 합의 운운하지 마소. 죄를 지었으 믄 죄를 받아야제 돈으로 때움 또 돈 믿고 그른 짓 할 게씨더. 그래이 댁에도 그 아랫도리 아무 남자에게나 벌려대는 여자 정신 차리게 감방 쫌 살리소. 지 말 끝났으니 인제 가니더. 잘 가소. 아이 그래 부잣집에서 체민이 있제. 시아버지를 감옥살이 시킨다고요? 체민은 벌써 구겨졌잖니껴. 감옥에 발을 들이놓는 순간 벌써 체민은 끝났제 먼 체민이 있니껴. 암튼 인제 잘 됐니더. 감옥 안에서는 적어도 바램 피워 어머님 속 썩일 일은 없으이까요.

말을 내뱉자 남자는 다급하게 뛰어와 앞을 가로막는다. 나는 빤히 그 남자 얼굴을 도랑 훑듯이 훑어 내려본다. 한편, 남자는 생각한다. 그 여자하고 산 지가 2년도 안 됐지만, 이 여자를 이용해서 고을에 돈 많은 영감을 꾀어내서 대구와 안동에서 한 탕씩 단단히 하고 영주로 와서 또 한탕 하려다 걸린 것이다. 여기까지 생각이 돌려지자 자신도 모르게 말이 입 밖으로 튀어 나간다.

에이 재수가 없을라이! 머 저른 집구석이 있어. 자기 아부지를 감방에 가야 된다이. 재수 옴 붙었구먼. 남자는 침을 피 토하듯 캭 뱉고는 난감해한다. 할 수 없다. 그럼 어쩐다? 저 여자는 빼내야 또 다른 고을에 가서 한탕 할 텐데 합의를 안 하면 감방에서 살아야 할 판이니 어쩐다. 머리를 굴렁쇠처럼 굴리던 남자는 갑자기 달려와 옷자락을 붙잡는다.

이봐요! 잠깐만요. 애기 끝났는데 또 먼 일로 보자 그래니껴? 1억 가주 왔니껴? 아니 아무리 그래도 시아부지를 감방을 살린다는 게 말이 되니껴? 그래믄 아저씨는 1억씩 들여서 꺼낼라니껴? 돈

1억이 아 이름인 동 아니껴? 먹꼬 죽을라 해도 없니더. 그래믄 이 얘기 끝났니더. 남자는 다급해진다. *그래지 말고 내 말 쫌 들어보소. 지는 1억 없이는 할 말 없니더. 지가 잘몬했니더. 그래이 우리 돈 필요 없이 피차 합의하시더. 우리 시어머니와 아주버님이 절대로 안 해 줄 거씨더.*

메느리 분이 설득을 쫌 해 보소. 말했잖니껴. 하도 바램을 마이 피와서 안 된다고. 살게 냅두제, 그래고 아저씨도 쌀개 빠졌니더. 나무 남자하고 바램 피우는 마누레 머가 이뿌다고 꺼낼라고 그래 니껴? 열부 났네. 열부 났어. 이봐요! 낸들 마누레가 안 밉겠니껴? 죽이고 싶제만 마누레는 마누렌데 꺼내놓고 봐야 할 거 아이껴. 그래믄 꺼내시던가. 간통죄는 합의를 안 하믄 안 되니더. 시아부지 불쌍하게 생각하고 꺼내주소. 나도 위자료 포기하고 그짝도 위자료 포기하고 마누레만 꺼낼 테이까 생각 바꾸고 오늘 만낸 길에 합의서 써서 빼내시더. 가서 가족들하고 상의해 보고 연락해 드림 씨더.

슬쩍 꽁무니를 뒤로 빼는 척해본다. 다급해진 남자는 다시 앞으로 뛰어와 길을 가로막는다. *메느님 그래지 말고 우리 합의 봐서 시아부지 꺼내 주시더. 그래믄 시아부지가 나와서 고마와서 메느리 머 쪼매 떼 줄지 아니껴? 가족이 안 꺼내주는 걸 메느리가 꺼내주믄 시아부지가 메느리가 울매나 고맙겠니껴? 안 그르이껴? 그래이 우리 만낸 길에 합의 봐서 괘씸하기는 하제만 꺼내놓고 보시*

더. 진들 꺼내고 싶어 이래겠니껴? 인생이 불쌍해서 꺼내줄라 그래니더.

이쯤에서 못 이기는 척 따라가 주는 것도 손해 볼 것 없다고 생각한다. 시아버지를 꺼내는 데 합의하기 전에 한 마디 더 찍어둔다. 그 대신 지가 합의해 줬다고 하지 마소. 우리 시어머니 아시믄 뒤집을 수 있으이까요. 그래고 아저씨 지한테 1억 빚진 거 제발 그래 미친짓 하지 말고 그 돈으로 밑천 삼아 똑바로 사소, 젊디젊은 분이 왜 그래 사니껴? 젊음도 눈 깜빡 할 사이 지내가니더, 아내를 꺼내믄 땀 흘려서 돈 벌민서 사램답게 사소.

남자는 머리를 긁적이더니 말한다. 알았니더. 그렇게 일을 마무리 짓고 서울에 온다.

아주버님은 아버지를 안 본다는 말과는 달리 집에 들어서기가 무섭게 다그치며 묻는다. 우째 됐니껴? 그 미친 인간이 한 푼도 안 깎아 주제요? 아이요. 다 깎았니더. 털이란 털은 하나도 없이 몽땅 다 깎고 합의서 쓰고 왔니더. 인간으로 진화가 덜 되고 안죽도 짐승의 유전자를 몸속에 가주고 있어 짐승 같은 짓을 하는 인간. 그래이 몸에 털도 안죽 짐승매로 숭숭 나 있제요. 그래서 몽땅 다 깎고 합의서 쓰고 왔니더. 아주버님은 의외라는 듯 놀랜다. 제수씨 대단 하더.

17

　아주버님은 믿어지지 않는다는 듯 의심이 파랗게 묻은 말을 던진다. 우째 그래 쉽게 합의를 보고 오싰니껴? 꼭 뺀드리매로 생기서 구역질이 나는 사램이던데. 지도 위자료 청구했니더. 3억 청구했제요. 그랬디이만 돈이 없다고 그 남자가 먼저 합의 보자고 덤비들었니더. 미친 거지발싸개 같은 인간 같으니라고, 사내로 태어나서 머 해 처먹고 살길이 없어 그래 예펜내 팔아서 먹고사는 동, 참 시상에는 빌의빌 인간들이 다 있네요. 그 인간들은 그 인간이고 아부지가 문제씨더. 합의 봤으믄 아부지 집에 오시겠네요. 야, 지금쯤 집에 오싰겠지요. 민망해 하실까봐 지는 얼릉 자리를 피해 서울로 왔니더. 제수씨 참말로 머리가 돌아버릴 것 같니더. 우째야 될 동. 엄마가 불쌍해 죽을 것 같니더. 한펭생 고상만 한 엄마를 아부지가 그럴 수가 있는지. 아무래도 안 되겠니더. 제수씨 우리 내일 시골 같이 가시더.

왜요? 혼자는 때레 죽에도 가기 싫고 시골 가서 아부지한테 할 말이 있어서 그래니더. 그래이 제수씨 같이 쫌 가시더. 그야 어룹지 않제요. 그래믄 오늘 자고 내일 같이 가씨더. 야, 같이 가도록 함씨더.

이튿날 아주버님 차를 타고 영주 시댁으로 간다. 시어머니 눈초리가 싸늘하다. 이미 소문을 다 듣고 있었던 것이댐. 시아버지는 이미 집에 와 계신다. 아무 말도 없이 당신 방에 누워 있다. 어머님께서 차려놓은 점심상을 들고 들어간다. 상이 들어가도 일어나지도 않는다. 일부러 더 밝은 목소리로 아무렇지도 않은 듯 아버님 이쁜 메느리가 왔는데 왜 나오시지도 않고 그래시니껴? 얼릉 일나서 점심 드시야제요.

시아버지는 뒤로 슬쩍 돌아눕는다. 아버님 안 주무시는 거 아니더, 지끔 돌아누우시는 거 봤니더. 아무 말이 없다. 시어머니는 들어와 보지도 않는다. 초가을은 온 집안을 꽁꽁 얼어 붙여 냉기가 시베리아 벌판처럼 추웠다. 누워서 일어나지도 않고 점심을 드실 생각을 않는다. 누워서 일어날 생각도 않고 어머님도 무관심하다. 평소에 낮에는 절대로 눕는 분이 아니다. 그래도 상을 놓고 말을 건넨다.

아버님 점심 잡수소. 생각 없다. 가주고 나가그라. 그냥 나갔다가 저녁상을 들여온다. 아버님 저녁 잡수소, 머가 맴에 안 드시믄 말씸으로 하시제 왜 누워서 시위를 하시니껴? 아버님답지 않게. 방구들짝이 아버님을 붙잡니껴? 점심도 안 드시고 저녁도 안 드시고. 아무리 말해도 그렇게 똑같은 답만 하고 저녁조차 거른다. 어머님 역시 저녁을 한 술도 안 뜨고 아주버님도 한 술도 안 뜬다. 와 우리 집 식구들이 밥을 다 굶으니 부자 되겠네요. 지라도 먹어야 식은 밥이 안 되제.

나는 한마디 던지고 밥에 이것저것 있는 대로 넣고 참기름을 넣고 고추장을 세 숟갈 넣고 썩썩 비벼서 입이 벌겋게 한 그릇을 다 비운다. 다 먹고 나니 아주버님이 밖에 툇마루에 앉아서 멀거니 하늘만 쳐다본다. 시어머니는 일찍 잠자리에 든다. 잠자리가 아니라 훨훨 타는 화를 깔고 덮고 베고 자리에 눕는다. 나도 더는 아무 말도 하지 않는다. 침묵이 금이란 말이 이때인 것 같아서 방에 누워 있는데 툇마루에서 아주버님이 불러서 툇마루로 나온다.

빌이 참 굵네요. 이누무 빌은 아무래도 동네 영양분 있는 것들 다 잡아먹꼬 저래 굵었을 게씨더. 제수씨 농담이 나오니껴? 지는 참으로 어이가 없어서 아무 말도 안 나오니더. 우째 저래 대단한 아부지를 아부지로 둔 사램으로 태어났는지 할 수만 있다믄 아부지를 바꾸고 싶은 심정이씨더. 아주버님 그거야 아주 간단하제요. 그까짓게 머 힘드니껴? 야? 제수씨 간단하다이요? 우째믄 되니껴? 아주버님이 죽었다가 다시 태어나믄 아부지가 바뀌잖니껴.

갑자기 미친 사람처럼 웃어 재낀다. 아니 미친 혼이 들어와서 웃게 하는 건지도 모를 일이다. 얼마를 그렇게 웃고 나더니 참, 제수 씨가 있어서 웃니더. 사램들 사는 게 너무 팍팍해서 여유가 없니 더. 그른데 제수씨는 우째 그래 늘 여유 작작한지 참 신기하이더. 우리 집안이 이래 우애가 좋은 것도 제수씨가 우리 집안에 들어오 고부터씨더. 꼭 싸운 집매로 말이 없던 집안인데 제수씨 오고 나 서 웃음소리가 마이도 늘었제요. 고맙니더 참말로. 우리 집안으로 시집와 주시서. 참 우리 집은 기름기 하나 없는 돌쩌귀 같은 집안 이씨더. 그래도 제수씨가 와서 웃고 떠들고 사램 사는 것 같앴는 데 이른 일이 일어나서 부끄룹니더. 부끄룹고 챙피하고 쪽 팔리서 고개를 몬 들겠니더. 시상에 우째 집안에 이른 일이 일어난단 말 이이껴? 그릏게 경우를 따지고 우리 자식들한테는 숨도 크게 몬 쉬 게 하고 시상 경우는 혼자 다 가지고 있는 분이 우째 이른 말도 안 되는 짓을 저질러 집안을 침몰시킨단 말이이껴? 제수씨는 이게 말 이 된다고 생각하시니껴?

　아주버님, 아무리 경우가 있는 아버님이라고 해도 젊고 이쁜 여 자가 그래 꼬리를 살랑거리는데 살아 있는 사램이 우째 감정이 안 일어날니껴? 밭만 보믄 씨를 뿌래고 싶어하는 게 남자들의 속성인 걸요. 사램 삶이 고속도로만 가믄 먼 재미로 사니껴? 가끔은 쫌 심 들더래도 오솔길도 걸어가다 돌부리에 걸래 넘어져 피도 나보고 소낙비도 맞아보고 가시에 찔리도 보고 그래 심든 여행일수록 추 억이 남제, 평범하고 편안한 여행은 기억에 안 남는 게 인생이라고 생각하니더.

제수씨는 이 상황에서 그른 말이 나오니껴? 아주버님 제 말씀 잘 생각해 보시이소, 아주버님도 남자니까 이뿐 여자가 작정하고 아주버님 꼬시믄 장담 몬 하니더. 인생은 아무도 큰소리 몬 치니더. 그저 눈 감으시고 그냥 조용히 지내가시더. 아버님인들 자식들한테 지끔 속이 속일니껴? 아주버님보다 아버님이 지끔 제일 힘드시고 자식들 보기 챙피하고 그럴 거 아이껴? 그래이 아주버님이 쫌 너그룹게 지내가 주시야 아버님도 맴 안정을 찾으시제요. 그래야 어머님도 더 편할게씨더. 미와하는 거는 어머님 하나만으로도 족하이더. 우리는 그저 모르는 척 눈감아 주는 게 자식된 도리라고 생각하니더.

내 다른 말은 제수씨 말 다 들어도 이 일은 제수씨 말 몬 듣니더. 지가 죽든지 아부지가 죽든지 양단간 결딴이 나야 되니더. 아주버님 정신 쫌 채리소. 이만 일로 누가 죽으믄 집구석 풍비박산 나고 상처투성이가 되제 왜 그래 정신을 몬 채리시니껴? 아주버님은 이 집안에 기둥이씨더. 기둥이 흔들리믄 집이 무너지니더. 이후 아주버님 동상들이 몰고 올 폭풍까지 아주버님이 막아 주시야 되니더. 그래이 미치겠제요. 아주버님 지는 이 집안이 무뚝뚝하기는 해도 속정들이 많아서 좋니더. 특히 아주버님은 저의 좋은 친구시잖니껴. 아버님도 친구시고. 제수씨 아부지 말은 꺼내지도 마소.

그렇게 밤늦도록 이런저런 말들을 툇마루에 늘어놓으며 있다가 잠이 든다. 별은 무심하리만큼 초롱초롱 눈망울만 굴린다. 풀벌레 소리도 툇마루로 기어올라 귓속으로 파고들어 온다. 아침이다. 아무도 먹지는 않지만, 밥상은 차린다. 어머님은 어디로 가셨는지 보이지 않는다. 시아버지는 절대로 늦잠 자는 분이 아닌데 아직도 잠에서 안 깨어나신다. 밥상을 차려서 방으로 가져간다.

딱 한 숟가락만 잡수소. 아님 국물만이라도요. 일 없다. 구찮게 굴지 말고 가주고 나가라. 둘이 실랑이를 벌이고 있는데 방문이 벌컥 열린다. 아주버님이다. 신발도 안 벗고 방으로 들어온다. 손에는 농약병이 들려있다. 단숨에 방으로 들어온 아주버님은 농약병을 밥상 위에 *탁!* 소리가 나도록 놓는다. *아부지! 이거 마시고 돌아가시이소.*

시아버지 눈썹이 금세라도 날아갈 듯이 날개를 치켜든다. 캄캄한 먹구름이 날쌔게 날아와 시아버지 얼굴을 덮는다. 눈 날에 베일 것처럼 아들을 째려보신다. *이누무 새끼가 시방 애비한테 머하는 짓이로? 아부지라고요? 아부지 자격 있을라믄 이거 잡숫고 나서 자격 따지소. 머하시니껴? 얼릉 마시라이까요.* 더 이상 아무 말도 못 하고 눈썹만 위로 올려세우고 큰아들만 노려보고 있다. 아주버님 눈에는 불이 별빛보다 더 파랗게 쏟아지고 있다.

빨리 잡수소! 강한 명령을 내리고 서 있다. *아주버님 나가 계세요.* 아주버님을 잡아당겨 문밖으로 내보낸다. 아들을 처다보던 시아버지는 아들이 밖으로 나가고 며느리가 문을 닫자 손이 사시나

무 떨듯 떨며 농약병을 집는다. 천천히 아주 천천히 자신의 앞쪽으로 가져간다. 밥상에서 입까지 백 리는 되는 것 같이 거리가 느껴질 정도로 천천히 가져가서는 병뚜껑을 연다. 부들부들 바들바들 바람에 문풍지 떨 듯 손을 떨며 입 근처까지 가져간다. 그 속도는 굼벵이가 기어가는 속도보다 더 느리다.

입술에 농약병이 닿는 순간 팔을 탁! 친다. *야가! 야가! 왜 이래노. 큰아 하는 말 몬 들었나. 지 애비를 죽으라고 농약을 가주고 오는데 살아서 머 한다고 몬 죽게 하노? 이리 내놔라.* 그때야 다시 불처럼 급한 성미를 내보이며 엎질러진 농약병을 다시 집어든다. *다 쏟겠는데 멀 내놔요. 아버님한테 실망했어요. 니까지 또 왜 부애를 지르노. 아이 아버님 남자 대장부로 태어나서 그럴 수도 있제. 먼 나막신 신은 구신 같은 짓을 하고 그래니껴. 그까짓 일로 목심을 버리믄 이 시상에서 살 남자 하나도 없겠니더. 의자왕은 3천 궁녀도 거느리고 살았고 측천무후는 여자인데도 하룻적에 한 밍씩 남자를 델꼬 자고 죽애 뿌래고 하는데 그까짓 여자 하나 델꼬 자고 그 대가로 목심을 내뿌래요. 천하에 우리 시아버지 최고인지 알았디이만 인제 보이 쫄장부씨더, 아주 쫄장부!*

나의 말에 시아버지는 갑자기 태도가 달라지고 얼굴에 화색이 돌면서 말한다. *그래 그릏제? 이까짓 거 아무꺼도 아이제? 사나로 태어나서 여자 한 분 델꼬 자믄 어떻노 그릏제? 당연지사제요. 여자 열 밍도 몬 델꼬 자고 농약을 마시다이? 쩨쩨하게 시리. 실망*

절망 폭망이씨더. 앞으로 열대어섯 밍 더 델꼬 자고 돌아가시든가 말든가. 그래믄 지가 아버님을 시대에 영웅호걸이라 그랠씨더. 그까짓 여자 하나 때문에 죽으믄 빙신 쪼다 소리밖에 더 듣니껴. 그까짓 여자 하나 때문에 죽으믄 목심도 버리고 자존심도 버리고 다 버리는 게제요.

그릏제? 내가 너무 숙맥이제. 인제 정신이 드시니껴? 아주버님 머라 그래믄 암 말씸 안 하시고 가만 계시믄 되고 그 대신 어머님한테는 진심으로 사과하고 돌아가실 때까짐 진심으로 속죄하시믄 되제. 니 지끔, 또 왜 말이 바뀌노? 아버님, 그래서 알면 빙이고 모르믄 약이 되는 뱁이제요. 왜 질질 흘리고 다니세요? 감쪽가치 모르게 하셔야제. 인제 어머님이 안 이상 맴에 상처를 치유해 주셔야 되니더. 그래믄 너 시어마이한테 우째야 되노? 당분간은 숨도 크게 쉬지 마시고 내 죽었소 하고 계시고 잔소리도 하시지 마시고 시월이 흐르믄 그때 가서 정식으로 사과하시야 되니더. 진심을 담아서 하시야 해요. 알았다. 니 때문에 죽지도 몬 하고 이게 먼 꼴이로. 왜 아까운 인생을 농약 잡숫고 돌아가시니껴? 아버님 돌아가시는 거는 상관 없제만 자식들이 아버님 바램 피우고 농약 드시고 돌아가싰다고 하믄 쪽 팔레고 챙피해서 우째 사니껴? 자식들 생각도 쫌 하시야제요.

알았다. 니 때문에 죽지도 몬 하고 이게 먼 꼴이로. 왜 농약 먹고 죽으믄 아무꺼도 모르고 이 수모 안 당해도 될 건데 몬 죽게 농약 빙을 딸치고 그래노? 죽는 게 그릏게 쉬운지 아시니껴? 어머님한테 용서받아야 돌아가실 자격이 주어진다고요. 용서받고 돌아가실 자격증 받은 다음에 돌아가세요. 그른데 너 어마이가 용서해줄라? 용서받을 생각 마시고 용서를 빌기만 하시야제요. 용서를 안 받아주는데 빌기만 하란 말이라? 내사 죽으믄 죽었지 몬 빈다. 어데 사나가 돼서 마누레한테 비는 뱁은 없어. 차라리 죽는 게 낫제.

그래믄 아버님 같은믄 어머님이 다른 남자랑 자다가 걸려서 지서에 있었다믄 용서하시겠네요? 아이 말도 안 되는 소리 하지 마라. 용서 같은 소리 하네. 당장 내쫓아야제. 여펜네가 어데라고! 그것 보세요. 그래이까 아버님이 문제제요. 가정이 멀쩡하게 있는 여자가 나무 남자하고 자는 그 예펜네는 멀로 보이싰니껴? 그 여자도 아버님매로 님핀이 당장 내쫓아야제 예펜네가 어데라고. 한다는 생각은 몬 하싰니껴? 머 머라노? 니까짐 또 왜 이래노. 내한테 왜 또 공격하고 그래노? 그래이까 어머님한테는 진심으로 사과하란 말이씨더. 어머님은 용서 같은 소리 하네. 당장 내쫓아야제 영감탱이가 어데라고. 그래지도 않고 묵묵히 가심을 씰어내리민서 맴을 다스리고 게시니 어머님은 신의 경지에 있는 사램이라고요. 알았따. 비마. 빌믄 되잖나.

그릏게 마무리되나 싶더니 마루에 나온 아버님을 보자 아주버님은 또 눈에 불꽃이 활활 탄다. 빨리 엄마 앞에 끓어앉아 엄마한테 사과하소. 아주버님 말에 시아버지 눈에 다시 불꽃이 옮겨붙는다.

이눔아! 내가 메느리 앞에서 끓어앉아 사과하란 말이라? 메느리 앞에서가 아니라 제수씨한테도 끓어앉아 사과하소. 저눔이 미쳤나! 애비한테 농약 빙을 들이밀지 않나 메느리 앞에 끓어앉으라 소리 지르지 않나. 야, 미쳤니더. 아버지가 안 죽으믄 내가 죽어도 죽어야 되니더. 제수씨한테 엄마한테 끓어앉아 안 빌믄 내 당장 죽을 거이 내하고 흥정하시더.

어느새 가져다 놓았는지 옆에 있는 농약병을 꺼내 든다. 사태가 심각하게 돌아가자 시아버지는 무릎을 끓는다. 알았다! 배은망덕한 놈 같으니라고. 미안하네. 제수씨한테도 비세요. 에미야, 미안하다. 엉겁결에 며느리한테까지 무릎 끓어 빌게 된 시아버지는 얼굴이 구릿빛이 되다 못해 흙빛으로 변한다. 앞으로도 핑생 속죄하는 맴으로 사소. 오냐 이눔아! 이 후레자식 같은 눔아! 마지못해 끓어앉긴 했지만, 자존심이 솟대 같은 시아버지는 자존심이 상해서 구럭구럭한다.

제수씨 서울 가시더. 에미는 왜 델꼬 갈라 그래노? 이누무 새끼야. 갈라그던 니 혼자 끼 올라가든가 망할 눔의 새끼 같으니라고. 화가 몸속 가득 차서 어쩔 줄 모르는 시아버지는 혼자 있는 게 두려운지 며느리를 못 데리고 가게 한다. 제수씨 빨리 안 가고 머하니껴? 자기 아버지가 무슨 말을 하거나 말거나 안중에도 없이 재촉해댄다. 하는 수 없이 차에 올라탄다. 차 소리가 나도 고개도 안 들고 앉아 있는 시아버지. 그렇게 일단락 짓고 아주버님이랑 서울로 온다. 도대체 어디서부터 어디까지가 시아버지의 참모습일까?

제수씨 미안하이더. 면목 없니더. 머가 미안하고 면목동이 바로 우리 옆 동네에 있는데 면목이 없긴 왜 없니껴? 하하하하, 제수씨 때문에 또 웃니더. 사램 한 평생 살다 보믄 흐린 날 맑은 날 눈 오는 날 비 오는 날 바람 부는 날 천지의 일기도 그래 변화무쌍한데 사램 한평생이 오죽 할니껴? 그르니 하고 살아야제요. 제수씨는 사램이 아이고 신이씨더. 우째 그래 모든 일을 덤덤하게 처리할 수 있니껴? 지는 절대로 그게 안 되니더. 아부지 일도 절대 용서가 안 돼서 죽을 것 같니더. 다 시월이 약이 아이껴? 이 또한 지나가는 바램이씨더. 걍 아주버님은 모른 척 잊어뿌래소. 다 지내간 일을 가주고 신경 쓰시믄 아주버님만 괴롭제요. 서울 가서 시원한 맥주 한잔하민서 잊어 뿌래고 우리 가족 다시 화목하게 돌아가시더. 아주버님이 이 집안에 대들보 시니까 아주버님이 그래 상심을 하고 계시믄 집안이 우울 덩이에 빠지니더. 지도 그래만 되믄 좋겠니더. 제수씨 봐서 그래 해 봄씨더.

그렇게 아주버님은 화를 삭이지 못하고 동네 소문과 순하고 순하기만 한 어머니 대신 가슴앓이하느라 밤낮으로 술독을 끼고 산다. 형님도 답답하다고 하루도 술을 안 마시고는 못 사는 알코올 중독자가 되어버렸다고 연일 전화로 하소연한다. 제수씨 말이라면 잘 듣는 사람이니 한번 만나서 어떻게 좀 해 보라는 형님의 말에 아주버님 댁에 방문한다. 한 달 정도 지났는데 몰라보게 수척해져 있다.

아주버님 저 왔니더. 어이구 우리 제수씨가 우짼 일로 다 오싰니
껴? 아주버님 본 지 오래돼서요. 그래요. 제수씨 잘 오싰니더. 안
그래도 제수씨 만내로 갈라고 하던 참이씨더. 먼 일로요? 참말로
말하기도 챙피하이더. 인제 우리 집안 다 됐니더. 망신스러워 동네
도 몬 내래가겠고 아무꺼도 할 엄두도 몬 내고 있니더. 답답해서
엄마나 모시고 올라와서 쫌 같이 있고 싶은데 그것도 집사램이 안
된다고 하고 대체 머 하나 맴대로 되는 게 없니더. 차라리 죽고 싶
을 뿐이씨더. 이누무 미쳐 돌아가는 시상 더 살고 싶은 맴도 없니
더. 더 살아봐야 점점 더 험한 꼴만 더 보고 살아야 할 것 같은데
살아서 머하니껴?

아주버님답지 않게 머 그까짓 일 가주고 낙담을 하고 그래시니
껴? 제수씨는 모르니더. 멀 몰래요? 제수씨가 모르는 일이 또 있니
더. 제가 모르는 일이 어딨니껴, 다 알제요. 아이 아이 아이 다 모
르니더. 철저하게 몰라야 될 일이 또 있니더. 그건 제가 무덤까짐
가지고 가야 할 일이라서 지 혼자만 괴롭니더. 정말이제 살맛이
다 떨어지는 일을 우리 아부지가 저질렀단 말이씨더. 거게까지만
알고 게시고 더 묻지 마소. 괴롭고 죽고 싶으니더. 아주버님 아시
는 일 제가 모르는 일 없니더. 다 아니더, 저도.

아니 천만에요. 다 모르니더, 절대 모르니더. 반대씨더. 지가 아
는 것 아주버님이나 식구들이 모르는 게 더 많을걸씨더. 제수씨
지끔 먼 소리 하니껴? 우리 모르는 거 제수씨가 안다? 도무지 모

르겠니더. 저도 무덤에 갈 때까짐 가지고 가기로 저 자신과의 약속이라 말할 수 없니더. 하나만 물어보시더. 아부지 개인에 대한 거이껴? 그릏니더. 그래믄 여자 관계이껴? 그릏니더. 그래믄 혹시 지끔 이 여자 사건 말고 다른 사건이껴? 아주버님도 말씀 안 하시는데 지가 왜 말하니껴. 아주버님이 먼저 말씸해 보소. 그래믄 지도 말씸 드림씨더. 그만두시더. 유치하고 망신스러워서 그릏제만 제수씨가 알고 있는 거 조끔 이래도 힌트만 주시믄 안 되니껴? 아주버님도 몬 하는 걸 지가 왜 하니껴? 알겠니더. 더 안 묻겠니더. 그냥 모른 척 지내는 핀이 낫니더. 아주버님 지는 시상에 태어나서 사램 손에 물갈퀴가 있는 걸 첨 봤니더. 혹시 아주버님도 그른 손을 보신 적 있니껴?

순간 몸을 벌떡 털고 일어선다. 제수씨 지끔 머라 하싰니껴? 혹시 그래믄 아부지…. 맞니더. 확실하지는 않제만. 이른 사람 미치고 환장하겠네. 기어이 제수씨가 그 일까짐 알아 버리다이. 이거 망신스러와서 살 수가 없니더. 참말로 면목 없니더. 우째야 좋단 말이껴? 아니, 제수씨는 그 일을 어데까짐 어데서 알았단 말이껴? 그래시는 아주버님은 어데까짐 어데서 알았니껴? 지는 작년인가 동창 놈이 언질을 줘서 알았는데 확실한 거 같지 않았제만, 일단 그른 구설수에 휩싸인 자체가 싫고 망신스롭니더. 정확하지는 않제만, 소문은 아부지 짝으로 기울어 있단 말이씨더.

그레시니껴. 저도 확실하지는 않제만 짜장면집에 아버님이랑 짜장면 머로 갔는데 어떤 아이가 아버님더러 아부지라고 해서 여쭤 보았더니 아버님은 펄쩍 뛰시드라고요. 온갖 남자 다 만내는 여자 인데 말도 안 되는 소리라고 하디더. 그른데 우째 그 아이가 아부 지 아이란 걸 생각했니껴? 그 아이 이름이 진상인데 그 아이 엄마 를 만냈니더. 특이하게 손이 그릏게 생겼는데 그 아이 말이 아버님 이 가끔 와서 밥을 사 주고 가신다고 하디더. 아버님은 그냥 딱해 서 한 분씩 밥을 사주는 거라고 변명을 하싰니더.

그른데 그 여자 진상이 엄마란 여자의 입에서 나오는 말이 아버 님과도 관련이 있다고 했니더. 그레이 그 말이 맞지 않겠나 싶어 어림잡을 뿐이제 확실한 건 없니더. 그 여자가 직접 그 진상인가 먼가 하는 애가 아부지하고 연관이 있다고 말했단 말이제요? 그 여자가 분명히 그레 말했니더. 그릏제만 그 여자는 양육비를 요구 하거나 그랠 생각은 없다고 하디더. 자기가 낳은 자식이이까 자신 이 잘 키우겠다는 의지를 가주고 있디더. 정확하지 않은 일을 이 러구저러구 하기는 싫제만 우쨌거나 그 진상이 엄마라는 여자는 심성은 고운 여자 같았니더.

그리 심성 고운 여자를 울렀단 말이제요. 그레 그 여자는 우째 살고 있니껴? 식당에 댕긴다고 하디더. 건강도 벨로 좋지 않다고 들었니더. 그래도 진상이를 위해서 일을 댕긴다고 하디더. 참말로 미치고 팔딱 뛸 일이네. 참말로 돌아버리겠니더. 우리 아부지지만 참말로 미치겠다 말이씨더. 아주버님, 일은 모두 벌써 일어났고 다시 주 담기는 늦었잖니껴. 조용히 가심을 쓸어내리고 진정하고 아버님 입장에서 생각하는 일백에 더는 방법이 없잖니껴. 자식이라믄 두들겨 패기라도 하제만 그랠 수도 없잖니껴. 그래서 지가 돌겠다는 게씨더. 단 한 시간도 술을 마시지 않은 맨정신으로는 살아갈 자신이 없단 말이씨더.

아부지가 부끄루와도 아부지란 이유로 말도 몬 하고 혼자서 가심에 넣고 산다고 생각해 보소. 집사람도 우리 엄마도 아무도 모르니더. 지만 가심앓이를 하고 있니더. 식구들은 지를 알코올 중독자라고 치료받으라고 하제만, 제수씨 생각해 보소. 이른 상황에서 치료가 된다고 생각하니껴? 절대로 치료 안 되니더. 우째 수습할 방법이 없니더. 그래도 이 술이 나를 하루하루 살아갈 수 있게 도와주니더. 술을 마시고 나믄 잊어 뿌래거든요. 그래이 제수씨는 모든 걸 알고 계시이까 지를 이해해주소.

아이요, 아주버님을 이해 안 할래요. 아주버님은 이 집안의 기둥인데 이래 작은 일을 감당 몬 하셔서 술로 시간을 죽인다고요? 그건 지나가는 까마구가 까맣게 웃을 일이씨더. 지발 인제 술 끊으시고 정신 차래고 우리 같이 아버님 일을 해결해 나가시더. 해결 우째 먼 해결 방법이 있단 말이껴? 이미 모든 일은 다 저질러져서 해결이란 있을 수 없니더. 그래서 괴롭기만 한 게씨더. 정상으로 태어나지도 몬한 아이가 아버님이 저지른 죗값이 아닐니껴?

그 죄를 또 피하고 있는 아부지는 또 어떤 죄를 낳을지 예측 불

허씨더. 한 평생을 엄마 가심에 못만 박고 살아가민서도 한 점 부끄럼이라고는 모르는 분이씨더. 그른 분을 지가 멀 어쩌겠니껴? 지 힘으로 할 수 있는 일은 아무것도 없니더. 그래서 이래 괴로운 거씨더. 물갈퀴 손을 영주에서는 모르는 사램이 없는데 그 주인공이 아부지라. 소설 같은 이얘기씨더. 어느 영화나 드라마에서나 볼 수 있는 일이라고요. 우째 이른 일이 있을 수 있니껴. 아무리 아부지라지만 이해하기 어룹니더.

그래믄 이렇게 술만 드신다고 해결책이 나오니껴? 해결이란 이 시상 어디에도 없니더. 아부지가 돌아가시기 전에는. 그건 너무 과한 말씀이씨더. 지 심정이 그릏다는 말이씨더. 지 심정 제수씨라도 이해하시고 지가 술로 산다고 질책하지 마소. 단 및 분이라도 맨정신으론 이 시상을 살아갈 자신이 없니더.

그렇게 아주버님 이야기는 아버지를 이해하지 못해 자신의 삶을 싱그러운 과일을 술에 담그듯 자신에게 알코올을 몸에 들어부으면서 이해해 달라는 부탁으로 끝이 난다. 그 어떤 설득으로도 술을 끊게 한다는 건 불가능하다는 생각이 들어 일어서서 집으로 향한다. 인간이 산다는 게 무엇일까? 아버지와 아들의 관계란 어떤 관계일까? 아버지와 아들의 거리는 몇 톤이나 되는 걸까? 얼마큼 가까우면서 얼마큼 먼 거리인지 도무지 감이 잡히지 않아 숙명은 시 한 수를 써본다.

자벌레

자벌레 몸속엔 모든 길이와 넓이가 들어 있지요

세상 어떤 공붙해야 맞춤한 길이와 넓이를

꿰뚫을 수 있을까요

팔 벌려 재는 넓이와

걸음으로 재는 거리엔

각각 다른 빛깔이 들어 있지요

신발 문수를 잴 때 엄지와 중지를 벌려 재는 한 뼘

나무 둘레를 잴 때 벌려 재는 한 아름

거리를 잴 때 발로 재는 오십 보 백 보

우리가 몸의 곳곳을 벌려 재듯

자벌레도 곳곳을 벌려 재는 것은 아닐까요

그럴 때면 눈금 없는 거리와

넓이가 이토록 많다는 걸 알 수 있지요

나는 누워서 발끝과 이마로 한밤을 재보곤 해요

할머니와 아버지 사이

아버지와 나 사이

그 외 이름만 남은 거리들에 대해

또는 알 수 없는 그 종착지

세상의 모든 자를 다 동원해도 알 수 없는

나이의 눈금에 대해 무척 무척 궁금할 때

밤새, 뒤척이며 재보곤 해요, 내 신다리로

세상 자 그 길이 다 다르겠지만

때론 그쯤이라 부르는 자도 간곡해질 때가 있는 법이지요

재야 할 것들이 모두 내 몸 안으로 들어왔을 때

몽땅해진 어느 입관(入官)을 보고 돌아와

나를 몽땅 하관(下棺)하는 날이 있습니다

아주버님도 자신과 아버지의 거리 때문에 저렇게 괴로워하고 있다. 거리가 삼촌, 사촌만 넘어서도 저렇게 괴로워하지는 않을 거란 생각이 든다. 창의력에서는 상극(相剋)적인 조화가 새로운 시간을 굴려 가지만, 인간관계에서는 상생(相生)적인 조화가 훨씬 많은 시너지를 만들어 낼 것인데 점점 상극으로 치닫고 있는 부자가 안타깝기만 한 나날이다. 둘 사이는 점점 이해할 수 없는 구렁텅이를 향해 치닫고 있다.

그래서일까? 아주버님은 무시무시 치명적으로 결탁된 불구자 같은 취한 말들을 쏟아내고 있다. 출렁출렁 어두운 강 속을 건너가고 있는 아주버님 슬픈 육체로 술을 따라 들어간 말들을 염치 불고하고 씻겨야겠다고 마음먹는다. 가혹하게 슬픔을 쏟아내는 달빛을 프라이팬에 구워서 아주버님께 안주로 주어야겠다고 생각한다.

시호랑이 길들이기

18

인생은 원래 바람에 이리저리 흔들리다 바람에 닳아 없어지는 것이라 했던가? 바람 없이는 잠시도 살지 못하지만 바람 때문에 삶이 피폐해지고 심지어 망가지기까지 한다. 참으로 그놈의 바람이란 이름은 정녕 잠시도 조용히 머물러 있지 못하고 만 생물을 가지고 농락하는 신임이 틀림없다는 생각이 든다. 명주실처럼 감미롭고 여인의 속적삼같이 신비롭고 갓난아기 숨소리처럼 숭고하다가, 태풍처럼 목숨까지 다 쓸어가 버리는 그놈의 몹쓸 바람이 시아버지를 홀리고 다니는 바람에 정신없이 매달려서 시간을 탕진해 버리는 동안 진상이를 까맣게 잊고 있었다. 어찌 되었을까?

뜬눈으로 하룻밤을 자고 또다시 아침 기차를 타고 진상이를 만나러 간다. 터미널 의자에 앉아 기다림에 지쳐 잠이 든 진상이. 깨우기가 안쓰러워 그 옆에 앉아서 기다린다. 얼마를 기다렸을까? 진상이가 잠에서 부스스 깨어난다. 춥지도 덥지도 않은 가을이 고맙다는 생각이 든다. 잠에서 깬 진상은 자기가 꿈이라도 꾼다고 생각하는지 눈을 비비면서 멍하니 쳐다본다. 한참을 물갈퀴 손으로 눈을 비비더니 멍한 눈망울에 빛을 내며 말한다.

어어 꿈인가? 물갈퀴 달린 두 손으로 눈을 또 한 번 비빈다. 진상아 꿈 아니야. 아 아지매 그동안 벨일 없었니껴? 울매나 걱정했다고요. 이런 천진을 어찌해야 할지 막막하기 짝이 없다. 진상아! 그동안 겨울에도 여게 나와서 누나 기다렸어? 그름요. 누나가 겨울에 올지 여름에 올지 몰래서 맨날 기다리니더. 여름에는 혹시 비가 올까 봐 비니루 우산도 가주고 나와서 기다리니더.

가슴에 장맛비에 살찐 통통한 물소리가 흐른다. 천사처럼 고운 마음이 저 아이의 마음에 가득한데 누가 저 아이 마음에 돌을 던졌단 말인가? 그게 시아버지이든 아니든 간에 사람으로서 해서는 안 될 몹쓸 짓을 한 것이다. 아지매! 왜 그래니껴? 어디 아프니껴? 아이다. 우리 머 머로 갈까? 짜장면요? 변함없는 일편단심에 감동하면서 짜장면집으로 간다. 자장면과 팔보채를 시킨다. 역시 처음 먹어본다며 젓가락으로 몇 번 먹더니 무쇠도 소화할 한창나이에 배가 부르다며 효도를 부른다.

걱정하지 말고 먹어! 이 팔보채는 말이따, 한 개를 시키믄 두 개를 준다. 한 개는 우리 둘이 머꼬 한 개는 있다가 싸가주고 가서 적에 엄마하고 먹어. 이거 이름이 팔보채이이껴? 응, 팔보채라고 하는 음식이야. 이 팔보채는 진짜로 한 개 시키믄 두 개 주니꺼? 그래, 걱정하지 말고 이거는 다 먹어. 음식 남기믄 안 돼. 야, 아니더. 우리 엄마도 그랬니더 먹는 거 남기믄 벌 받는다고 몬 남기게 하니더. 아이는 씹지도 않고 후루룩 자장면과 팔보채를 바닥까지 달달 긁어서 다 먹는다. 팔보채를 포장해서 밖으로 나온다.

우리 어데 가서 놀다 올까? 안 되니더. 누나가 와서 지가 없으믄 지를 찾니더. 전번매로 그릏게 써 놓고 가믄 되지. 아 참! 맞다. 지가 돌머리라 그러니더. 잠깐 기다리소. 지가 집에 가서 핀지 써서 의자에 붙이 놓고 가게요. 마구 뛰어가는 모습에 신바람이 묻어 있다. 편지 내용을 큼직하게 써서 들고 온다. 누나! 나 진상이 잠깐 아지매하고 놀러 가니깐 여게서 기다려. 진상이가. 쪽지를 의자 위에다 침으로 철썩 붙여 놓고는 손바닥으로 탁탁 두드린다. 바램이 불믄 날아갈까 걱정돼서 꼭 붙이야 되니더. 아지매 인제 됐니더 가시더.

경중경중 깨금발을 뛰면서 따라나선다. 오늘은 어데로 갈까? 오늘은 부석사 어때? 지는 아무 데라도 좋니더. 아지매 가는 대로 따라갈 깨이까 어데든 가시믄 되니더. 어린 시절 소풍을 가듯 들떠서 따라나선다. 진상이 손을 잡자 화들짝 놀라서 손을 빼버린다. 왜 손잡는 게 싫어? 아니씨더. 지 손은 이래 오리발 같은데 아지매가 같이 댕기는 것도 챙피한데 지 손을 잡으믄 아지매가 챙피하이더, 그래이 그냥 걸어가소. 또 아지매 손에 물갈퀴가 옮기 가믄 우째니껴? 사램들은 이 빙이 옮을까 봐 지만 보믄 다 멀리 가고 지 옆에 잘 안 오니더. 어릴 때도 친구들이 매일 놀래고 어른들도 지를 보믄 인상을 쓰고 멀리 비케서니더. 옮길까 봐 겁이 나서 그래제요.

손 때문에 가슴 가득 상처가 자라나서 무성하다. 진상아! 야! 아지매 말 잘 들어. 야! 사램이 살아 가민서 손꾸락이 하나 없다거나 니매로 손이 남과 다르게 생겼다거나 다리가 한 짝 절룩거리거나 눈이 보이지 않거나 말을 몬 하는 사램이나 그른 것들은 아주 사소한 일이야. 부끄루와할 필요도 없어. 그릏다고 목심이 더 짧아지거나 하는 일은 없어. 다만 살아가는 데 쪼매 불핀할 뿐이다. 그래고 모든 빙이 다 전염되지는 않는단다. 물론 전염되는 빙도 있기는 하제만 너의 손은 전염빙이 아니이까 그릏게 신경 쓸 거 없어.

그릏지만 맴 한 짝이 빙이 들거나 남을 미와하거나 못된 맴을 가주고 있는 사램이 참말 부끄러운 사램들이란다. 그 사램들이 진짜 환자야. 그릏게 맴이 비뚤어진 사램들이 진짜 불구인 거야. 몸은 어차피 죽으믄 다 없어져. 잘생긴 사램이나 몬생긴 사램이나 다리를 절룩거리는 사램이나 눈이 보이지 않는 사램이나 말을 몬 하는 사램이나 귀가 안 들리는 사램이나 모두 다 한 줌의 재가 되고 흙이 되어 사라져. 그래이 육신은 아무 의미가 없단다.

소중한 건 몸속에 들어있는 맴이란다. 맴을 절룩거리지 않게 하고 나무 말을 잘 듣고 나무 아픔을 잘 보게 하고 말로 남한테 상처

주지 않고 그 맴이야 말로 눈에 보이지는 않제만 기중 소중한 거란
다. 그른 영혼이야말로 죽어서도 남으니까. 에이이! 말도 안 되니
더. 죽는데 머가 남니껴? 너 그래믄 국민 핵교 때 책 위인전 읽어
본 적 있제? 야, 이순신 장군도 읽고 안중근 의사도 읽고 유관순
누나도 읽었니더. 그래 그래믄 그 사램들이 지끔도 살아 있어?

  에이, 바보 같은 질문하지 마소, 아지매요. 벌써 죽은 지가 언젠
데. 그래, 죽은 지가 언젠데 지끔도 책으로 전해오지? 야. 그래 그
사램들이 살아서 손이 우땠는지 다리를 절룩거리는지 아무도 그
건 모르잖아. 그른데 그 정신은 책으로 영원히 남아서 물처럼 흐
르잖아. 진상이도 책이 아니믄 그 사램들을 알 수 없제. 그게 바로
살아서 맴을 우째 먹었었는지에 따라 죽은 후에 남기도 하고 먼지
맨치 사라지기도 한단다. 그래이 우리 진상이 손꾸락이 쪼매 남하
고 다르게 생깄다고 부끄루와하거나 남들이 이상하게 생각한다고
해서 주눅 들믄 안 돼. 그건 진상이 몸속에 소중한 맴을 죽이는
일이 된다.

  이다음에 진상이가 읽을 기회가 있겠지만 중국에 사마천이란 사
램은 궁형을 당하고도 굴하지 않고 사기를 써서 역사에 남깄단다.
궁형이 머이껴? 궁형이란 말이다. 남자의 상징인 성기를 잘라버리
는 벌이야. 와, 무서워요. 그래도 아파서 죽지 않고 사나요? 죽음
과 마찬가지지만 맴이 살아 있었기에 살아 있는 거제. 그래이까 진
상이 손은 아무 장애가 아니야. 사마천보다 더 훌륭한 사램이 될

수 있어.

그래고 미국에 헬렌 켈러라는 사램이 있단다. 그는 2살 때 큰 빙을 앓아서 제우 목심만 건졌단다. 그 후유증으로 시력도 잃고 소리도 몬 듣게 되었지. 그래서 어떤 방법이나 수단으로도 의사 전달을 할 수가 없는 불쌍한 사램이 되었지. 크민서 자신을 자학하고 방황을 했단다. 헬렌 켈러는 점점 난폭해져 갔어. 그래다가 퍼킨스 맹핵교를 댕그게 되었어. 우뜬 선상님도 그를 잘 가르치지 몬했지만, 교사인 설리번 선상님의 헌신적인 보살핌을 받았단다. 설리번 선상님은 헬런 켈러에게 개인 교습까지 해줬지. 처음엔 자신이 미워 절규도 하고 비명도 지르민서 반항을 했제만 설리번 선상님은 따듯하게 그를 품에 안아 주었단다. 그래고 포기하지 않고 끈질긴 인내심과 지도로 헌신적인 노력을 했제. 그래자 조끔씩 맴에 문을 열었고 안정을 찾기 시작하고 소통하는 법도 터득하기 시작했단다. 설리번 선상님은 3년이란 시간을 같이하민서 의사소통을 가르치고 점자법과 타자기 사용법도 익혀주고 입술과 혀 손가락의 움직임을 바닷가에 모래알보다 더 마이 하민서 피나는 노력을 했단다.

그 후 헬렌 켈러는 놀랍게 변했단다. 맴을 먹기 전과 결심을 굳힌 후에 일이란 하늘과 땅 차이로 벌어지지. 10대 후반에 그래니까 꼭 너만한 나이에 독일어 라틴어 불어 그리스어까짐 익혔단다. 스무 살에는 대핵에 진학했고 열심히 공부해서 대핵을 졸업했대.

소백산맥 ⑬

졸업 후엔 장애인을 위한 모금과 장애인의 처우와 보호를 위해 싸우기도 했단다.

설리번 선상님은 헬렌 켈러가 대핵을 마치고 사회에 진출할 때까짐 늘 곁에서 보살펴주고 대핵 강의 때는 옆에 앉아서 강의 내용을 알려주었단다. 그렇게 부단한 인내와 노력의 결과는 오늘의 헬렌 켈러라는 이름으로 영원히 우리에게까짐 전해온단다. 헬렌 켈러가 니매로 창피하다거나 남들이 숭본다는 생각을 버래지 않고 설리번 선상님의 말씀을 따르지 않았다믄 오늘날 헬렌 켈러란 이름을 여기 산 넘고 물 건너 사는 진상이가 우째 훌륭한 사램으로 기억할 수가 있었겠어?

모든 신념과 확신과 자신감은 자신의 맴속에서 웅크리고 있다가 자신의 맴이 따뜻한 훈기로 품어주믄 자라기 시작하는 싹이란다. 그래이 단 한순간이라도 헛되이 보내지 말고 자신의 맴을 보듬고 다독가래서 나는 할 수 있다, 내가 손 하나 불편한 걸로 인생을 송두리째 비관 속으로 빠뜨리는 일은 자신을 버리는 일과 같다고 생각해야 한다. 그렇게 어려움이 너를 약하게 흔들 때마다 흔들리지 않고 참고 또 참으민서 견디믄 언젠가는 큰 인물이 되는 거야. 시상에 고통스러운 일이 있다는 것은 기쁨이 곧 온다는 희망의 메시지이니 잘 생각해서 받아들여야 한다.

너 아기가 걸음 연습하는 거 생각해봐. 처음엔 한 발 떼고 넘어지고 다음엔 두 발 떼고 넘어지고 세 발 네 발하고 걷다가 결국 떨

수 있잖아. 시상에 어느 사램도 넘어지지 않고 걷는 사람이 없고 넘어져야 다시 땅을 짚고 일어나 한 발 더 걸을 수 있음을 모르는 사램은 없어. 삶도 마찬가지야 한 발 또 한 발 남들이 놀래고 아무리 머라고 하더래도 일나서 걸음 연습을 해야 하는 거야. 올바른 목표를 가지고 끊임없이 한 발 또 한 발 노력하믄 누구보다도 훌륭한 사램이 될 수 있음을 헬렌 켈러는 우리에게 보여주고 있잖아. 그 포기하지 않는 노력 덕분에 훌륭한 사램으로 남은 것이다.

거기에 비교하믄 진상이는 손꾸락이 쪼매 남과 다르게 태어난 거밲에 없잖아. 눈도 잘 보이고 말도 잘하고 귀도 잘 들리잖아. 그릏제? 그래이까 이릏게 챙피하게 생각하고 자신의 맴에게 부끄러운 짓만 계속하고 있을 건지 아니믄 이런 것쯤은 헬렌 켈러나 사마천에 비교하믄 아무거도 아니라고 생각하고 공부를 해서 그들보다 더 멋진 사람이 되어보겠다고 생각하고 열심히 노력할 것인지는 진상이 몸속에 들어있는 맴을 훌륭하게 만드느냐 아니믄 맴까짐 불구로 만들어 버리느냐 대단히 중요한 문제인 것을 알아야 한다.

그릏게 맴을 훌륭하게 키워내믄 손꾸락은 수술을 하믄 모두 정상이 되고 즐거운 앞날이 펼쳐지겠지만, 지끔 진상이매로 부끄루와하고 아무것도 하지 않으믄 내중에 어머니도 편히 모실 수 없게 되고 약도 한 분 몬 사드려 보고 어머니를 돌아가시게 할 수도 있음을 명심해. 만약에 공부를 하고 싶다는 생각이 들믄 은제든지 아지매한테 말하렴.

이야기를 듣는지 마는지 고개만 죄인처럼 푹 숙이고 있다. 진상아! 야. 울어? 아이요, 안 우니더. 우리 엄마 약도 몬 사주고 죽으믄 불쌍해서 그래니더. 그래니까 진상이가 얼릉 공부를 시작해서 핵교 졸업하고 돈을 벌어 어머니 약도 사드리고 해야제. 고개만 끄덕끄덕한다. 많이 울고 있구나 싶어 어깨만 토닥토닥 두드린다. 이제 또 기차 시간이 코앞에 다가온다. 진상아 인제 가야제. 야. 그렇게 진상이를 두고 서울행 기차에 몸을 얹고 서울로 온다. 왜 온통 진상이에게 매달리는지 자신도 잘 모른다. 책임감, 정의감, 그도 아님 동정심 암튼 무엇인지는 모르지만, 그 아이를 돌봐 줘야 한다는 마음이 자꾸 자라고 있음에는 어쩔 수 없다.

또 한 주가 지나 진상이에게 가자고 조른다. 조르는 마음을 기차에 태우고 영주 터미널로 향한다. 의자에 있어야 할 진상이 안 보인다. 그 대신 편지 한 장이 의자에 앉아있다. 누나 지는 인제부텀 공부할라고요. 집에서 책보고 있니더. 책보다가 한 분씩 나가볼 테이가 누나 오믄 이 의자에 앉아서 기다리소. 진상이가. 갑자기 편지 위로 소나기가 쏴!!!! 쏴!!!! 쏴!!!! 쏟아진다. 길가에 친 텐트가 있는 진상이 집으로 간다.

진상이는 짚자리 위에 배를 깔고, 무엇인가를 열심히 읽고 있다. 진상아! 야, 아지매 오싰니껴? 왜 누나 안 기다래고 여게 있어? 아지매 지 인제부터 공부할라니더. 정말? 야. 그래이 우째믄 공부할 수 있는지 말해주소. 그래그래 잘 생각했다. 아주 훌륭한 생각을

했어. 아이를 꼭 껴안아 준다. 진상의 결심에 금이 가지 않도록 돌봐 줘야 한다는 의무감이 생긴다.

당장 영주에 있는 한 중학교를 찾아간다. 본래 나이라면 중학교 3학년이 되어야 하지만 중학교 1학년부터 다닐 수 있도록 해 달라고 교장 선생을 찾아간다. 두 군데서는 절레절레 고개를 가로젓는다. 몹쓸! 교육자란 인간들이 저 모양이니 우리나라 교육은 부재 중이다. 어떻게든 입학을 시켜야 하기에 또 다른 학교에 찾아가서 사정한다. 교장한테 어렵게 어렵게 승낙을 얻어온다. 승낙을 들고 서울 집으로 와서 입학금 마련을 위해 어찌해야 할지 고민에 싸인다.

그리고 당장 학교에 갈 준비를 하려니 교복에서부터 준비물이 엄청 많다. 남편의 월급으로 붓고 있던 적금을 해지시킨다. 적금을 해약한 돈이 다행스럽게도 당장 준비를 하는 데 부족하지는 않다. 그렇게 교복을 사고 가방을 사고 첫 등교는 진상을 데리고 학교에 간다. 그때까지 진상이의 나이만 말했지 손이 그렇다는 말은 안 했었다. 아이를 보던 교장의 눈은 무슨 못 볼 것을 본 모양으로 찡그린다. 미리 진상의 반 배정을 해 놓았는지 교장은 *방 선생!* 하고 부르자 방 선생이라는 분이 교장실로 들어온다. *이 학생이에요. 데리고 가서 수업시키세요!*

그렇게 진상을 방 선생과 내보낸 교장은 벌레 씹은 얼굴을 하고 쳐다본다. *아니 왜 미리 말하지 않았어요? 멀요? 아이가 손이 저렇*

다는 걸 왜 말하지 않았느냐고요? 교장 선상님 손이 저른 아이는 공부를 하지 말라는 뱁이 있니껴? 그런 건 아니지만 다른 학생들 한테…. 다른 학생들한테 머가 어떻다고요? 오히려 저릏게 장애를 가지고도 열심히 한다고 타의 모범이 될 수도 있잖니껴. 교육이란 그런 거 아이이껴? 교육이 대체 머이껴? 교장 선상님! 그렇긴 하지 만. 반에서 문제가 생기면 저로서도 어쩔 도리가 없네요. 그건 문 제가 생길 거라는 생각을 당기는 교장 선상님께서 지끔 문제를 만 들고 게시니더.

그렇게 교장 선생과 실랑이를 벌이다가 잘 부탁한다는 말을 남 기고 진상이가 무사히 수업을 끝내고 오길 터미널 의자에 앉아 기 다린다. 별일 없이 수업을 무사히 마치고 온 진상은 그리 밝은 표 정은 아니다. 그렇지만 그래도 여기서 멈출 수는 없다. 진상아! 학 교 공부 재미없었어? 아이요, 왜 그리 기분이 안 좋아 보여? 아이 씨더. 첨이라서 낯설어서 그래니더. 지는 아 들이 놀래도 참고 핵 교 꼭 댕길라니더. 아지매는 걱정하지 마소. 그래 우리 진상이 기 특하고 대단하다. 헬렌 켈러보다 더 훌륭한 사램 되겠네. 야. 열심 히 할께씨더. 열심히 해서 졸업하고 엄마 빙 고치드리야 되니더.

참으로 기특한 마음씨를 싸리비로 쓸어 모으고 있다는 흐뭇함 을 가지고 진상이와 헤어져 서울행에 몸을 싣는다. 내심 마음속에 불안함이 날아다니지만 그래도 진상이를 보니 별일은 없는 것 같 아서 마음이 놓인다. 또 다음 주, 아니다. 이번에는 다음 주까지 기다릴 수가 없다. 3일 만에 다시 영주행 바퀴에 몸을 싣는다. 터미널 의자에 가니 진상이 또 의자에 앉아 있다. 늑골 사이로 찬 바람이 서늘하게 분다. 덜컥, 심장이 내려앉는다. 무슨 일일까? 학교에 있어야 할 시간에.

진상아! 왜 핵교에 안 가고 여게 있노? 야, 핵교에서 오지 말라니더. 머라고? 여게 잠깐 있어. 헉, 소리가 나도록 자존심을 짓밟혔을 진상을 뒤로하고 학교를 향해 달려간다. 운동장엔 햇빛이 컹컹 개처럼 짖어대고 있다. 컹컹 소리를 질러낸다. 어둡고 습한 곳을 비추어야 할 햇살은 햇빛이 필요 없는 곳에서 컹컹거리고 있다니 이건 인권 차별 아닌가? 몸이 불편한 사람은 배울 자격도 없단 말인가? 어찌 교육이란 말이 무색하게도 저 어린아이에게 교육을 가로막는 것이 이 나라의 교육이란 말인가? 희망이 없는 교육에 무슨 희망이 있단 말인가?

화가 머리 위에 가마뚜껑을 열어젖히며 부글부글 끓고 있다. 한달음에 학교 교장실 문을 열고 교장을 보자 입 밖으로 쏟아져 나오는 말을 삼키지 못하고 다 뱉어낸다. *교장 선상님 우째된 거이꺼? 죄송하게 됐습니다.* 그 아이가 온 다음부터 반 분위기가 흐트러져 다른 학생들 수업이 안 된답니다. 아무도 그 애하고 앉으려 하지 않고 곁에 가지도 않는답니다. *그릏다고 그 가엾은 아이한테 상처를 주고 핵교를 몬 오게 해요? 이게 교육이라고 생각하니꺼?* 죄송합니다. 저로서도 어쩔 수가 없어서. *책임 회피하지 마시고 한*

분 잘 생각해 보소. 교장 선상님 아이가 저리 되었다믄 아이를 핵교에서 교장 선상님과 똑같이 무시하고 안 받아 준다믄 우뜰지 생각해 보싰니껴?

그런 가정은 안 해 봅니다. 가정이라고요? 사램 일은 한 치 앞도 모르는 뱁이라고요! 저리 불쌍한 아이를 저리 냉대하시든 그 벌은 반드시 교장 선상님이 받으실 거씨더. 아니요. 그리되라고 매일 밤 새워 기도할 게씨더. 어떻게 그래 악담을 함부로 하십니까? 악담이 아이라 반드시 후회하실 날이 올 게씨더. 그른 인격으로 우째 교장까짐 되싰는지 의심스룹네요. 다른 사램이 그런다고 하더래도 당신은 대한민국의 교육의 장인 중핵교 교장 선상님이씨더. 교육을 시키고 이해를 시키고 그래도 안 되든 설득을 시키야 될 교장이란 자리에서 도로 부추기고 있으니, 잘 한분 다시 생각해 보이소. 내일 또 옴씨더.

와야 소용없습니다. 학교란 곳을 그래 호락호락하게 보지 마십시오. 아이요 소용 있을 때까지 올게씨더. 그래고 호락호락해질 때까지 올게씨더. 허허 참! 허허 참이란 말꼬리를 문 쾅 닫아 잘라버린다. 터미널에 오자 진상은 아직도 의자에 껌딱지처럼 붙어 앉아 멍하니 버스에서 내리는 사람들을 쳐다보고 있다. 두 손은 여전히 겨드랑이 밑으로 감춘 채. 나를 보자 진상은 깜짝 놀라 손을 빼고 일어선다.

오지 마라 하제요? 응, 아이 꼭 댕길 수 있게 해 줄게 걱정하지 마라. 늘 두드리는 사램에게는 길이 열리게 돼 있어. 아무 걱정하지 말고 조끔 기둘려봐. 자 오늘은 이만 집에 들어가 봐. 아니씨더. 여게서 누나를 더 기다리다 가야 되니더. 그래이 아지매 먼저 가소. 그래 먼저 가마. 시댁에 들어가면 시아버지가 난리를 칠 것 같아 여관방을 얻는다. 여관에서 자고 아침 일찍 교장실을 찾아갈 것이다. 교장을 찾아가 재단하고 오리고 마음이 수선될 때까지 해 볼 것이다.

다음날 또 교장실로 찾아간다. 소 닭 보듯 힐끗 쳐다본 교장은 정적을 가르며 말 같지 않은 말을 한다. 아무리 그래도 소용없습니다. 헛고생하시지 마시고 돌아가세요. 못생긴 헛바닥에서 비듬처럼 떨어진 냉담한 말이 수직으로 낙하하고 있다. 아이요. 승낙하실 때까짐 매일 올 게씨더. 보이는 것만이 진실이라고 보이는 것만이 전부라고 믿지 마시고 지혜로운 눈으로 볼 수 없는 시상이 있다는 것을 생각하시고 그곳을 바라봐 주는 교장이 될 수는 없니껴? 우리나라 미래에 이 아이 같은 아이들이 더 많은 역할을 할 수 있다는 걸 모르시니껴? 내일 다시 옴씨더. 글쎄 죽을 때까지 오셔도 안 되는 건 안 되는 겁니다. 그런 지혜로운 눈은 다른 곳에 가서 알아보세요.

일주일을 다녀도 고집이 고래 심줄보다 질긴 교장은 꿈쩍도 하지 않는다. 희망을 박탈당한 허탈감이 회오리바람처럼 일어난다. 이래서는 안 되겠다는 생각에 교육청으로 향한다. 교육청 대답은 더

기가 막히다. 그건 학교의 재량이라 이래라저래라할 수 없단다. 힘을 올바르게 사용하라 교육하는 곳. 교육의 수장인 교육청에서조차도 찾아볼 수 없음에 힘이 탁 풀린다.

세상이 참 냉혹하단 생각이 든다. 허망함이 모공을 통해 몸으로 들어온다. 그럼 어디로 가야 하나. 도대체 세상에 사람은 이리도 많은데 진짜 사람은 없단 말인가? 마음 같아선 제우스로 변신해 천둥과 번개로 교만한 저들의 자만심과 콧대를 꺾고 싶다. 그렇게 불의에 맞설 능력이 없음에 화가 난다. 번쩍 생각나는 곳이 있다. 재단 이사장을 만나야겠다는 생각! 왜 진작 그런 생각을 못 했나. 머리를 쿵쿵 쥐어박으며 재단 이사장을 찾아간다.

학교 재단을 세울 정도면 생각이 깨어 있겠지. 재단 이사장 집을 수소문해서 찾아간다. 이사장의 집에 아름다운 색동다리가 떠 있기를 기대하면서. 생각보다 검소한 집에서 산다. 이사장은 운동 중인지 허름한 옷을 입고 있다. *안으로 들어오소. 먼 일로 오싰니껴?* 돋보기 같은 뿔테 안경을 쓰고 코 위에다 고추를 널어 말려도 될 것 같은 펑퍼짐한 코, 눈썹이 하얗게 센 노인이다. 머리카락은 한 올도 없어서 꼭 스님인가 싶을 정도로 머리는 반짝반짝 윤기를 꽃 피우고 있다. 일단 콧대가 높아 보이지는 않고 인상은 자상해 보인다. 어디서부터 말을 꺼내야 할까?

이사장님 저 쫌 도와주시야 할 일이 있니더. 먼 일인데 그래시니껴? 이사장님은 우리나라 교육 재단을 세우시고 나라를 위해 인재

양성에 힘쓰시는 훌륭한 분이라 지 의견을 꼭 들어주시리라 믿고 이리 찾아왔니더. 누구든지 교육이란 꼭 해야 하는 일이라서 하는 거 뿐이씨더. 먼데 그리 뜸을 들이는지 얼릉 말해보소.

이사장님 실은 제가 어떤 남자아이 하나를 알고 있니더. 그 아이는 손가락이 오리발맨치 붙어 있니더. 집안도 가난해서 건강이 몹시 안 좋은 어머니가 식당에서 일해서 하루하루 머꼬사니더. 그 아이는 천성이 울매나 고운 아이인지. 자기에게 손가락은 수술하면 낫는다고 말한 뒷집 누나가 객지로 떠난 지 3년이 됐는데 매일매일 터미널 의자에서 기다리니더. 그뿐 아이라 짜장면 국시 라멘뱃에 음식 이름을 모르는 아이는 그 뒷집 누나가 처음이자 마지막으로 사준 짜장면이 그리워 누가 밥을 사준다고 하믄 짜장면뱃에 안 먹니더. 떠나간 뒷집 누나가 돌아올 것을 믿으민서 말이씨더. 돌아오지 않을 뒷집 누나를 입술에 소금기가 하얗게 앉도록 매일 기다리민서 희망으로 사는 아이는 그 작은 몸 하나 눕힐 방 한 칸도 없어서 길바닥에 텐트를 쳐놓고 사니더.

그래민서도 뒷집 누나를 기다래민서 비를 찍고 햇살을 찍고 바람을 찍어 일기를 편지를 꿈을 쓰며 연필로 희망을 부여잡고 써놓은 일기장이 6권이나 되니더. 그 공책을 보믄 어른들이라 이름하는 우리들의 상상보다 훨씬 더 그리움과 정이 진정한 사랑이 무엇인지를 느끼게 하는 그림과 글들이 밀림보다 빽빽하게 우거져 있니더. 한 줄 한 줄마다 박꽃보다 진하고 하얀 순박한 슬픔을 피

워 올리고 있니더. 공책에 쓴 일기 중에서 한 부분을 이사장님께 펼쳐서 보여준다.

누나에게

누나가 떠난 빈자리에
묵정밭의 새싹맨치 파릇파릇 성성한 어둠을 뚫고
봄꽃이 노란 웃음 흘리민서 누나 얼굴로 피는데
누나는 안부 한 장 없노?
나는 터미널에서 내리는 사람마다
누나일까?
누나겠지
누나일 거야
비가 오나 눈이 오나 바램이 부나 터미널에서 기다리는데
혹시나는 역시나가 되고 말지만 그래도 또 기다릴 거야

괜찮아! 괜찮아!
물갈퀴 손등을 두드려주고 떠나가민서
곧 올 거라고 한 말을 손에 감고
기다리고

기다리고

또 기다리기를 시 번의 봄이 지내고

니 분째 봄이 지내가고 있어, 누나!

복사꽃 살구꽃 흐드러지게 피는 소리에

심장이 뛰어 숨이 막혀 죽을 것 같아

복상꽃 살구꽃 향기 휘날리는 그늘을 깔고 앉아

복상꽃보다 곱고

살구꽃보다 고운 웃음을

물갈퀴 손등에 부려놓으민서

괜찮아! 괜찮아!

내 손을 잡고 괜찮다고 한

이 시상에 딱, 한 사램 누나야!

안부를 몰래서 차갑고 깜깜한 터미널에서 애를 태우믄

깜깜한 하늘에 박힌 빌들은

모두 슬픈 눈물만 반짝이고

그리움 떼만 꽃잎처럼 날아내려

괜찮아! 괜찮아! 그 말을 붙잡고

그 말로 허기를 채우며 기다리고 있어

그렁그렁한 물갈퀴 손을 잡아주고 떠나간 누나야!

산에도 들에도 하얗게 쌓인 눈이

사나운 짐승맨치 길길이 날뛰는 찬바램을 끌고 와도

괜찮아 괜찮아,

누나의 그 말을 기다리느라 내 물갈퀴 손이 다 닳아도 괜찮아

시호랑이 길들이기

19

공책에 쓴 일기 중에서 한 부분을 다 읽은 이사장님은 갑자기 벙어리가 된 듯 아무 말도 하지 않는다. 목구멍으로 으흠 으흠 헛기침만 밀어 올리고 있다. 나는 이사장에게 보충 설명을 해준다.

이 아름다운 봄에 돋아난 싹이 물을 만내지 몬해 시들어가는데 거기에 물 한 바가지 주는 일이 그릏게 어렵다는 말이이껴? 봄바램은 초록을 몰고 와서 꿈꾸는 그 아이 가심에 부려놓기 시작하니더. 역마다 연착을 하는지 아무리 기다래도 누나는 오지 않는데 아이 손 물갈퀴는 오로지 누나 음성을 희망으로 삼고 기다리니더. 누나에게만 인정을 받은 물갈퀴 손은 오늘도 하염없이 터미널 의자로 아이의 영혼을 이끌고 나가니더.

오늘은 꼭 올 거라민서 오늘이 지내믄 또 오늘인데 또 오늘은 꼭 올 거라민서 오늘이 먼지로 사라지고 내일이 오믄 또 오늘이 되어 먼지로 사라지제만 끈질긴 슬픔과 그리움은 단 한 순간도 먼지로 사라지지 않니더. 물갈퀴 손의 형벌 같은 나날을 하루하루 무사히 건널 수 있는 다리가 되어주고 있는 누나. 그래도 그 물갈퀴 손이 잘하는 게 있니더. 맨날맨날 누나한테 편지를 쓰는 시간이 되믄 신이 나서 쓰민서 기운을 맹글어 삶의 끈을 간들간들 붙잡고 있니더.

'나는 누나한테 편지 쓰는 시간이 물갈퀴 손이 최고로 즐거운 날이씨더. 매일 밤, 오늘은 이만 안녕! 누나 꿈속에서 만나자고 인사를 나누고 자니더.' 그 착한 영혼의 상처에 핀 쉬파리 떼들을 쫓아주는 건 뒷집 누나뿐인데, 오지도 않는 뒷집 누나를 하염없이 기다리고 있니더. 슬프도록 환하게 웃는 그 아이가 너무 안쓰러워서 공부를 하라고 희망을 가주고 살아가기 위한 수단으로 늦었지만 중핵교부텀 입학을 시켰니더.

그른데 교장 선상님께서 전염빙이라도 되는 양 다른 아이들한테 피해가 간다민서 등교를 몬 하게 하니더. 그래서 그 아이는 다시 천길 벼랑 끝으로 추락해서 낙담을 하고 있제요.

소낙비처럼 퍼부어 대는 말을 다 듣고 난 이사장은 안경 너머로 눈을 동그랗게 만들어서 처다본다. 그 아이와 우째 아는 사이이껴? 지가 아는 아이가 아니고 손이 그래서 불쌍해서 앞길을 터주고 싶어서 그래니더. 지도 모르는 아이씨더. 그롷제만 인간은 처음 만날 때는 늘 모르는 사람을 만내서 아는 사람으로 발전하는 거 아니이껴? 으으음~ 모르신다. 모르는데 그래 그 아이 앞길에 신경을 쓰신다. 그 마음이 참 갸륵하군요, 젊은 분이. 그른데 그거는 지 재량이 아이라서…. 이사장님! 이사장님이 세우신 핵교 재단이씨더. 교장 선상님 재량이라고 말씸하실라믄 그만두소. 교육청에서도 그래 말하고 재단 이사장님도 그래 말하고 우리나라는 사램이라고는 한 사람도 없네요. 지가 그동안 지옥을 뛰어댕긴 기분이씨더. 그릏게 댕기민서 느낀 게 먼지 아시니껴? 그게 머이껴? 인간의 지옥 도시씨더.

그 지옥 도시는

정신에 폭격을 당해

불길이 치솟아 화염에 휩싸이고

물이 길을 버리고 도로나 가옥을 덮쳐

한 치 앞도 볼 수 없는 무력증에 싸여있니더

그 무력증 속에

뿔이 다섯 개 달린 악마들이

가장 높은 지위에 올라 인간을 들었다 놓았다 하고

죄 없는 인간도 돈이 없으믄 죄인이 되고

죄 많은 인간도 돈이 많으믄 무죄로 판결받아

돈이 인간 대신 죄를 고문당하는 지옥의 도시씨더

머리 일곱 눈이 천 개 달린 악마가

술 주전자를 뒤집어쓰고 앉아 비틀비틀 취기로

부채맨치 공작 꽁지를 피민서 객기를 부래고

인간을 취기로 해부하고 배를 갈라 건조시켜

뼈째로 버적버적 씹어

술안주로 삼키고

괴물의 귀를 닮은 폭탄선언은

정신이 허약한 자들을 쥐포보다

납작하게 깔아뭉개고

조금 남은 정신마저 난도질을 해 찌개를 끓에 먹고

저주받은 영혼들은

거리 귀신이 되어 길거리를 떠다니민서

곡소리에 몸통이 꿰뚫려

바베큐매로 빙글빙글 돌아가며 살을 익히고

장승에 목이 매달래 통구이가 되고

꼬챙이에 꿰인 영혼은 인간 꼬치구이가 되어 안주가 되고

영혼의 살점은 햄 조각으로 잘려

계란에 입혀져 프라이팬에 튀겨내어 안주가 되니더

대장 악마는 영혼의 발바닥에

불에 달군 쇠잉걸 위에 발바닥을 익혀 냄새로 배를 불리고

영혼의 심장을 꺼내

달군 바늘로 찔러 바늘구멍으로 새는 심장 물을 들이키고

더러워진 영혼은

세탁기에 넣고 강력한 영혼을 가진 인간 살 한 숟가락

향기 나는 영혼 정신 한 숟가락을 넣어 빨고 탈수를 하고

사악한 영혼에는

목에 벌겋게 달군 철삿줄을 감고

지옥 밧줄을 온몸에 칭칭 감고

영혼의 머리를 댕강 자르고

영혼의 심장을 파내고

영혼의 피를 마시고

영혼의 두개골을 부수고

영혼의 살을 바르고

영혼의 뼈를 씹고

죄와 사악함이 묻은 영혼을 몸속에 넣고 사는

인간 괴물들이 지구에 살민서

상상을 초월한 잔혹한 짓으로

죄를 쌓아가고 있니더

이 글은 인간의 지옥 도시라는 제목으로 지가 써놓은 글이씨더.

말을 다 듣고 난 이사장은 고드름이 덜그럭거리는 말을 한다. 그 건 글일 뿐이고 지옥은 가 보셨습니까? 뜨거워 견디지도 못할 지

옥을 현실에 비교한다는 건 좀 과합니다. 그리고 교육계까지 그래 다 싸잡아 쓰신 건 조금 과한 것 같습니다. 하기야 글은 쓰는 사람 마음이지만요. 댁의 직업이 무엇인지는 모르지만, 사회가 다 그렇게 썩기야 했겠습니까? 여기는 지옥도 천당도 아닌 엄연한 현실입니다. 지옥이라면 모두 기형적인 것만 있고 천당이라면 모두 정상적인 것만 있겠습니까? 직업이 시인?

아이요. 시라면서요. 글이라고 했제요. 아이 시상이 하도 쉬파리스러와서 가끔 한 분씩 지어놓은 글인데 이사장님은 이해하실 분 같애서 읊어봤니더. 이것도 이해 몬하신다믄 이다음에 교육재단 이사장이란 자격으로 인간의 지옥 도시로 보내질지도 모르제요. 무슨 말을 그래 과하게 하십니까? 이사장님! 생각해 보소. 이 아이가 이사장님 자제분이래도 그래 교장 재량이라고 밀어버릴 수 있니껴? 으으으음.

나오지도 않는 기침을 목구멍에서 억지로 끌어올려 꺼내면서 치켜뜬 눈알이 두꺼운 안경을 넘어온다. 사램 한평생 짧니더. 이렇게 모든 것 다 갖춘 교육자들이 이리 자신에게 이익이 가지 않는 그늘진 곳을 쳐다보지 않는다믄 이 나라 교육은 끝난 거라고 생각되지 않니껴? 다음 생에 만일 만일에 이사장님 자제분이 이런 아이로 태어나서 이렇게 똑같이 당한다믄 이사장님은 그때 우째하겠니껴? 사람 일은 한 치도 모르는 일이씨더. 더 여유가 있을 때 결정권이 있을 때 남을 위해 정말 어디 기댈 곳 없는 그늘을 위해 도와주신다믄 그것보다 더 훌륭하고 값진 교육은 없을 게씨더. 그른 인격자라믄 재단 천 개를 세운 것보다 더 훌륭한 교육자라고 생각하니더. 지발! 쪼매만 더 넓게 그늘에 햇살 한 모금만 던져 주시믄 고맙겠니더. 만약에 안 받아주신다믄 지는 또 다른 이사장님을 찾아갈게씨더. 참교육자 말이씨더. 으으으음!

계속해서 목에 거미줄이 걸렸는지 머리카락이 걸렸는지 생선 가시가 걸렸는지 으으으음거리고만 있다. 아직에 생선을 잡수셨니껴? 생선요? 왜요? 지한테서 생선 비린내 납니까? 아이요. 모가지에 가시가 걸리신 것 같애서요. 난 또 뭐라고. 이건 간단한 문제가 아닙니다. 내 좀 생각해 볼 시간을 주시길 바랍니다. 본래 정의란 어려운 거씨더. 그래믄 내일 찾아올 테이 그동안 생각해 놓으소.

대문을 닫으며 나오는데 누군가 10톤짜리 쇳덩어리를 발목에 달아놓은 것처럼 발걸음이 무겁다. 허탈허탈 허탈을 무겁게 끌어 신고 여관으로 들어간다. 이 사회는 너무 보이는 것만 가지고 사람을 평가한다. 저 아이처럼 오지 않을 사람을 위해 6권의 편지를 하루도 안 빠지고 쓸 인격자는 얼마나 있을까? 또한, 비가 오나 눈이 오나 바람이 부나 그 터미널 의자에 앉아서 오지 않을 사람을 오리라는 기대로 바꾸어서 기다릴 수 있는 의리는 얼마나 있을까? 그러면서도 조금 더 배웠다고 조금 더 신체적으로 낫다고 저리 냉대를 하고 천시하는 인간들이 가증스럽다는 생각까지 든다. 왜 배려라는 건 이 사회에 없고 모두 어느 곳으로 출장을 가버렸단 말인가. 내일 가서 이사장이 안 된다고 하면 다음에는 또 다른 학교 재단 이사장을 찾아가리라 마음먹으며 잠을 불러들인다.

한편 다행인 건 남편이 자기 아버지 문제 때문에 시골에 오르내리는 줄 알고 아무 말도 안 한다는 것이다. 아버지 일을 몹시 수치스럽게 생각해서 입에도 올리려고 하지 않고 말도 못 꺼내게 한다. 그 일이 해결된 걸 아주버님이 말해서 알고는 있지만 절대로 입 밖에 내지 않고 시골엘 가든지 오든지 별 관심도 안 두고 묻지도 않는다. 어쩌다 자기 아버지 이야기를 꺼내면 듣기 싫으니 알아서 하라고 두 손으로 귀를 틀어막으며 자기한테는 아무 말 하지 말란다. 그래서 또 시골에서 자기 아버지 일 해결하겠거니 하고 자고 오든 어쩌든 별 관심을 두지 않는다. 그나마 진상이를 위해서는 얼마나 다행인가!

이튿날 일어나서 일찌감치 이사장 댁으로 간다. 이사장은 마침 아침 운동을 하기 위해 밖으로 나오고 있다. 부지런히 걸어오는 나를 보고는 그 자리에 멈춘다. 일찍도 오십니다. 야, 어제 말했잖니껴. 이사장님이 허락 안 해 주시믄 다른 이사장님 찾아갈 거라고요. 내 밤새 생각해 봤는데 이건 개인이 된다 안 된다고 할 문제가 아니고 학교장하고 상의를 해야 해서 교장을 불러 봤는데 도저히 좀 힘들 것 같습니다. 미안합니다.

정말 화가 용암처럼 솟아오른다. 세상이 썩어서 시궁창 냄새가 펄펄 난다. 썩을 대로 썩어 냄새가 우글거리는 곳에서 교육을 받으니 앞으로 우리 사회의 정의는 모두 무덤 속으로 잠적할지도 모른다는 생각이 든다. 갑자기 뱃속으로 허기가 차고 들어온다. 도대체이제 어디로 가서 알아봐야 하는가. 일단 허기를 채우고 보자.

뭔가 매운 것이 당긴다. 길가로 나오니 매운 찜닭집이 보인다. 문을 열고 들어가 찜닭을 시킨다. 혼자 음식점에 들어와서 먹어본 적이 별로 없지만. 세상을 뜯어먹는 기분으로 마구마구 뜯어먹는다. 마음 같아서는 닭의 뼈까지 다 바작바작 씹어 먹고 싶지만, 그것마저도 뜻대로 안 되는 것에 한계를 느끼면서. 급하게 먹어치우는 모습이 우습게 보였는지 식당 주인 남자가 옆으로 와서 말 한 종지를 건넨다.

무진장 배가 고팠는 모양이씨더? 밥 한 공기 더 드리까요? 부르지도 않는데 옆으로 다가와 던진 말 종지 속에는 다행스럽게도 따뜻한 배려가 들어있다. 자세히 보니 멸치 떼처럼 반짝이는 눈빛에 갈치처럼 미끈해 식당보다는 영화배우가 더 잘 어울릴 것처럼 꽤 비싸게 생겼다. 40대 초반쯤 됐을까? 생각을 쫙 반으로 가르며 말을 던진다. *지 낮에 머가 묻었니껴?*

그제야 얼른 나갔던 넋을 불러들인다. *아이 됐니더. 정신없이 먹었디이만 배가 부르이더. 몬 보든 분이씨더. 이 동네 분이 아이제요? 이 동네 사램 안 같니껴? 서울서 왔니더. 그른데 말은 영주 말 쓰시네요. 고향은 여게씨더. 아 그르시이껴? 우짼지 영주 사투리를 쓰시길래 영주 사람이라는 짐작은 했디이만, 내 짐작이 맞았니더.*

손님이 없어서 심심한지 그 주인은 이런저런 말을 시킨다. 그냥 건성으로 대답한다. 말을 시키던 주인은 커피 한 잔에 심심함을 섞어서 내온다. 채송화 꽃이 붉게 피어 요염하게 간들거리는 커피잔에 솔솔 피어오르는 향은 눈으로 마셔도 그 맛이 은은하고 맛있게 느껴진다.

고기 잡수싰으이 이거 한잔하소. 개운할 게씨더. 지도 여게서 20년 장사하는데 우리 집은 영주 유지들만 오니더. 맛있다고 소문이 나서 여 곁에 교장 선상님도 선상들하고 회식하로도 오고 점심을 안 싸 오는 날에는 꼭 우리 집에 단골로 오시서 점심을 잡숫니더. 아예 지를 동상맨치로 생각하니더. 지도 형님이라고 부르민서 친하게 지내니더. 장사를 하는 재미도 있제만 사램을 마이 아는 것도 지한테는 재산이제요. 우째 우리 집 음식 맛있게 드싰는지 모르겠니더.

다른 말은 다 증발하고 교장이란 말에 눈이 퍼뜩 뜨인다. 덕분에 아주 맛나게 먹었니더. 그른데 여게 곁이믄 지혜 중핵교 말이이껴? 야, 거게 교장 선상님 맞니더. 인품이 아마 영주에서는 제일일 만큼 좋은 분이씨더. 인제 쫌 있으믄 점심 잡수시로 올게씨더. 참말로 대단한 분이제요. 사램은 겉으로만 보고는 모르니더. 직접 겪어봐야 인품이 좋은지 개떡인지 알제요. 그 말도 맞제만 이 교장 선상님은 지가 오래 겪어 보이 참말로 교육자답디더. 머가 그래 교육자답니껴?

그 핵교에 돈이 없어서 등록금도 몬 내고 밥도 굶는 아 가 서넛 있는데 1학년 때부텀 당신이 낸다는 말도 안 하고 등록금 내주고 밥도 우리 식당에서 먹도록 한 달씩 밥값을 미리 주니더. 그래고 그 아한테는 자기 부모가 냈다고 부모하고 짜고 그래 대 주니더. 혹여라도 당신의 제자가 맴을 다칠세라 도와주민서도 그릏게 조심스롭고 세밀하게 신경을 써 주시는 기 요새 보기 힘든 사램이씨더. 그래서 지가 천연기념물이라고 이름을 지어 드렜니더.

요즘도 그른 교장 선상님이 있단 말이제요? 지가 비싼 밥 머꼬 왜 없는 말을 하니껴. 참말이제 이 교장 선상님 같은 분만 시상에 있으믄 시상은 벱이 필요 없을 게씨더. 그래요? 그래믄 머 하나 부탁 쫌 하시더. 먼 부탁요?

이야기를 다 듣고 난 주인은 조금 있으면 점심 먹으러 오니까 그때 한번 이야기해 보잔다. 묘하게 그 교장 선생님은 허락해줄 거라는 생각이 들었다. 그렇게 주인하고 이런저런 이야기를 주고받는데 몇 명이 떼를 지어 들어온다. 선생님들 어서 오라고 비싼 남자가 말하는 거로 봐서 옆 중학교 선생님들임이 분명하다. 교장을 찾아보려 애를 써 보지만 어떤 사람이 교장인지 분별하기가 어렵다. 나이로 보면 알겠지만 나이만으로 교장 되는 것은 아니니까.

나름대로 누가 교장일까 숨은그림찾기를 하고 있는데 도대체 잘 모르겠다. 저 키가 훤칠하니 잘생기고 머리가 허연 분이 교장 같기도 하고 키가 작고 둥글게 생긴 흰 머리가 교장 같기도 하고 찾아내기가 쉽지가 않다. 차차 알게 되겠지 하고 있는데 얼릉 오소, *교장 선상님*. 미안하게도 내가 점찍은 두 사람은 교장이 아니다. 헛다리를 짚고 있었던 것이다. 교장이란 분이 들어오자 주인은 뛰어나가 인사를 하고 맞이한다.

키가 짧고, 통통하게 살이 오른 양반 얼굴은 보름달처럼 넓고 전혀 교장 같은 느낌이 없다. 눈은 단춧구멍처럼 작고 코는 매부리코에 입술은 비대칭으로 꼭 돼지 껍데기를 구워서 말린 것 같은 입술이다. 툭 불거진 입하며 어느 모로 뜯어보나 전형적인 추남 중의 추남으로 보인다. 그래도 교장이라니 교장하고 생긴 건 아무 상관이 없다. 교장은 선생 둘과 함께 앉아서 점심을 시킨다.

내가 찾은 숨은 그림 두 사람은 한 사람은 교감이고 한 사람은 교무주임이다. 그들이 먹는 점심은 백반이다. 눈을 말똥말똥 뜨고 죽은 조기 새끼를 굽고 각 나물 반찬에다가 무를 넣고 끓인 쇠고깃국. 그렇게 상은 푸짐했고 선생들은 별말 없이 밥을 먹고는 모두 일어선다. 그때 식당 주인이 교장에게 면회 신청서를 던진다. *교장 선상님 지 쪼매 보고 가소. 나를?* 전형적인 추남 교장이 얼굴을 들어 쳐다보며 다시 앉는다.

이쪽으로 오소. 여게 우리 이종 동상인데 교장 선상님한테 머 부탁 쪼매 한다고 하니 형님 들어보소. 그래 머언 부탁인동 들어보시더. 하고는 다시 자리에 앉는다. 단추 구멍 눈을 떴는지 감았는지 모르지만 어쨌거나 말씨는 부드럽고 교장답다. 교장은 얼굴

을 찡그리고 또 찡그리며 말을 듣는다. 심하게 찡그린 얼굴이 더 추남으로 보이는 게 아니라 갑자기 미남으로 보인다. 다 듣고 난 추남 교장은 미남으로 변신해 말을 봄 아지랑이처럼 다르르다르르 따뜻한 볕을 흩뿌리고 있다.

음 거 딱하이더. 그른데 문제는…. 하고 말을 줄이자 또 간이 가슴을 버리고 떨어져 철렁 웅덩이로 빠진다. 아 참! 내년까짐 댕기고 나믄 퇴학은 몬 시킬 테이 그래하시더. 하고 냉큼 즉답을 내리며 철렁 웅덩이로 빠진 가슴을 건져내서 햇살로 말린다. 내일 아직에 바로 데리고 오소. 고맙니더. 참말로 고맙니더. 추남(醜男) 교장이 갑자기 추남(秋男) 교장으로 멋지게 보인다. 목화솜처럼 하얗게 가벼워진 마음을 두 손으로 움켜쥐고 터미널로 달려간다.

진상이는 거기 의자에 궁둥이를 붙이고 앉아 내리는 사람들을 하나하나 뚫어지라 쳐다보고 있다. 무슨 수사관이 범죄자를 살피듯 한 사람 한 사람 나오는 대로 눈길을 훑어내는 모습에 가슴이 찢어져 나뭇가지에 걸려 펄럭인다. 진상아! 안죽도 누나 안 왔어? 야, 오늘도 안 왔니더. 기약도 없고 약속도 안 한 누나가 올지 안 올지도 모르는데 그래 무한정 기다릴 수만은 없잖아. 아지매 그른 소리 하지 마소. 누나는 꼭 오니더. 천 년이든 만 년이든 올 때까짐 기다릴게씨더. 그래이 그른 말씸은 하지 마소.

갑자기 물갈퀴 손을 불끈 쥐며 화내는 모습에 아차 말을 잘못했구나 싶어 얼른 뱉은 말을 주워 담는다. 그래 미안하구나. 정말 미

 소백산맥 ⑬

안해. 그건 그렇고 니 다시 핵교 댕기게 됐다. 안 갈라니더! 한마디로 쫙 쪼개버리는 말에 힘이 다시 쭉 빠진다. 왜? 가봐야 또 놀림당하고 쫓게 날 긴데 머하로 가니껴? 진상아 아지매 말 잘 들어봐. 이분에는 안 쫓게나. 교장 선상님이 허락을 하신 거다. 전번에도 교장 선상님이 허락했는데 쫓게났잖니껴? 이분에는 달라. 딱 한 분만 아지매를 더 믿고 가자, 응 진상아! 이분에도 쫓아내믄 다시는 핵교 가라 소리 하지 않을게. 진짜제요? 이분에도 쫓아내믄 다시는 안 갈라니더. 그래. 다시는 쫓게날 일 없으이까 이분에는 아지매 믿고 한 분 가 보자.

백지 위에 그림을 그리기 위한 준비를 하는 심정으로 진상이를 데리고 교복을 사러 간다. 순수하고 깨끗한 진상이가 흰 백지 위에 마음껏 그리고 싶은 대로 그려 아름다운 그림으로 가득 채워주길 간절하게 비는 마음으로. 갑자기 진상이가 툭 엉뚱한 말 한파람을 던진다. 아지매는 먼 돈이 그래 많니껴? 전번에도 교복 사 주싰는데 또 사주게요. 응 아지매는 돈이 많은 부자야. 그래이 걱정하지 말고 공부나 열심히 해. 고맙니더. 이다음에 크믄 아지매 돈 다 갚아 줄게씨더. 그래, 열심히 공부해서 꼭 갚아줘. 갚을라믄 공부 열심히 해야 하는 거 잊지 말고. 우뜬 어려움이 진상이를 흔들더라도 꿋꿋이 버티고 견뎌야 해 알았제. 야. 잘 할게씨더. 그래야 아지매가 좋아할 것 같으이까내 열심히 할 게씨더.

준비를 마치고 이튿날 지혜 중학교 교장실로 진상을 데리고 간다. 추남(秋男) 교장은 특유의 그 단추 구멍 눈을 벌리더니 일어서서 자리에 앉을 것을 권한다. *그래 이름이 머로? 이진상이씨더. 그래 이진상. 크게 될 이름이구나. 반 친구들하고 사이좋게 지내고 공부 열심히 해. 야!* 진상은 씩씩하게 일어서더니 국민학교 1학년이 인사를 하듯이 물갈퀴 양쪽 손을 주먹 쥐고 양옆으로 찰싹 붙이고 고개를 땅바닥에 닿도록 숙여 교장 선생님께 인사한다. 교장 선생님은 서무에게 말한다.

2반 담임 오라고 해! 야! 서무가 나가고 조금 후에 2반 담임이란 선생이 들어온다. 남자 선생이다. 훤칠한 키에 건드리면 눈물이 주르륵 흘러내릴 것 같은 맑고 투명한 사슴처럼 슬픈 눈망울이다. 눈에서 파란 잉크 물이 주르르 쏟아질 것 같은 물기가 사랑사랑 고여 있다. 성격도 시원시원해 보인다. *교장 선생님 찾으셨습니까?* 그 목소리는 성우가 목소리 자랑하다 울고 갈 만큼 색채가 곱고 수려해 젖은 머리를 말리는 들꽃 향기가 바람에 실려와 교장실을 가득 채우는 환상이 든다.

응. 여게 오늘 새로 입학할 학생이야. 나이는 쫌 들었제만 잘할 거이까 지도 잘 부탁해. 알겠습니다. 이쪽으로 따라… 하고는 말을 멈추고 진상의 손길에 눈길이 겹친다. 순간 간은 삶은 돼지 불알처럼 오그라든다. *특별히 신경 쫌 써줘.* 교장 선생님이 햇살 가득한 말을 한마디 더 보탠다. 속으로 교장이 참으로 고마운 생각에 자신도 모르게 고맙다는 말이 입 밖으로 급하게도 튀어나온다.

손이 얼른 입을 막는다. 예, 교장 선생님 잘 알겠습니다. 신경 쓰도록 하겠습니다.

진상이를 데리고 나간 후 정말 고마워 넙죽 교장실 바닥에 꿇어 앉는다. 참말로 고맙니더, 교장 선상님 하고 진심으로 고마워 인사하자 왜 이래시니껴? 교육자가 저른 아이들 교육하는 건 당연하제. 우리 같이 힘 뫄서 저 아이를 잘 이끌어 보시더. 교장 선상님이야말로 참 교육자씨더. 이 은혜를…. 은혜란 우리가 이미 저 아이보다 손꾸락 멀쩡하게 태어난 것만 해도 받은 거 아이껴? 이 아름다운 맴씨도 은혜고요. 인제 걱정하지 마시고 저 아이는 지가 있는 한 잘 돌볼 거이까 그래 아시고 아무 걱정하지 말고 가소. 참말로 참말로 고맙니더. 지도 고맙니더.

그렇게 입학을 통과시켜놓고 서울로 온다. 제 배에서 빛을 꺼내 등불을 밝히고 사는 반딧불처럼 이 험한 망망대해를 스스로 빛을 발하며 어둠을 밝혀나가길 간절하게 빌면서. 지붕이 없는 집에서 사는 새들처럼 모진 비바람과 더위를 잘 견뎌 주었으면 하는 기도로. 서울 집에 도착하니 또 다른 걱정이 찾아온다. 아이 용돈이며 등록금이 문제다. 남편 월급은 빤해서 진상이한테까지 대 줄 등록금은 안 된다. 그래 일을 하자. 그렇지만 아무런 기술도 아무런 재주도 없는데 무엇을 한담. 온종일 생각을 다듬고 있는데 옆집 아주머니가 김밥을 주고 간다. 순간 아 저거다. 김밥 아주머니가 툭 머리를 치고 간다.

　이튿날 김밥 아주머니에게 일자리를 부탁한다. 즉각 채용할 수 있단다. 이튿날부터 남편이 출근한 다음 김밥집에 나가기 시작한다. 만만찮은 일이다. 날씨는 날마다 춥지도 덥지도 않게 도와주고 있지만, 어깨도 아프고 힘도 여간 드는 게 아니다. 일이란 걸 선천적으로 싫어하는 몸이다 보니 한 달을 하고 나니 몸살이 난다.

시호랑이 길들이기

20

    며칠을 앓고 그만둘까 생각을 하지만 그렇다면 힘들게 입학시킨 진상이 등록금은 누가 댄단 말인가. 일주일 후 몸을 추스르고 다시 출근한다. 한나절 일을 끝내고 집으로 오는 내 그림자를 등 뒤에서 낮달이 조용히 비춰주고 있었다. 저 낮달의 처연함에 눈멀고 입술 터지지 않는 사람이 있을까? 진상이에게 다시는 가혹한 채찍질을 휘감은 모욕이 없기를 기도한다. 김밥 재료를 다듬어 김밥을 마는 일은 보통 힘든 일이 아니지만 이를 악물고 참는다. 어깨도 쑤시고 발도 다 부르트고 아무 감각 없이 봐 넘기던 김밥집 아주머니들이 얼마나 힘들게 사는지를 이해할 것 같다.

    안 쓰던 근육을 쓴 탓인지 어깨가 아파서 한의원을 다니며 침을 맞는다. 침을 맞아도 좀처럼 낫지 않지만 다행인 건 왼쪽 어깨가 만약을 위해 기다리고 있다는 사실이다. 그래도 간혹 김밥집에서 음료수 한 잔이나 먹을 것을 주는 인정도 살아 있고 잠깐 쉬게 하는 경우도 가끔 있어 훈훈한 사람 냄새를 느끼게 하기도 한다. 그렇지만 체력은 한 번도 안 해본 일을 거부해서 드디어 과로로 병원 신세를 진다. 일주일 동안 병원 신세를 지고 난 후에야 퇴원한다. 등록금이 곧 나올 텐데 생각하니 누워 있을 수가 없어서 다시 일어나 김밥집을 향해 나선다.

겨우 등록금과 용돈을 마련해 들고 먼저 학교로 찾아가 등록금을 납부한다. 그리고 아이 근황을 위해 담임선생을 만난다. 담임은 처음에는 아이들이 옆에도 안 가고 멀리했단다. 그래서 꾀를 짜냈단다. 아직 1학년들이라 가능하겠지만 진상이를 도와주는 학생들에게는 가산점 1점씩 더 준다고 공표한 후부터 너도나도 모두 진상이를 도와주려고 서로 경쟁을 한단다. 필기도 대신해 주고 잘하지 못하는 부분은 모두 친구들의 도움을 받아서 별 불편함 없이 잘 지낸다고 한다. 그리고 머리가 좋아서 이제 두 달 조금 넘었는데 다른 아이들 못 하는 것도 다할 만큼 머리가 뛰어나단다. 진상이는 인정도 많은 아이라며 칭찬도 한다. 고마운 마음에 눈물이 핑 돈다.

선상님, 참말로 고맙니더. 아니요. 지가 고맙니더. 교장 선상님께 말씀 다 들었니더. 피도 살도 안 섞인 아이를 위해 그리 애를 쓰셨다고요? 교육자도 아니신데 참말로 대단하시이더. 오랜만에 흐뭇한 대화를 마치고 나니 무거운 짐 하나를 벗은 등처럼 가벼운

생각이 든다. 진상이 얼마나 만족한 생활을 하는지 보고 자신이 얼마나 적응이 되었는지 알아보려고 터미널로 향한다. 학교를 마친 진상이는 여전히 터미널 의자에 넙죽 배를 깔고 엎드려서 영어 단어를 외고 있다. 저 오지 않는 누나를 향한 변함없는 마음이 서늘하도록 아름답다. 진상은 내가 옆에 가는 줄도 모르고 단어를 외고 있다가 기척을 하자 벌떡 일어나 목을 안고 덤벼든다.

우리 진상이 왜 이래노? 아지매요 진짜로 고맙니더. 머가? 핵교 댕기게 해주신 거요. 그래? 핵교 생활 재밌어? 야. 전에 댕기던 핵교하고 다르니더. 친구들도 잘해주고 선상님도 내중에 지가 최고 훌륭한 사램 될 수 있다고 공부 열심히 하라니더. 그래? 우리 진상이 좋겠네. 그래고 또 할 말이 있니더. 엄마가요 아지매가 누군지 모르지만 고맙다고 보고 싶다고 하시니더. 그래 내중에 한 분 보자. 내중이 아니고요. 지끔요. 지끔은 엄마 일하로 안 가싰나? 야. 집에 있니더.

할 수 없이 진상을 따라 텐트 속으로 들어간다. 돗자리에 누운 진상이 엄마는 죽은 지 오래되어 뼈만 남은 산의 나무처럼 살 다 내리고 앙상한 뼈만 드러내고 있다. 사람이 어떻게 저래 되었나 싶을 정도로 살이란 살은 다 배로 몰렸는지 배는 무덤처럼 불룩 나와 있다. 내가 들어가자 간신히 일어난다. 목소리도 힘과 살이 다 내리고 실오라기처럼 가는 목소리다. 얼굴엔 통증이 있는 듯 있는 대로 찡그리고 있다. 일어나는 것도 힘들 정도로 겨우 일어난다.

진짜 지인짜 고맙니더. 이 은혜를 우째 갚아야 할동. 아이. 지가 먼 한 일이 있다고. 몸이 많이 안 좋으신가 보니더. 어데가 그래 편찮니껴? 괜찮을 거씨더. 우리 진상이 잘 부탁하니더, 염체도 없이. 그래 마이 아프서서 일도 몬 가시고 빙원은 댕게 오싰니껴? 지 빙은 빙원서 고칠 빙이 아이씨더. 인제는 늦었니더. 내 죽는 거는 괜찮제만 우리 어린 진상이 때문에 눈을 몬 감니더. 먼 소리를 하시니껴? 얼릉 털고 일나서 진상이 키우시야제요. 야. 그래야제요. 이릏게 오싰는데 대접도 몬 하고 미안하이더. 고맙다는 말씸 전하고 앞으로 염체 없제만 잘 부탁한다는 말씸 드레고 싶어서 이래 뵙자고 했니더. 염체 없니더. 아이씨더. 고마울 것도 없고 앞으로는 진상이 스스로 잘할 거이까 걱정하지 마시고 얼릉 몸이나 추스르소. 지는 이만 가봐야 하니더.

진상이 따라 나온다. 진상이를 데리고 짜장면집으로 가서 탕수육 팔보채 볶음밥까지 시켜서 어머니 드리라고 들려 보내고 서울행 기차에 오른다. 이제는 일이 반쯤은 끝난 것 같다. 그렇지만 진상이 어머니를 보니 심상치 않아 마음이 아프고 팍팍하다. 다음 주엔 어떻게 돈을 마련해서 병원에 입원이라도 시켜야겠다고 마음먹으며 며칠 동안 쌓인 피로를 눕힌다. 아침에 몸이 무거워 일어날 수가 없지만 누워 있을 형편이 아니다. 진상이 어머니의 병원비가 한두 푼도 아닐 텐데. 그렇지만 그 지독한 병균이 아가리를 벌려 몸을 다 파먹기 전에 병원에 입원을 시켜 균을 박멸시켜야만 한다.

돈이 문제다. 겨우 진상이 등록금과 교복 사는데 돈을 다 써버려 돈이 없다. 어쩐다.

시아버지한테 전화를 한다. 아버님 급히 돈이 조끔 필요한데 빌려주시믄 안 되니껴? 조끔 울매나? 한 3백만 원 정도만요. 머에 쓸라고 그래 목돈이 필요하노? 머에 쓸 건지 꼬치꼬치 따지실 거면 그만두시고요. 니는 시애비한테 돈을 빌레 달라민서 우째 그래 당당하노? 어차피 빌레 썼다 소리 듣기는 마찬가지인데 미주알고주알 물으시믄 안 쓰는 게 낫제요. 됐니더. 그만두시도 되니더. 찰칵! 전화를 끊는다.

이제 시아버지한테 돈을 빌리기도 글렀고 머리만 이리저리 굴리다가 일주일이 훌쩍 지난다. 일주일이 지나고 10일째 되는 날 시아버지에게서 다시 전화가 온다. 왜요? 니는 시애비가 전화하는데 왜요? 가 머로 버르장머리 없이. 이유 없이 전화 요금 올라가게 머하로 전화하시냐고요? 은제는 할 말이 꼭 있어서 전화했드나? 그름요. 저누무 소갈머리 하고는 니 돈 3백만 원 안 해준다고 삐졌구나. 됐거든요. 멀 삐지니껴 삐지기는. 말로는 그래민서도 내 보이 삐졌구만. 멀 삐지니껴 삐지기는. 말로는 그래민서도 내 보이 삐졌구만 멀 그래? 야, 삐졌니더. 인제 아버님하고 말 안 하고 싶니더. 내 그럴 줄 알았다. 전화해도 받지도 안 하고 속이 넓은 줄 알았디이만 인제 보이 밴댕이 소갈딱지만 하구만. 통장 번호 불러라. 내 아직 먹고 마을금고 올라가서 보내주마.

앗싸! 진짜요? 속 보인다, 속 보이. 우째 돈 앞에서 그래 금방 속 보이게 달라지노? *당연지사지요. 우리 아버님 역시 최고라니까. 우째 시상에 우리 아버님 같은 분을 놓으싰는지 할배하고 할매한테 고맙다고 절해야 될씨더.* 팔딱거리며 좋아하는 며느리에게 시호랑이는 *내 참!* 철딱서니 없다는 말인지 좋아하는 게 보기 좋다는 말인지 모를 말을 내려놓고는 전화를 끊는다. 그렇게 돈 3백만 원을 시아버지 주머니에서 꺼내는 데 성공한다.

김밥집 주인에게 양해를 구한다. 죄송하지만 이틀 동안 시골에 좀 다녀와야 해서 출근을 못 하겠다고 했다. 주인은 두말하지 않고 그렇게 하라고 한다. 이럴 때 보면 이 직업이 좋다는 생각도 든다. 이튿날 아침 일찍 영주행 기차를 탄다. 기분이 상쾌하다. 시아버지가 멋쟁이란 생각이 든다. 영주역에 내려 곧바로 진상이 집으로 간다. 진상이는 학교에 가고 없을 것이고 텐트가 쳐져 있는 곳으로 가니 진상이 어머니는 일을 나갔는지 아무도 없다. 터미널 의자를 보자 진상이가 쓴 것처럼 보이는 편지가 붙어있다.

그런데 내용을 보고 그 자리에 털썩 엉덩이가 주저앉는다. 어째 이럴 수가 있단 말인가. 병원에 한 번 가 보지도 못하고 돌아가시다니? *누나 우리 엄마가 돌아가싰어. 너무 슬퍼. 누나 오믄 여게서 기다려. 나 핵교 갔다 올게.* 하늘이 쿵 하고 무너진다. 이 일을 어쩐다. 저 어린아이를 두고 먼저 가다니. 도대체 어쩌란 말인가. 기다리기엔 너무 멀어서 학교로 향한다. 교장실로 가자 다행스럽게

소백산맥 ⑬

도 교장 선생이 반긴다.

교장 선생님은 진상이 어머니 장사를 치러줄 사람이 아무도 없어서 천주교에서 신부님이 장례를 치러줬다는 말과 진상이가 다행인지 불행인지 어머니가 돌아가시고 나서 더욱 악착같이 공부에만 매달려 오히려 무섭다는 이야기까지 전해준다. 교장실에서 차 한 잔을 얻어 마시며 앉아있다가 나온다. 터미널 의자에서 기다리기로 한다. 이제 포기할 때도 되었건만. 가혹한 시간은 저 여린 심성에 왜 저토록 큰 시련을 주는지 이해가 안 간다. 막 앉았나 싶은데 진상이 막 뛰어온다. 아직 수업을 마칠 시간도 아닌데 말이다.

아이는 책가방을 땅바닥에 던지고 두 손으로 내 목을 그러안고 울기 시작한다. 얼마나 짐승 같은 울음으로 포효를 하는지 지나가던 사람들이 힐끔힐끔 쳐다본다. *진상아 다 알아. 마음껏 울어. 오늘만 울고 앞으로 우뜬 일이 있더라도 울믄 안 된다, 약속해. 사나이는 태어날 때 울고 부모가 돌아가실 때 울고 자신이 죽을 때 울고 다른 때는 절대로 울믄 안 돼. 지끔은 울어. 울음이 다 쏟아져 나올 때까짐 맴껏 울어.* 더 이상의 말이 필요 없어 등을 토닥토닥토닥일 뿐이다. 한참을 그리 울고 난 진상은 물갈퀴 손으로 눈물을 닦는다.

미안하이더, 아지매요. 제법 인사치레까지 한다. *아이. 안 미안해도 돼. 아무 말도 안 해도 돼. 그래고 집에 가자.* 텐트 집에 가니 진상이 물건 외는 아무것도 없다. 아까 왔을 때는 미처 보지 못했

다. 이불도 그대로 베개도 그대로 냄비 밥공기 숟가락까지 그대로. 그러고 보니 방바닥에 누워 있던 진상이 엄마 옷 한 벌, 달랑 없어 졌을 뿐 모두 그대로다. 가시는 길이 홀가분하기는 할 것이다. 아무것도 가지고 갈 것이 없으니.

진상아 무습지 않아? 무습니더. 그래도 갈 테가 없니더. 밥은 우째 먹었노? 아직은 굶고 점심은 핵교 옆에 찜닭집 사장님이 손님한 테 팔다가 남은 밥이 많애서 맨날 골치 아프다이더. 그래서 지한 테 식은 밥이제만 적까짐 먹고 가라고 해서 엄마가 돌아가시고부 텀은 점심하고 적하고 거게서 식은 밥 얻어먹니더. 어떤 때는 밥에 반찬도 묻어 있고 사램들이 먹다 남은 밥이지만 그래도 고맙니더. 먹든 거면 우뚫니껴? 내는 밥도 몬 하고 아무것도 몬 하는데 지가 안 먹으믄 전부다 내뿌래거나 개 준다고 지발 와서 먹으라고 사정 을 하니더. 그래서 지끔 3일째 적까짐 매일 가서 먹니더. 그래 참 고마운 주인이구나. 야. 아지매는 서울 가야 하이 너 무서우믄 그 시간에 공부 하민서 씩씩하게 견뎌야 해. 야. 고맙니더. 아무리 무 서와도 참을 게씨더. 참다 보믄 뒷집 누나가 올지도 모르니더. 또 올게. 야.

진상이를 혼자 두고 걸음이 안 떨어지지만 시급하게 해야 할 일 이 있다. 먼저 찜닭 집으로 찾아간다. 찜닭 가게에 들어서자 주인 이 첫눈에 알아본다. 얼릉 오소. 잘 계씸니껴? 야. 덕분에 그럭저 럭요. 사장님 참말로 고맙니더. 머가요? 진상이한테 얘기 들었니더. 멀요? 벌써 3일째 진상이 엄마 돌아가시고 여게서 점심 적을 주신다민서요. 아~ 그거요. 참 안됐잖니껴. 몸도 정상이 아인데 고아가 되었으이 안죽은 아무것도 모를 나인데. 더군다나 한참 사춘기 때라 조심스룹니더. 진상이는 아무꺼도 모르고 손님 먹다 남은 거 내뿌래거나 개를 줄건데도 고맙다고 하디더. 야. 그 나이 가장 예민하고 자존심 강한 나이인데 손까짐 그래이 자칫 좋은 일한다고 하다가 아이한테 상처를 줄까 두려워서 그랬니더.

그래서 일부러 반찬 묻혀서 주시는군요. 야. 일부로 밥에다가 짐치에 묻은 고춧가루를 살짝 발라서 손님 먹다가 남은 거라 하고 주니더. 우뜬 날은 일부로 찬밥을 만들어서 주기도 하고요. 그래고 담임 선상님도 늘 같이 먹어 주니더. 그 선상님도 공짜로 먹는다고 하고 같이 식은 밥에 고춧가루 칠해서 주제요. 그래믄 때로는 진상이 담임 선상은 아 거 손님 먹던 거라도 좋으이 고춧가루 덜 묻은 거 없어? 아무리 공짜라도 이게 머이껴? 하고 역정 내는 척 연기를 하느라 애 먹니더. 그때는 진상이가 어른이 되니더. 선상님 공짜로 주는 것도 고마운데 왜 그래니껴? 하고 제법 어른스룹게 말한다니까요.

언제까짐 이 방법이 통할지는 모르제만 우선은 이릏게 하기로 담임하고 약속했니더. 지도 진상이 하나쯤 밥을 먹일 수는 있제만 자존심 때문에. 참말로 고맙니더. 지는 진상이 담임을 만내야 되겠니더. 진상이 담임 선상님 쪼매 있으믄 올게씨더. 진상이 데리고 적 먹으로 올 시간 다 됐니더. 하는데 호랑이도 제 말하면 온다고 진상이 담임이 문을 열고 들어온다.

아이 우짼 일이이껴? 선상님 죄송하이더. 서울에 살다 보이 진상이 어머니가 돌아가신 것도 몰랐니더. 돌아가신 것 안 저희도 어쩌지 못했습니다. 동네 성당에서 와 장례식 치러줘서 다행히 잘 끝났습니다. 그나저나 진상이 혼자 밥이 문젭니다. 임시로는 여기 사장님이 공짜로 먹이지만 장차 어떻게 해야 할는지. 안 그래도 좀 뵙고 싶었는데 잘 됐습니다. 그릏니더, 사실 진상이는 집도 없니더. 안죽도 터미널 뒤 길거리에 텐트를 치고 살제만 누구한테도 말하고 싶지 않을 게씨더. 지가 방 얻을 돈 쪼매 있는데. 한 3백만 원 정도믄 방 몬 얻겠니껴?

그 정도면 방 5개 얻고도 남습니다. 그래믄 진상이 상처받지 않게 우째 방법이 없겠니껴? 장학금이라고 하거나? 그럼 그게 좋겠네요. 진상이 성적이 우리 반에서 이분에 1등을 했습니다. 그래이 학교 장학금이라고 하고 돈을 주는 방법이 좋겠네요. 진상이가 장학금이 얼만지 아직 그런 걸 알지는 못하니까요. 그게 좋겠습니다.

이야기 중에 진상이가 나타난다. 저녁을 먹으러 온 것이다. 아지매 안죽도 서울 안 갔니껴? 으으응, 가려고 하는데 진상이 담임 선상님이 만내자고 해서 만내고 갈라고 이리 왔어. 아, 그래시니껴. 진상이 여게 앉아봐라. 야. 이번에 진상이가 우리 반에서 1등을 했다. 진짜 진짜니껴? 선상님. 펄쩍펄쩍 뛰며 좋아하는 모습이 꼭 중 1이다. 물갈퀴 손으로 선생님을 그러안는다. 저 손! 가슴을 쓸어낸다.

그래. 인제 방학이니 통지표도 나누어 주고 장학금도 줘야 하는데 우리 학교는 장학금이 너무 많아서 학생한테 직접 주지 않는 게 관례라서 보호자로 이분을 불렀다. 괜찮지? 야. 우리 엄마나 마찬가지씨더. 아지매하고 상의하시도 되더. 장학금으로 니가 살 방을 구하믄 좋겠는데 우째 생각하노? 먼 장학금이 그래 많니껴? 우리 학교는 재단 이사장님이 부자셔서 공부 잘하는 학생한테는 장학금을 많이 주신단다. 그리고 3학년 때까지 잘하면 고등학교도 등록금 없이 다닐 수 있단다. 진짜로요? 그래 진짜로. 그래믄 지도 열심히 공부할라니더. 그래 진상이 너는 꼭 훌륭한 사람이 될 거라고 선생님은 믿는다. 아마도 우리나라에서 최고 훌륭한 사램이 될 거다. 내가 사람은 잘 본다.

식당 주인이 음식을 내놓으면서 한마디 거든다. 담임선생은 진상이 오해 없이 들을 수 있도록 말을 이어가기 시작한다. 그러면 내일 방 좀 알아봐 주십시오. 방 얻으시면 장학금으로 방세 치러 드릴 겁니다. 고맙니더, 선상님. 아니지 그건 내가 고맙다. 우리 진상이가 공부 열심히 한 덕분에 어깨가 올라가서 자랑스럽다. 그리고 이분한테 고마워해라. 니를 학교에 다니게 한 건 이 아지매라고 그랬잖아. 그래이 아지매한테 고맙다고 인사드려야지. 아 진짜 맞다. 아지매 진짜진짜 고맙니더. 내가 고맙제 공부를 잘해줘서. 진상이

덕분에 아지매가 이래 칭찬도 듣고.

그렇게 거기서 저녁을 먹고 진상을 데리고 진상이 집으로 간다. 하늘은 낮 햇살을 깨끗이 쓸어내고 그 자리에 별을 총총총총 꽂는 중이다. 도저히 잠이 안 온다. 꼭 야유회 나와 텐트 속에 있는 기분이다. 이런 곳에서 살았다는 생각을 하자 마음이 답답하다. 더군다나 엄마를 잃고 혼자 며칠을 여기서 이 어린것이 얼마나 무섭고 두려움에 떨었을까? 그래도 못된 사람들이 텐트 안으로 들어와서 아이를 괴롭히지 않은 것이 천만다행이란 생각이 든다.

우리 진상이 혼자 안 무서왔어? 무서와서 돌멩이 세 개나 머리맡에 주다 놓고 자니더. 물갈퀴 손이 가리키는 곳을 보니 머리통만 한 돌멩이가 세 개나 동그마니 진상을 지키고 있다. 콧등이 청양고추를 먹은 듯 맵다. 찡하게 매워 오던 매운맛은 결국 눈물샘을 자극해 눈물 둑을 터지게 하고 만다. 그렇지만 울 수는 없다. 우는 걸 진상이에게 보여줄 수는 없다. *아지매 하마 잠들었니껴? 머 저래 말하다가 말고 빨리 잠드노.* 진상의 말에 아무 대꾸도 하지 않는다. 잠든 것으로 알게 그냥 둔다.

후루루룩 눈물이 흐른다. 밤새 무섭고 불쌍하고 생각하다 보니 벌써 해가 뜨는지 밖이 환하다. 벌떡 일어났지만, 아침밥을 해 먹일 쌀도 아무것도 없다. 터미널 화장실에서 쌀을 씻어서 밥을 해 먹고 터미널 화장실을 이용하고 터미널에서 오지 않는 누나를 기다리고 진상에게는 터미널이 삶의 터전이다. 진상은 일어나자마자 터미널 화장실에 가서 세수를 하고 온다. 터미널로 나가자 매점이 문을 열었다. 우유와 빵을 사서 먹여 학교 보낼 준비를 한다. 매일 아침밥을 굶으며 아무도 없는 텐트 속에서 무섭고 두려움에 떨었을 생각을 하니 또 가슴에서 파도에 모래 쓸려가는 소리가 난다.

진상아, 핵교 가까운 곳으로 방 얻을게. 야, 아지매 맴대로 하소. 그렇게 진상일 보내고 집을 아니 텐트를 나선다. 터미널 의자엔 언제 썼는지 또 편지가 바뀌었다. *누나, 핵교 갔다 올게. 기다려. 나 장학금 타서 집 옮길 수도 있어. 그래도 여게서 기다릴게. 진상이가.* 울음이 기어이 목을 타고 넘어온다. 길거리에 눈물을 비 오듯 마구 뿌려대며 여기저기 걸어 다니면서 학교 근처에 방을 알아본다. 금액은 생각 외로 1백만 원도 안 들어도 좋은 방이 많다. 그중에 가장 깨끗한 방 하나를 계약한다.

언제든지 이사 들어와도 좋다는 방이라 당장이라도 이사를 할 수 있다. 운이 좋다. 진상이 학교에서 돌아오면 텐트를 접고 이 방으로 옮기면 된다. 부엌도 있고 목욕도 할 수 있다. 도배도 깨끗이 다 되었다. 주인집 아들이 이사를 오려고 하다가 안 오게 된 집이라 꼼꼼하게 손질이 되어서 너무 좋다. 일단 미니 냉장고를 사고 전기밥솥을 사고 필요한 일용품을 사서 집에다가 운반해둔다. 시장에 가서 장을 봐온다. 멸치볶음 콩 조림 마른오징어 볶음 메추리 알 돼지고기 장조림 일단 기본적인 반찬을 만들어 놓는다. 쌀한 포대를 사다 놓고 나니 제법 필요한 건 다 샀다 싶은 생각이 든다. 꼭 아들을 자취시키는 기분이 든다. 그렇게 하루를 모두 다 소비해 버린다.

저녁때가 되어 진상이 있는 터미널로 가자 진상이 의자에 앉아 있다. 누나를 기다리며. 하염없이 기약 없는 기다림을 이어가고 있다. *진상아! 야, 아지매.* 진상은 깜짝 놀란 듯 의자를 박차고 일어선다. *얼릉 이사하자. 방 얻었어. 벌써 하루만에요? 아지매는 마술사 같니더. 마술사가 아니믄 우째 하루 만에 방을 얻니껴? 장학금을 받았으이 얼릉 얻어 줘야제. 진짜 고맙니더. 전부다 아지매 덕분이씨더. 그른 말은 안 해도 돼. 열심히 공부해서 이다음에 훌륭한 사램이 되믄 되는 거야. 야.*

진상을 데리고 텐트로 간다. 물건이라야 진상의 밤을 지켜주던 돌멩이 몇 개 그리고 단벌옷, 베개, 찌들어 못 덮게 된 이불이 전부다. 텐트 안 물건을 모두 꺼내고 텐트를 접는다. 진상은 아무것도 안 꺼내고 공책에만 신경을 쓴다. 그 많은 공책을 자기가 입던 옷소매를 당겨 가지런하고 소중하게 싸고 있다. 다른 짐에는 상관도 없이 오로지 공책에만 온 신경을 곤두세운다. 그렇게 짐을 가지고 방으로 간다.

진상은 눈이 휘둥그레진다. *진짜로 이래 좋은 집에서 지가 사는 거이껴? 이래 좋은 집은 처음이씨더. 맴에 들어? 너무 좋니더. 이거는 머이껴? 냉장고. 이거는요? 전기밥솥. 와~ 이른 것도 다 있었네요. 진짜로 신기하이더. 이른 거 억수로 비싼 거 아이껴? 이른*

거 없어도 되니더. 장학금이 남아서 샀어. 장학금이 그래 많니껴? 그르믄 진상이가 공부를 1등 해서 장학금도 마이 주싰어. 반찬도 냉장고에 있으니 아지매가 밥하는 법 알려줄게 한분 해봐 그래서 해 먹고 댕게, 힘들어도. 야. 걱정하지 마소. 잘해 먹고 공부도 전에보다 더 열심히 해서 또 다음에 장학금 받으믄 아지매 다 드릴게 씨더. 그래. 말만 들어도 고맙구나.

잘 봐. 쌀을 씻은 다음에 밥솥에 담고 물은 이 눈금에 맞게 붓고 이 취사 버튼을 누르믄 밥이 되는 거야. 불 안 켜도 밥이 되니껴? 그래. 전기로 하는 거라 자동으로 된다. 와~ 신기해요. 그래고 이 냉장고에 반찬은 먹을 만큼 접시에 덜어서 먹고 뚜껑을 반드시 덮어서 다시 냉장고에 집어넣어 두믄 오랫동안 두고 먹을 수 있어. 진짜로 안 상하니껴? 이거는 취사 버튼 없니껴? 이거는 냉장고라 취사 버튼이 없이 자동으로 시원해서 음식을 안 상하게 한단다. 진짜 신기해요. 아지매는 모르는 게 없니껴? 진상이도 어른이 되믄 다 알아. 안죽은 어려서 모르제. 지도 안 어리이더. 중학생이잖니껴. 그래 장하다. 계속 그래 열심히 공부해서 꼭 훌륭한 사램 되는 거야. 야. 꼭 열심히 해서 1등만 할라니더.

그렇게 진상의 길거리 텐트 속에서의 생활은 끝이 나고 작지만 아담한 방에서의 생활이 시작된다. 1주일에 한 번씩은 기차를 타고 내려온다. 이사를 해서도 기다림과 편지는 계속된다. 의자에 편지도 계속 바뀐다. 신기한 건 누구도 그 편지를 찢어버리지 않는다는 것이다. 그렇게 진상이 안정되자 조금 안심이 된다. 공부를 열심히 해서 등록금도 면제가 되고 교복값과 생활비만 주면 되어서 김밥집 일을 안 해도 충분히 해결될 수 있지만, 고등학교 대학교까지 가려면 지금 돈을 모아두지 않으면 안 된다.

드디어 겨울이 된다. 추위에 어찌 견디는지 기차에 몸을 싣고 내려간다. 터미널에는 사람이 없다. 추위에 거리에도 사람이 없다. 혹시나 터미널 의자를 보니 의자 위엔 눈이 소복이 내려앉아 있다. 눈을 손으로 밀어내니 진상은 변함없이 편지를 써서 붙이고 있다. *누나. 눈이 올 것 같니더. 눈에 편지가 파묻힐지도 모르이까 눈을 헤쳐 보소. 진상이가.* 입술 사이를 뚫고 주책없이 이 상황에 웃음이 나온다. 다시 걸어서 방을 얻은 곳으로 간다. 진상이는 방학이라서 집에서 공부하고 있다. 어미라도 온 듯 반가워서 문을 열고 반긴다. 그 손으로 신통하게도 방을 제법 깨끗하게 청소도 해놓고 밥통을 여니 밥도 해 먹은 흔적이 있다. 냉장고를 여니 모든 반찬이 거의 밑바닥을 보인다.

그러고 보니 열흘이나 못 와 본 것 같다. 담임선생님도 가끔 들린단다. 참 고마운 분이란 생각이 든다. 저 가여운 아이에게 희망을 심어주려 애쓰는 선생님이 참스승이란 생각이 든다. *너 선상님 은혜 잊으믄 안 된다. 야. 선상님도 아지매도 죽어도 안 잊을 거씨더. 공부 열심히 해서 꼭 보답할게씨더. 그래. 우리 진상이 생각도 기특하기도 하제. 방학인데 어데 놀로도 몬 가고 우째노? 아지매*

방학에 공부 더 열심히 해야 또 장학금 받니더. 그래고 지끔 방이 너무 좋아 밖에 나가기 싫니더. 텐트에 있을 때는 술 먹은 사램이 들어와서 엄마한테 다른 동네 가라고 소리 지르고 욕하고 발길로 살림을 막 걷어차믄 엄마하고 지하고 꿇어앉아 빌기도 하고 겨울이믄 추와서 손도 다 얼고 여름에는 더와서 잠도 몬 잤니더.

그래서 여름에는 터미널 의자에 나와서 잘 때도 많앴니더. 모기는 많애도 덥기는 덜해서요. 그래다가 역무원 아저씨가 쫓아서 쫓게 들어오기도 했제요. 사램들은 우리를 짐승맨치로 대하고 손꾸락질하고 지가 터미널 의자에 누나 기다릴라고 앉아 있으믄 아무도 지 옆에 오지도 않았니더. 그른데 지끔은 누가 들어와서 소리 지르고 욕도 안 하고 다른 동네 가라고 쫓지도 않고 발길로 걷어차지도 않고 이릏게 날씨가 추운데도 춥지도 않니더. 연탄 갈 때 힘들제? 그것쯤은 아무꺼도 아이씨더. 하루 두 분만 갈아 넣으믄 지 혼자 방을 따뜻하게 띠사 주니더. 지는 여게가 천국 같니더. 그래고 찜닭집 주인아저씨가 배고프믄 가게 와서 밥 먹으라고 찾아 왔었니더. 가끔 놀러 가봐. 그분도 좋은 분 같더라. 맞니더. 진짜진짜 좋은 분이씨더. 참, 우리 찜닭 머로 가까? 야, 좋니더. 가시더. 그른데 짜장면 머로 가믄 안 되니꺼? 또 누나 생각나서? 야. 짜장면을 먹으믄 누나가 빨리 올 거 같애서요. 그래. 그래믄 짜장면 머로 가자.

진상을 데리고 짜장면집으로 걸어간다. 한참을 걸어서 짜장면집에 도착해서 자장면과 탕수육 하나 시켜주니 눈물을 뚝뚝 자장면이 젖도록 흘린다. *왜? 진상아 왜 그래? 우리 엄마 생각이 나니더. 우리 엄마는 탕수육이 이 시상에서 최고 맛있다고 지가 갖다 준 탕수육을 맛있게 멌니더. 인제 지 혼자 먹을라고 하이 자꾸만 눈물이 나와서 몬 먹겠니더. 미안 하이더 아지매요.*

진상은 기어이 탕수육 한 점만 입에 문 채 일어선다. *아지매, 참말로 억수로 미안한데 우리 집에 다시 가시더. 그래 가자.* 그렇게 짜장면과 탕수육을 그대로 두고 집을 나온다. 집에 와서 비워진 반찬통마다 반찬을 만들어서 냉장고에 넣어 두고 서울행 기차에 몸을 싣는다.

그렇게 오르내리며 중학교 3년 내내 장학생으로 무사히 졸업하고 드디어 고등학교에 진학한다. 같은 지혜 고등학교라서 별 무리 없이 입학은 했지만, 문제는 나이와 손이다. 처음 만난 친구들이 그것도 한참 사춘기인 아이들이 허허벌판에 내세운 그 남과 다른 손을 그냥 다독일 리가 없다. 모두 피하고 따돌리고 더군다나 나이가 많으니 더 그럴 것은 안 봐도 훤히 다 보이는 일이다.

중학교를 아무 일 없이 졸업할 수 있었던 것은 순전히 담임선생의 지혜가 샘솟는 기발한 생각 덕분이었다. 학년이 바뀔 때마다 항상 자기 반으로 데리고 올라가서 보살핀 덕분에 3년을 무사히 졸업한 것이다. 그렇지만 고등학교는 누가 그렇게 신경을 써주지 않는다. 일단은 교장 선생님이 신경 쓴 덕에 장학생으로 선발되었지만, 학생들은 그런 장학생이나 교장 추천 같은 것에는 아무 관심 없다.

다만 물갈퀴가 있는 손으로만 그 한창 팽창하는 신체를 가진 눈들이 와르르 무너져 눈물 둑을 넘어왔다. 고등학생이란 그 나이가 얼마나 예민한 촉각의 집합체인가. 몸의 이상이 가장 심하고 여기저기 솜털 대신 거뭇거뭇 검은 털들로 털갈이를 시작하는 예민함이 기생충처럼 달라붙기 시작하는 곳. 그곳이 남학교인 것이다. 입학한 지 1달 가까이 될 무렵이다. 학교에 한 번 다녀가라는 연락이 와서 김밥집에 양해를 구하고 학교에 찾아간다. 담임 선생님은 초보 여선생이다. 야리야리하게 생긴 초보 여선생은 진상이를 다른 학교로 전학을 시키든가 아니면 우리 학교에서 퇴학을 시키란다. 무슨 일이냐고 묻는다. 수업시간에 진상이가 책상 밑으로 들어가 누워서 짧은 치마를 입은 담임선생의 속옷을 훔쳐보았단다. 그게 어째 퇴학 감이 되냐고 묻는다. 당연히 퇴학 감이란다. 죄송하다고 사과를 한다. 한창 시춘기 때라 호기심에서 그랬을 테니 한 번만 봐 달라고 사정한다.

시호랑이 길들이기

21

사정과 달리 여선생은 자질이 의심스러운 말을 던진다. 병신이 육갑한다고 손이 오리발이니 행동까지 새대가리같이 하지. 행동을 잘해도 징그러워서 못 볼 판에 행동까지 저따위로 하니 한심해서. 여기까지 듣고 인내가 동이 나버린다. 이봐! 니가 선상이야! 머라고 다시 말해봐. 예, 다시 말하지요. 병신이 육갑한다고요. 그래, 우리 진상이는 빙신이라 육갑 하제만, 니는 교사라는 인간이 육갑 하는 건 머라고 말해야 되노? 참 기가 차고 똥이 차서 원! 교사 자질이 없는 인간을 선상으로 채용하다이. 뭐라고요? 지금 나한테 반말로 그렇게 막 대하고도 저놈을 우리 학교에 그대로 다니게 할 수 있다고 생각하나 본데 이제 끝인지 아세요. 당장 책가방 싸서 데리고 가고 내일부터는 퇴학이에요. 엄마가 저 모양으로 자작나무 물 내리는 소리를 하는 한심한 사람이니 병신 자식을 낳았지.

그릏게 함부로 말하는 게 아이야, 사램은 한 치 앞도 몰라. 니는 시집가서 아이 안 낳아 키우는지 두고 보자. 나무 결점, 아니 제자의 결점을 그래 함부로 파내서 후벼 파내 삽으로 찍고 호미로 찍어 상처를 내다이. 니 같은 사램이 우째 교사로 뽑혔는지 우리나라 교육이 한심하다. 기가 막히고 어이가 없어서 교실 문을 있는 힘을 다해 발로 박차고 나온다. 교장실로 바로 달려간다.

교장 선상님 우째 저른 여자를 교사로 채용했니껴? 저게 무신 교사 자격이 있다고 저른 망나니를 교사로 쓴단 말이이껴? 아, 무신 말씀인데 꼬리 대가리 자르지 마시고 천천히 말씸하소. 저 1학년 1반 이진상 엄마인데, 그 담임, 아니 그 여자가 우리 진상이보고 머라는지 아시니껴? 머라는데요? 빙신이 육갑한대요. 무슨 이유가 있겠지요. 무신 이유가 있다고 자기 반 제자한테 저래 함부로 헷바닥을 놀려대도 된단 말이껴? 저른 인간이 교육자 맞기는 하이껴? 좀 과하기는 했네요. 제가 조치하겠습니다.

펄펄 끓어오르는 화를 안고 교장실을 니온다. 참으로 기이한 일도 다 본다. 어떻게 교육자가 저리도 함부로 막돼먹었단 말인가! 이제 막 세워진 신생 국가에 나라의 미래를 짊어질 미래를 가르치는 교사라는 인간이 저리 막돼먹은 여자라니! 저렇게 자질이 의심스러운 여자를 어찌 교사로 채용했다는 말인가? 하긴 여우일수록 꼬리를 감추니 채용 당시엔 여우가 되었겠지! 밤새도록 잠을 화로 태우고 이튿날 진상이 손을 잡고 학교로 간다.

학교는 조용하다. 아무런 조치도 안 한 것 같다. 그 여자 담임은 왜 또 오셨어요? 쌀쌀하게 묻는다. 교장실로 들어가려는데 어떤 남자 선생이 잠시 보잔다. 따라가니 시끄럽게 굴지 말고 조용히 돌아가란다. 어이가 없니더. 누가 시끄럽게 굴었다고 이래 적반하장이란 말이이꺼? 그 선생은 교장 선생님 딸이라서 계란으로 바위치기니 조용히 돌아가시는 게 진상이한테 좋을 겁니다. 그러니까 교장 선상님 딸은 아무리 함부로 해도 되신다 그 말씀이이꺼? 차라리 다른 학교로 전학을 시키는 것이 나을 겁니다.

그 선생을 밀치고 교장실 문을 드르륵 신경질적으로 열고 들어간다. 교장이 눈을 크게 뜬다. 교장 선상님 우리 진상이 담임이 따님이시라제요? 누가 그래요? 지가 알았제요. 아니 무슨 학생이 그래 선생님 속옷을 훔쳐보고 버릇이 아주 없습니다. 이런 일은 개교 이래 처음 있는 일입니다. 그래믄 무슨 여선상이 한창 털이 거뭇거뭇 나는 사춘기 남학교에 저리 속옷이 보이도록 짧은 치매를 입니꺼? 교장 선상님 우리 진상이 담임 바꿔주시지 않으믄 교육청에다가 진정서 넣을 거씨더. 자질 검사 쫌 해 달라고 신문사도 찾아가고 방송국도 찾아갈 거니 알아서 조치하시고 우리 진상이한테 사과하소. 안 그래도 상처가 큰아이한테 그걸 말이라고 하니꺼? 그래믄 지는 할 말 다했니더. 후회하시는 일 없도록.

문을 쾅! 부서지라 닫고 나온다. 잠깐만요. 요구 사항이 무엇입니까? 다른 선생이 따라 나오면서 붙잡는다. 뒤따라 교장실에서 교장이 나온다. 담임 바꿔주고 진상이한테 빙신 육갑한다고 한 말 사과하소. 진심을 다해 정중하게. 그래 몬 하겠다믄 관두시던가. 지는 언론을 이용할게씨더. 시상이 아무리 험하다고 해도 꿈나무들 앞으로 나라를 책임질 교육을 책임진 신성하고 정의로워야 할 교육의 장이 먼 시장판도 아이고 이래 오합지졸 막가파믄 앞으로 우리나라의 미래가 걱정되니더. 내 이 사건은 절대로 그냥 안 넘어갈 테이 그래 아소.

잠깐만요. 그러면 어떻게 해주기를 원하시는지 원하는 대로 해드릴 테니 언론만은 자제해 주십시오. 학교 체면도 있는데. 당신들 체민과 학교 체민이 그리 중하고 장애가 있는 사램은 체민도 없고 자존심도 없는지 아니껴? 그래 함부로 짓밟아도 된다는 말이냐고요. 한 인생을 처참하게 짓밟는 게 학교 체민 세우고 교육하는 장이시라? 저 여선생님 하나가 잘못했지 학교 전체가 그런 것은 아닙니다. 제가 대신 사과드릴 테니 용서해 주십시요. 제가 어떻게 해야 되겠습니까?

교장은 울상이 되어 애원한다. 나는 속으로 생각한다. 그래 강한 언론에겐 저리 굽신거리면서 사회 약자에게는 그리 함부로 대한다는 말이지. 그렇지만 언론에 터뜨린다고 진상이에게 도움될 일은 없다. 이쯤에서 진상이를 위해 사건을 마무리 지어야겠다는 생각을 하고 말한다. 교장 선상님 그룽다믄 앞으로 우리 진상이한테 절대 불이익당하지 않게 해준다고 약속하실 수 있니껴? 예. 시키는 대로 다 해드리겠습니다.

언론이란 말에 꼬리를 내린다. 머릿속 가마뚜껑이 열릴 만큼 펄펄 끓던 화에 물을 뿌려 끄고 집에 와서 진상이를 기다린다. 저녁때가 되어서야 진상이는 집에 온다. 아지매 선상님한테 머라고 하셨니껴? 왜? 선상님이 너그 엄마 빽 좋다민서 미안하다고 하고 반을 2반으로 가라니더. 당장 내일부텀. 지는 좋니더. 이반 아 들도 다 맴에 안 들고 지 손보고의 낄낄거리고 놀리고 이래니더. 진상아 그 정도는 참으라고 했제. 속으로 주먹을 불끈 쥐어. 니들이 아무리 그래도 나는 실력으로 보여 주겠다 맹심하고 좋은 대핵교 가서 졸업하고 손은 수술하믄 되이까, 그까짓 말은 말이 아이라고 생각해. 그때마다 이를 물고 공부를 더 열심히 해 알았제.

야. 그래 해 보께요. 미안하이더, 지 때문에. 그른 말 하제 말랬지. 그냥 니는 공부만 열심히 하믄 돼. 그래믄 언젠가는 니를 놀리던 친구들이 니한테 미안하다고 사과할 날이 반드시 와. 꼭 그릏게 이를 물고 이 수모를 채찍으로 삼고 공부해야 해 알았나? 야.

그렇게 한바탕 태풍이 지나가고 서울행 기차를 탄다. 오늘따라 기차는 유난히도 시끄럽게 기적 소리를 지르면서 달린다. 참으로 남과 조금 다른 신체를 가지거나 장애를 가진 사람들이 정상인들과 함께 산다는 게 얼마나 힘든지를 말해준다. 한참 사춘기가 무슨 일은 못 하겠는가! 진상이가 정상이었다면 손바닥 몇 대 때리고 말 일을 장애를 가졌다는 이유로 퇴학이라니. 출근해서도 마음속에 다하지 못한 말들이 부글부글 끓어오른다. 부글부글 끓는 생각을 하면서 김밥 재료를 옮기다가 계단을 헛디뎌서 층계에서 굴러떨어진다.

어제의 화가 덜 삭여졌는지 다리가 퉁퉁 부어오르며 성을 내고 있다. 걸음을 걸을 수 없다. 병원에 가서 사진을 찍으니 뼈에 금이 갔단다. 입원하고 누워 있으니 진상이 걱정이 태산이다. 2주는 입원해야 한다니. 그렇지만 뼈는 붙어야 하니. 그래야 다시 김밥집으로 출근을 할 것이다. 1주일이 가까워져 오자 도저히 그냥 있을 수가 없어 의사 선생님께 말씀드리고 목발을 짚고 기차에 오른다. 기차역에서 걷는 거리가 멀지만, 택시를 타고 가리라 마음먹는다. 영주역에 내려서 택시를 잡는다.

미안하제만, 터미널 잠깐만 들렀다가 다시 지혜 고등핵교 곁에 내래주실 수 있니껴? 야. 그거야 어렵지 않제요. 터미널에 내려 목발을 짚고 의자가 있는 곳으로 간다. 변함없이 편지는 새로 써져 의자 위에 누워 있다. *누니 어제는 퇴학을 당할 뿐했니더. 그른데 아지매가 반을 옮게 줬니더. 누나가 마이 보고 싶니더. 누나 오믄 여게서 앉아 기다리소. 핵교 끝나고 오께요. 진상.* 다 읽고는 다시 택시로 온다. 오지 않는 누나를 저렇게 일편단심 기다리면 아기다리고기다리면 꼭 참말로 정말로 진짜로 반드시 언젠가는 올까?

예전 어느 책에서 읽었던 일화가 생각난다. 지극정성으로 도통하기를 기원하는 어머니와 아들이 살았다. 도통, 도통하는 날이 온다면서 열심히 기도하러 다니는 어머니가 못마땅한 아들. 그렇지만 아들은 일편단심 도통만 기다리는 늙은 어머니를 어찌할 수 없어 그냥 둔다. 어머니 도통이 언제 온대요? 으음 저 절 밑에 있는 돌부처에 피가 흐르는 날 도통이 온다는구나. 말도 안 되는 소리. 돌에서 무슨 피가 날 거로 생각하세요? 그럼 돌에서 피도 나고 도통도 오고 말고. 도통을 하면 순간에 모든 것이 달라져. 먹지 않아도 배고프지 않고 죽고 사는 것도 없고 다른 사람 뱃속에 든 마음도 다 보이는 것이 도통이지. 그런 도통이 왜 안 와.

100%로의 믿음을 어떤 말로도 저지할 수 없는 아들은 어느 날 꾀를 생각해낸다. 저 돌부처에 붉은 물감을 칠하면 어머니가 다시는 도통이란 말을 믿고 저리 기도하러 안 가시겠지. 생각한 아들은 돌에다 붉은 물감을 칠한다. 도통을 위해 가던 어머니는 바위에서 붉은 피가 흐르는 걸 보고 그길로 뛰어와 아들을 데리고 가서 진짜 도통을 했다는 이야기. 그야말로 기적적인 이야기다. 아들이 인공으로 피를 묻힐 것을 아는 것도 도통으로 내다본 것이 아닌가.

그렇다면 진상이도 우리의 생각을 뛰어넘는 어떤 그 무엇이 있을지도 모른다. 저런 착한 천심을 가진 아이에게 우리 어른들이 상처를 준다? 생각을 털며 택시에서 내려 진상이 방으로 들어간다. 그런데 아무리 뒤져봐도 밥을 먹은 흔적이 없다. 냉장고에 반찬도 그대로다. 냉장고 뒤편에 꽁초가 수북하다. 그렇다. 진상인 구름과자를 피우고 있다. 어떻게 해야 할까? 그거라도 피우면서 외로움을 달래게 모르는 척하는 것이 나을까?

아님, 건강에 해롭다고 못 피우게 해야 할까? 잠시 망설여진다. 방 청소를 해놓고 이것저것 어질러진 것들을 치우고 국이라도 끓여놓고 싶지만 걸을 수가 없어 시장도 갈 수 없다. 집에서 앉아 진상이 오기만 기다린다. 그런데 올 시간이 지나도 진상이 오지 않는다. 시간이 흐를수록 불안하고 초조하다. 밤이 깊어간다. 1분이 한 시간처럼 길게 느껴진다. 기다림을 아는지 모르는지 진상이는 밤이 새고 아침이 와도 들어오지 않는다. 밤을 꼬박 뜬 눈으로 보내고 아침에 일어나 목발을 짚고 학교에 가 보기로 마음먹고 집을 나선다.

바로 옆이 학교지만 목발을 짚고 가니 천 리를 걷는 듯 엄청나게 멀게 느껴진다. 그래 매일 이렇게 다리를 절고 목발을 짚는 사람들의 생활은 얼마나 불편할까? 그런 장애자들을 우리 건강한 사람들이 배려에 또 배려해야 한다는 생각을 뼈저리게 느낀다. 학교 운동장에서 교무실까지 가는 시간도 만만치 않게 걸린다. 수업 시작종이 울린다. 간신히 교무실에 올라가니 모두 수업 들어가고 두 선생만이 책상에 앉아서 업무에 분주하다. 용건을 말하고 진상이 좀 만나러 왔다고 하자 조금 기다리란다. 조회가 끝났는지 진상이 담임이란 분이 들어온다.

선상님 처음 뵙니더. 진상이 좀…. 아~ 안 그래도 진상이 집에 연락을 좀 드려볼까 하던 참입니다. 진상이가 이틀째 학교에 안 나

오고 있어서요. 머라고요? 아이 왜 안 나오니껴? 저도 답답해하던 중입니다. 우리 반으로 온 지 얼마 되지 않아서 아직 진상이 신상에 대한 걸 파악하지 못한 상태에서 계속 안 나오고 있어서. 그런데 집에도 그럼 안 들어온단 말씀이네요. 안 나오는 이유 감도 잡히지 않나요? 글쎄요. 우리 반 아이 한 명을 짝꿍하라고 했더니 안 한다고 해서 또 다른 아이하고 하라고 했더니 또 안 한다고 하고 생각다 못해 짝꿍 없이 뒤에다 책상을 가져다 놓고 혼자 앉도록 해주었는데 다른 일은 아무 일도 일어나지 않았습니다. 중학교 때 생활기록부 보니까 공부도 아주 잘하던 학생이던데 무슨 일인지 모르겠네요. 별일 없었으면 좋겠습니다. 고맙니더.

교실을 나온다. 도대체 무슨 일일까? 앞이 캄캄해져 온다. 학교에도 안 가고 집에도 없고 밥해 먹은 흔적도 전혀 없고 그럼 어디서 무얼 한단 말인가? 다리라도 성해야 찾아 나서 보기라도 하지 난감하다. 집에서 무작정 기다리는 일밖에 할 수 없음에 절망감이 앞선다. 겨우겨우 걸어서 집으로 간다. 집은 텅 비어 있고 주인을 잃은 방은 냉기가 가득하다. 앞 가게에 가서 번개탄을 사다가 연탄불을 피운다. 이불을 펴고 앉아서 기다린다. 진상의 일기장이 눈에 들어온다.

어느새 몇 권의 일기가 늘어났다. 최근 것으로 보이는 공책을 넘겨본다. 진상의 심리를 읽고 바른길로 인도하기 위함이지 다른 생각이 있는 건 아니지만 그래도 좀 죄스럽다. 그 일기 역시 구구절절 누나한테 학교에서 당한 모욕감 잘해준 사람한테 대한 고마움, 자기가 앞으로 커서 갚아야 할 은혜, 꿈과 상처가 씨줄 날줄로 엮여서 공책을 가득 메우고 있다. 다행인 것은 별다른 반항적인 생각이 없어서 안심이다.

그렇지만 아이가 나타나야 안심을 할 것이 아닌가. 온종일 그렇게 불안과 초조를 온몸에 둘둘 말고 기다림으로 시간을 메우고 있다. 저녁 해가 어둑어둑 해 질 무렵에 다행히도 진상이 나타난다. 반가움에 일어서다가 휘청 주저앉는다. 다리가 말을 안 들어서다. 정신을 차리고 진상을 보니 기가 막힌다. 온 얼굴이 상처투성이고 피투성이다. 옷은 다 떨어져서 너덜거리고 술을 먹은 듯 휘청거린다. 나를 보더니 깜짝 놀란다. 방으로 들어와서는 *아지매 할 말 있니더. 인제는 지한테 오지 마소. 신경 끄란 말이씨더. 인제는 신경 써 주는 것도 구찮단 말이씨더. 다 싫니더. 핵교도 싫고 시상도 다 싫다고요. 그래이 아지매도 인제 지한테 오지 마소. 아지매도 보기 싫단 말이씨더.*

무슨 영문인지 몰라 엉거주춤하자 진상은 얼른 가라며 내쫓다시피 한다. 목발을 짚고 일어서는데 진상은 *흐흥 아지매도 빙신이고 나도 빙신이네.* 빈정거리듯이 혀도 잘 안 돌아가는 말을 한다. *인제 절대로 오지 마소. 지겹단 말이씨더. 왜 날 핵교에 보내고 잘난 척 관심을 가지니껴? 아지매가 먼데? 절대 오지 말란 말이씨더.* 같은 말을 녹음테이프 틀듯이 틀더니 그대로 꼬꾸라져 방바닥에 눕는다. 맥이 다 풀린다.

　여기까지인가. 벌써 나이가 몇인데. 학교야 고등학교 1학년이지만 나이가 몇인데 저게 무슨 꼴인지 한심하기도 하고 화도 나고 실망감을 넘어 절망감이 까맣게 떼로 밀려온다. 일시에 모든 것이 돌담처럼 와르르 무너지는 느낌이 든다. 지난 5년 동안 공들인 시간의 결과가 이거란 말인가. 어이가 없고 기가 막혀 아무 생각이 없다. 일단 아이가 제정신일 때 이야기를 들어보기로 한다. 물수건으로 피를 닦아내고 보니 상처가 유리병에 찍힌 것처럼 깊어서 피가 잘 멈추지를 않는다. 목발을 짚고 약국으로 향한다.

　근처엔 약국도 없다. 한참을 걸어가니 조그만 약국이 있다. 연고와 소독약을 사서 집에 오니 아직도 잠에 갇혀 있다. 얼굴을 소독하고 약을 바르는데도 모르고 잠만 잔다. 상처가 깊은 이마엔 붕대를 감고 나머지 상처엔 연고를 발라놓는다. 참으로 어처구니없다. 가야 할 학교에는 안 가고 싸움을 하다니. 냉장고 뒤에 있는 꽁초와 남은 구름과자를 모두 꺼내서 비벼서 방바닥에 뿌려버린다.

　나는 이렇게 다리를 다쳐가면서 자신을 위해 4년간 쉬지도 못하고 뛰어서 학비를 벌어주는데 어찌 저럴 수 있단 말인가? 하기야 자신이 장학금 타서 방을 얻은 줄 알고 등록금도 면제가 되니 알 까닭이야 없지만 그렇다고 한들 어찌 저렇게까지 망가질 수 있단 말인가? 분명 무슨 사연이 있음이다. 일어나면 이유를 알아본 후에 실망해도 안 늦는다. 조용히 기다린다.

강아지처럼 숨을 고요히 쉬며 새우처럼 등을 구부리고 오리발 같은 두 손은 습관적으로 머리 밑으로 넣어 베개 삼고 자는 모습에서 슬픈 피리 소리가 삐리리 삐리리 난다. 뻘기 같은 잠의 숨소리를 듣고 있자니 갑자기 몹쓸 것들은 왜 저리 청춘을 제멋대로 끌고 다녀 마음을 어지럽혀 그 마음을 다스리기 위해 반가부좌를 하고 명상에 잠긴 반가사유상(半跏思惟像)처럼 누워서 명상을 하고 있다는 생각이 들었다. 캄캄하게 빛나는 잠 속으로 걸어 들어간 후 물가에 소금쟁이처럼 맴돌며 걱정 문을 열었다 닫았다 하기를 네 시간이 지나 밤늦게야 부스스 눈을 뜬다.

정신을 차리라고 냉수를 한 그릇 주니 속이 타는지 단숨에 다 들이킨다. 그러더니 흠잡을 데 없이 아름다운 영혼이 잠을 털고 기지개를 켠다. 방황의 이마가 깨지고 무릎에 피가 나 아파 견딜 수 없어 영혼의 바깥으로 도망갈 때까지 기다렸다가 걱정을 잘게 씹어 꿀꺽 삼키고 물었다. *술 다 깼어? 머리 안 아파? 다른데 다친 데는 없어?* 나도 모르게 연이어 물어댄다 *야. 미안하이더. 속 아플 텐데 이것 쫌 먹어.*

온종일 절룩거리며 김치를 숭숭 썰어 넣고 끓인 국을 떠서 밥과 함께 차려준다. 청소는 못 하고 겨우 끓인 국이다. 진상이는 할 말이 있는 듯 멍하니 나를 바라다본다. *아무 말 하지 말고 얼릉 이거나 먹어. 그래 속을 버리믄 나중에 고생하이 절대 빈속에 술 먹지 말고.* 밥상 앞으로 다가와서 물갈퀴 손으로 숟가락을 든다. 저 아

품의 무게를 견디는 일은 언제쯤 적응될까? 목구멍을 치받는 익은 침묵이 울컥 넘어온다. 치명적인 오점을 가진 물갈퀴 손으로 숟가락을 잡고 밥을 떠서 입으로 가져가 목숨을 연명하고 치명적인 오점을 가진 물갈퀴 손 때문에 상처를 받는다는 생각을 하니 서늘한 물줄기가 옆구리를 지나간다.

진상의 슬픔과 외로움이 국그릇에 뚝뚝 떨어진다. 울지 마. 사램은 어차피 고통 속에서 살아. 누구나 다 그래. 누구나 고통스룹기도 하고 외룹기도 하고 슬프기도 하고 그래. 때로는 그 고통과 외로움과 슬픔이 인간을 성숙시키기도 하고 행복을 맛보게도 하는 거란다. 먼 일 있어도 힘내. 천지 운기를 관장하는 날씨도 비 오고 눈 오고 바람 불제만 그 또한 모두 지내가듯이 모든 고통과 외로움과 슬픔 또한 지내간다. 그대로 고여 있는 건 아무꺼도 없어. 전부 다 지내가고 또 다른 무엇이 달래와. 그래이 조끔 힘들고 아프더래도 참아. 울고 싶으믄 펑펑 아픈 눈물을 다 쏟아내고, 웃고 싶으믄 웃고 자신을 도닥여 주민서 사는 거야 인생은. 내 말 이해 안 가제. 지끔이 최고로 괴롭고 힘든 것 같제만 지내놓고 보믄 다 귀한 추억이 되는 날이 반드시 와. 알았제. 얼릉 밥 먹어. 눈물은 밥 먹은 다음에 바가지로 퍼내.

진상은 기어이 손에 쥐고 있던 숟가락을 놓고 흐느끼며 울기 시작한다. 밥과 국은 지 혼자 밥상에 덩그라니 앉아 있다. 한참을 울던 진상은 울음을 부러뜨리고 흐느낌을 거둬들인다. 아지매가 끓

에 줬으이 먹어야제요. 울음에 젖은 말을 내려놓으며 숟가락으로
밥을 떠서 입으로 올린다. 그렇게 숟가락에 든 밥에 눈물 반 밥 반
으로 섞어서 먹더니 숟가락을 놓고 그릇을 통째로 들어 마신다.
후루룩 씹지도 않고 국을 다 들어 마시고는 습관처럼 상을 들고
부엌으로 간다. 울음이 또 흐르고 있는 것이다.

걍 둬. 내가 치울게. 아니씨더. 지도 설거지 잘하니더. 역시 아직
울음에 젖은 음성으로 씩씩한 척 대답을 한다. 저 손으로 어찌할
까? 그렇지만 상처를 입힐까 입을 닫는다. *그래 진상이가 더 잘하
는 거는 알제. 얼릉 치우고 들어와. 야.* 그렇게 설거지를 끝내고 방
으로 들어온다. 그제야 다리를 보았는지 눈빛이 다리에 내려와 앉
는다. *아지매 다리가 왜 그르이껴?* 하고 묻는다. 그러다가 방바닥
에 꽁초가 마구 흩어진 걸 본 진상은 얼른 눈을 거둔다. 진상은 재
빨리 걸레를 들고 부서진 꽁초를 후닥닥 모두 쓸어 모은다. 못 본
체 아무렇지도 않게 다른 쪽으로 말길을 돌린다. 꽁초에 대해서는
말을 꺼내지 않는다.

*진상아 궁금한 게 있는데 머 하나 물어봐도 돼? 야. 물어보소.
안 아프게 살살 물어야 되니더. 누구하고 술 먹었어? 친구하고요.
싸웠어? 아이요. 그른데 낮이 왜 그래? 우뜬 미친눔 손 쪼매 바 줬
니더. 구름과자 피워? 친구들이 우리 집에 와서 피운 게씨더. 공부
열심히 해? 야. 이분에도 장학금 받을 수 있게 열심히 하믄 좋겠
네. 야.*

뻔히 알면서도 학교를 왜 빠졌냐고 물어보기가 두렵다. 진상의 입에서 학교를 안 다닌다거나 더 절망적인 말이 나올까 두려워서다. 궁금증을 다시 입안으로 집어넣고. 그래, 열심히 해 줘서 고마워. 그른데 아지매 다리는 왜 다쳤니껴? 응 걸어가다가 넘어져서. 큰일날 뿐 했니더. 조심해서 댕기소. 그래고 인제 이래 자주 안 오시도 되니더. 인제 지도 밥해 먹고 할 일 다 할 수 있니더. 힘드시게 이래 자주 오시지 마소. 인제 다 컸네, 우리 진상이. 얼릉 고등핵교 마치고 서울에 있는 대핵교로 이사 오믄 좋겠네. 그릏게 할 수 있제? 야.

대답을 너무 쉽게 해서 불안이 더하다. 그른데 그 안에 누나가 올지 모르겠니더. 그 안에 와야 되는데. 인제 안 오는 거 아닐까? 아니씨더. 누나는 꼭 오니더. 은제까지고 기다릴게씨더. 그래 맴이 갸륵해서 하늘이 도와줄 거야. 고맙니더. 누나 이야기를 하자 얼굴이 금방 환해진다. 그런데 어떻게 학교 안 나가는 것에 대해 이야기를 꺼내야 할지 영 생각이 안 난다. 그렇다고 모른 척 넘어가면 호미로 막을 일을 가래로도 못 막을 일이 될지도 모르고. 암튼 하룻밤을 더 자면서 곰곰 생각해 보기로 한다. 불을 끄고 눕지만 잠이 안 온다.

진상아! 자? 아이요. 요즘 핵교 생활은 어때? 반 옮기니까 그 반에서는 잘해줘? 선상님도 잘해주고? 야, 선상님은 잘해 주니더. 선상님은 잘해 주다이? 친구들은 안 좋아? 다 안 좋은 건 아이고요.

우기는 짜파게티 같은 눔이 있니더. 영주에서 이름난 부자잣집 아들인데 깝죽거래는 눔이 있니더. 그래도 싸우지 마. 늘 말하지만 그릏게 깝죽거리는 눔은 자기 자신한테 자신이 없어서 그래. 자신이 무엇이든 자신 있으믄 무덤덤해지거든. 그눔은 분명히 니가 공부를 잘하는 것 같으니까 공부에 자신이 없어서 그를 거야. 아지매 말이 맞니더. 우째 그래 족집게맨치로 알아내니껴? 중핵교 때 한 분 같은 반 했던 눔인데 그때도 늘 지가 1등하고 그눔이 2등 했니더. 그래서 지 때문에 매번 2등 한다고 지를 안 좋아했니더.

그른데 이번에 옮긴 반에 그눔이 또 같은 반 됐니더. 그눔이 지가 간 지 이틀 만에 보자고 해서 서천교 다리 밑에서 만냈니더. 만내로 가니까 지 보고 하는 말이 1등은 해서 머할라고 그래 열심히 하느냐고 물었니더. 몬 할 말이 없다 싶어 서울에 있는 대핵교 가고 싶어서 열심히 한다고 했니더. 그랬디이만 오리발 손을 가지고 암만 쌔빠지게 해 봐야 좋은데 취직도 몬 할 건데 자신을 잘 알고 공부하라고 빈정거맀니더. 그래서 너무 화가 나서 및 대 때맀니더. 및 대 맞고 나서는 비틀거리민서 미안하다고 했제요.

이튿날 공부 끝나고 불바우에서 만내자고 할 말이 있다고 했제요. 수업 끝나고 갔는데 우리 핵교에서 싸움 잘하는 아 들 싯이나 모아놓고 있었제요. 지가 가이까 이유도 필요 없이 마구 주먹이 날아 왔니더. 빙신 같은 눔이 빙신 짓을 한다민서 마구 주먹을 날맀니더. 정신을 잃고 쓰러져서 정신을 채리고 집에 오는 길이씨더.

너무 화가 나고 억울해서 가게에 들래서 소주를 시 빙을 먹었디이만 집을 몬 찾아서 옛날에 살던 터미널 곁까짐 가이까 집이 없어져서 생각을 하이 집 옮긴 게 생각나서 다시 찾아오는 길이었니더.

마이 놀랬제요. 참말로 지송하이더. 앞으로는 절대로 그른 일 없을 게씨더. 그눔 때문이래도 이를 물고 그눔을 제치고 1등할께시더. 그눔은 집이 부자래서 가정 교사까짐 집에 두고 공부하민서 지가 열심히 해서 1등할 생각은 안 하고 가정교사도 없이 혼자 공부하는 내보고 1등을 해서 머 하냐고 나무 약점을 건드리는 게 이해가 안 되니더. 그래. 그랬구나. 진상아, 너무 아파하지 마라. 그래고 열심히 공부하다 보믄 그 친구도 언젠가 우리 진상이한테 고개 숙일 날이 올 거야. 그래이 속상해하지 말고 열심히 공부해.

진상은 죄인처럼 고개를 숙이고 야, 열심히 할게씨더. 하고 말한다. 이제야 실마리가 풀린다. 그럼 이틀씩이나 의식을 잃고 있었단 말인가? 갑자기 바위틈에 집을 짓고 사는 석벌 생각이 난다. 건강한 사람들 틈에 물갈퀴 손으로 사는 일이란, 바위틈에 집을 짓고 꽃의 향기를 모으는 석벌 같다는 생각을 한다. 그 가녀린 몸으로 죽을힘을 다해 꿀을 모아놓으면 질 좋은 꿀이라고 석청이란 이름을 붙여 집을 통째로 따 버리는 잔혹한 인간들.

진상이는 공부를 목숨으로 생각하고 하는데 부모의 보호를 받아 힘이 세다는 이유로 진상이 인생을 송두리째 따려고 하는 저 청춘을 어찌해야 한단 말인가? 생각의 꽃가루 위로 벌의 날갯짓이

앵앵거린다. 사람들은 또 벌을 잡아 석침을 맞으려고 벌을 잡으러 눈에 쌍심지를 켜겠지. 생각하니 너무 아득해 생각에 흙탕물이 일어나서 진상이에게 묻는다.

진상아 니 핵교 울매나 몬 갔는지 알아? 아이 모르니더. 우뜬 아저씨가 마구 흔들어서 깨어나서 집에 오는 길이씨더. 참말로 큰일 날 뻔 했구나. 핵교에 갔디이만 이틀 동안 결석했다고 담임 선상님이 걱정했어. 야, 그릏니껴? 담임 선상님 참 좋은 분인데 무단결석을 해서 미안하이더. 아지매 사는 게 너무 힘드니더. 사램들은 지 손만 보믄 짐승 보듯 치다보고 자기네끼리 수군거리고 지 곁에 올라고 하지도 않고 지는 안 태어났어야 되니더.

깨진 유리 조각같이 섬뜩한 말을 내놓고 있다. 진상아 그른 말 하는 게 아이야. 안 태어나야 될 사램이 어딨어. 사램은 전부 다 태어날 사램이 태어나는 거야. 그래고 너뿐 아이고 모든 인간은 다 불완전해. 시상은 모두 불완전하고 모자래고 그른 사람들이 모이서 서로 부족한 부분을 도와주고 채워 주민서 살아가다 죽는 거야. 봐라. 니가 안 태어날 사램이라믄 우째 니가 중핵교 3년간을 1등을 할 수 있는 똑똑한 머리로 태어났겠어. 니는 분명히 이다음에 크게 쓰일 데가 있을 거라 생각해. 그래서 지끔부텀 시련을 견디는 연습을 시키는 거야.

인간은 누구든지 시련과 어려움이 있제. 그릏지만 젊어서 고생은 사서도 한다는 속담이 괜히 있는 게 아이다. 지끔의 그 어려움과 놀림을 받는 속에서 니를 단단하게 단련시키서 이다음에 큰 재목을 만들려는 신의 계획이야. 생각해봐. 길바닥에 텐트를 쳐놓고 엄마가 아파도 일을 해야 머꼬살게 하다가 이렇게 바램도 막을 수 있고 햇빛도 막을 수 있는 방도 선물해 주잖아.

쪼매만 더 참고 공부를 잘하믄 너의 손도 수술할 기회가 반드시 올 거야. 힘들제만 인제 쪼매만 참아. 길거리는 아니잖아. 핵교에 가서 공부도 할 기회가 왔고. 쪼매만 더 참으믄 니한테는 다른 사램과는 비교도 안 되는 행운이 올 거라고 생각해. 잘 생각해봐. 부모님이 다 계시고 모든 환경이 니보다 좋은 아이들한테 왜 1등을 안 주고 니한테 1등의 기회를 3년 동안이나 신이 주싰겠어.

인간이 신을 믿지 않제만 분명 신은 존재하민서 너맨치 큰 인물을 잘 훈련시킨단다. 당장 너희 반 그 아 를 봐라. 영주에서 큰 부자라민서 그 아 가 머가 부족하겠어? 그릏제만 가정교사를 두고 공부를 해도 공부는 안 되잖아. 풍선을 불어서 눌러봐. 이짝을 누르믄 이짝 공기는 저 짝으로 가게 되어있어. 그 아 한테는 부모님 복을 주었제만 니한테는 최고의 무기인 머리를 주싰어. 시상 돌아가는 걸 자세히 보믄 자신을 이길 수 있는 지혜를 발견할 수 있제. 진상아 잘 들어 봐.

시님들이 동안거(冬安居)를 하제. 그건 자신과 싸움인 게야. 시님들이 왜 자신을 방안에 가두민서까지 자신과의 싸움을 선택할까?

시호랑이 길들이기

22

그거는 나를 가두어서 또 다른 넓은 시상으로 여행을 시키는 거
제. 눈을 뜨고 보지 몬하는 것을 눈 감고는 다 볼 수 있는 것맨치.
이 시상이 아닌 다른 곳으로 여행을 시키기 위한 공부라고 생각하
믄 된다. 다른 곳이라이요? 자연을 잘 봐. 겨울이 되믄 낭구들이
잎을 떨구고 동안거(冬安居)에 들어가잖아. 그릏게 고통을 감내하고
맨몸으로 겨울을 버티고 나믄 봄에 파릇파릇 자신의 몸에 물이
오르고 싹을 틔우는 자연을 보민서 사램이 지혜를 터득 하제. 하
안거(夏安居)도 마찬가지제.

우리가 먹는 곡식이나 실과도 다 마찬가지다. 그 뜨거운 땡볕을
견디고 천둥·번개를 맞으민서 이게내야만 가을에 토실토실한 열매
를 맺제, 천둥 번개를 싫다고 피하고 땡볕을 피하믄 절대로 곡식
은 열매를 맺을 수 없제. 그것 역시도 자연을 보민서 인간이 배우

는 거다. 그와 마찬가지로 상대의 잘못을 보고 내가 배우는 기회로 삼는다믄 당장은 비참하고 자존심 상하고 땡빛에 타고 천둥·번개에 맞아 죽을 것 같애도 먼 후일 보믄 그른 것들이 너를 알토란맨치 익게 해주는 뱁이야.

참말로 지한테도 그른 날이 올니껴? 이 손을 가주고도? 니 손이 우때서? 그건 수술하믄 다른 사램 손하고 똑같아. 그르이까 니가 열심히 공부해서 이다음에 니맨치 장애를 가진 사람을 위해 살믄 울매나 여러 사람에게 희망을 안고 살게 할 수 있겠노? 그래이 이 수모를 기회로 삼고 공부에 더욱 매달려서 꼭 훌륭한 사램이 되어 니 겉은 사람을 위해 살믄 니 친구한테 그보다 더 큰 복수는 없제. 복수는 그래 하는 게 그 친구를 때리는 것보다 훨씬 큰 복수란다, 알겠제?

그라고 니를 이 시상에 태어나게 할 때는 꼭 쓸모가 있어서다. 그래이 친구들 말에 귀 닫고 니 자신을 위해 공부 열심히 해. 학생이믄 누구나 다 공부 열심히 잘하고 싶제. 그릏제만 맴대로 안 돼. 노력을 안 하는 학생도 있제만, 니한테 마구 말하는 그 친구는 3년 내내 그 무엇하고도 바꿀 수 없는 1등 자리를 니한테 내주이 울매나 분하고 억울 하믄 니한테 말도 안 되는 신체를 가주고 말하겠노. 그건 그만큼 자신이 없으이 니한테 상처를 줘서 공부 안 하게 맹글고 자기가 열심히 해서 1등할라는 전략이제. 니 삼국지 읽었잖아. 전쟁도 숫자가 아무리 적어도 전략이 좋으믄 이기듯 그

 소백산맥 ⑬

친구 전략에 넘어가 공부 안 하고 싸우민서 그른 나약한 말을 하믄 전략에서 지는 거제. 니는 더 큰 전략을 세워서 이게야제. 니는 부모님이 머리를 좋게 낳아주시서 이겔 수 있어. 3년 내내 그 친구 이게 왔잖나. 손만 보믄 짐승 보듯 치다보고 자기네끼리 수군거리고 곁에 올라고 하지도 않고 지는 안 태어났어야 한다는 생각이 들게 만들어서 니 재목을 단단하게 만들기 위한 신의 한 수야. 신이 큰 인물을 만들 때는 흔들어보고 넘어트려 보고 이리저리 다 실험을 거친 다음에 큰 제목으로 쓴단다. 그래이 그까짓 조그마한 일쯤은 이겨내야 해. 먼 말인 동 알겠제?

야. 그릏제만 쉽지 않니더. 시상에 쉬운 일은 없어. 시험문제를 쉽게 내믄 누가 백 점 안 맞겠노. 그래이 어렵게 내서 실력을 진단하제. 아지매는 참 훌륭하이더. 아니 하나도 안 훌륭해. 그릏제만 우리 진상이만은 훌륭하게 되라고 늘 기도해, 진상이가 뒷집 누나를 위해 매일 일기를 쓰듯이. 아지매 진짜진짜 고맙니더. 지를 위해 늘 기도해 주신다이 진짜로 고맙니더. 고맙다는 말 하지 말랬제. 그 말 대신 우뜬 어려움이 와도 지지 말고 이를 물고 이겨 나가믄 돼, 알았제? 야, 알았니더.

진상이 눈에서는 또 후드득 가을비가 갈대밭을 흔들어 슬픈 소리를 연주하듯 손등에 눈물이 떨어져 소리 없이 흐른다. 서늘한 비늘이 땅 위로 튀어 오르며 발목에 꽂히는 듯한 알싸한 통증이 살 위로 미끄러진다. 눈물은 소리와 빛과 물갈퀴의 표면을 동시에 찢어내며 허공을 가른다. 나는 시각과 감각을 차단하고 넘어오는 빗소리를 삼키고 말한다.

사나이는 자주 울믄 안 돼. 참고 참고 또 참다가 참말로 참지 몬할 때 한 분씩 울음을 몸 밖으로 다 내보내야제. 자주 울믄 자꾸만 울 일이 생기니까 자주 울지 말고 이를 악물고 공부해. 억울하고 힘들고 살기가 어룹다고 생각될 때마동 공부를 하민서 잊어. 그릏게 하믄 머지않아 좋은 날이 니를 찾아올 거야. 그 시험을 끝내믄 신이 좋은 선물을 해줄 거야. 우리 그때 까짐 참고 참고 또 참으민서 살아보자. 알았제. 야.

그렇게 말이 되는지 안 되는지도 모르는 말로 진상이를 달랜다. 그리고 아침을 먹고 진상이는 학교로 나는 서울행 기차에 오른다. 목발 짚은 발이 쑤시지만, 병원에 가면 치료를 받고 약을 받을 거니까 참으면서 병원으로 간다. 저녁에 남편이 병원으로 왔다가 도대체 뭐 하는 거냐며 목발을 짚고 시골은 뭐 하러 그리 자주 가냐며 소리 지른다. 자기 아버지 일이 있고 난 뒤 자기 집과 전화도 잘 안 하며 담을 쌓고 사니 나라도 대신하는 줄 알고 속으로는 내심 시골 가는 거 싫어하지는 않지만, 병원에서 목발을 짚고 간 걸 보고는 화가 나는 것 같았다.

그렇지만 아무 상관없다. 이렇게 안 갔으면 진상인 어쩌면 죽었을지도 모른다. 안 태어나야 할 자신이 태어났다는 말은 죽어야 한다는 말과 같은 말로 들린다. 그렇게 잘 치료하고 퇴원을 하고 다시 김밥집 일을 시작한다. 서울에서 영주로 오르내리며 진상이가 무사히 고등학교를 마칠 때까지만이라도 좌절하지 않고 살아가도록 해 줘야 한다.

대학을 간 다음부터는 자기 자신이 알아서 하겠지만 아직은 돌봐 줘야 한다. 핏줄이라고는 아무도 없는 하늘 아래 홀로 가야 하는 가엾은 아이니까. 고등학교 1학년 때는 사춘기가 심해서 학교에 다니는 동안 자신과 싸움을 하느라 성적이 중간에 머무른다. 그렇지만 포기하지 않고 다니는 것만 해도 대단하단 생각을 한다. 진상이는 그게 미안했던지 2학년이 된 어느 날 제법 어른스러운 말을 한다.

아지매 미안하이더. 인제부텀 열심히 해서 등록금 지 스스로 벌겠니더. 그래 고맙구나. 등록금도 등록금이제만 서울에 있는 대핵교 갈라믄 열심히 해야제. 인제 울매 안 남았어. 조끔만 조끔만 더 참아내자. 니, 뒷집 누나를 기다리느라 목이 늘어나잖아. 이다음에 누나를 만내믄 보여줄 게 있어야제. 당당하게 서울에 있는 대핵교를 댕기거나 졸업하고 만나믄 그 누나 역시 울매나 진상이가 자랑스러울까 생각해봐. 야. 고맙니더. 그른 말 하지 말라고 했제. 고맙다는 생각이 들거든 공부를 열심히 해. 지끔 진상이가 남에게 놀림 안 받고 기 안 죽고 당당하게 사는 길은 공부뿐이야. 내 말 알아 듣제? 야, 열심히 할게씨더, 아지매 힘들게 해서 미안하이더.

이렇게 1학년 때는 대학에 갈 등록금을 축내고 마친다. 다시 2학년 올라가더니 정신을 차리고 안정을 찾기 시작한다. 두 학기 모두 장학금으로 등록금 면제를 받고 3학년이 된다. 3학년 때도 열심이다. 2학년 때도 또 그 부잣집 아이랑 같은 반이 되었지만 결국은 1등 자리를 내주지 않는다. 기특하다. 늘 1등은 자기 거라면서 열심이다. 가끔 터미널 의자에 가보면 지금도 누나를 만날 염원을 잊지 않고 편지를 붙여놓고 있다. 일기장도 날이 갈수록 불어난다. 3학년이 되니 권수가 엄청나게 늘어난 걸 보면 아직도 매일 매일을 쓰고 있는 것 같다. 다행이다. 버티면서 살아가게 하는 저 가엾은 인생에 버팀목이 되어주는 뒷집 누나는 진상이의 전부인 것이다. 어쩌면 나타나지 않아서 다행이란 생각도 해본다. 만약 나타나서 무언가 실망이 생기거나 생각지 못한 변수가 생기기라도 하는 날에는 위태위태 삶을 걸어가는 진상이 발을 헛디뎌 빠져나오지 못할까 걱정스럽다.

그렇게 3학년도 전교 1등이란 성적을 기록하고 서울에 있는 명문대학교에 무난하게 합격을 한다. 어쩌면 대학이란 곳이 고등학교보다는 큰 학교임은 분명하다. 장애라는 것을 큰 문제 삼지 않고 합격을 하고 등록금도 면제를 받으면서 입학한다. 방을 정리해서 서울로 올라오기만 하면 되는 상황이다. 다행스럽게도 기숙사가 있어서 한층 내게는 부담을 덜어준다. 진상은 별로 반가워하는 기색이 없다. 가야 하는 건 맞지만 누나, 뒷집 누나가 오면 어떻게 하느냐는 걱정과 희망을 버리지 않고 귀중품처럼 품에 안고 있다. 난감한 일이 아닐 수 없다. 진상이에겐 최고의 희망인데 함부로 말할 수 있는 입장도 아니다. 생각다 못해 진상이가 살던 옛날 뒷집을 함께 찾아간다.

다행인지 불행인지 누나의 어머니는 아직 그 집에 살고 있다. 어머니는 우리가 찾아가자 누구냐고 물었지만, 그냥 잘 아는 언니라고 둘러댄다. 진상이 얼굴을 기억하지 못하는 것이 천만다행이란 생각이 든다. 진상이는 늘 버릇처럼 주머니에 양손을 넣어 손을 못 보아서 기억을 못 하는 듯하다. 어머니는 멍하니 먼 곳만 바라보고 말이 없다. 궁금해서 얼굴이나 한번 보고 가려고 영주에 온 길에 들렀다고 말하자 어머니는 *나도 내 딸을 보고 싶제만 벌써 그 아이는 에미를 두고 지가 먼저 하늘나라로 갔뿌랬니더, 사고로 하늘나라로 간지 벌써 두 달이 넘었니더.*

옆에 있던 진상은 그 말을 듣자 얼굴빛이 검게 변한다. 그렇게 뒷집 누나의 부재를 확인하고 나온다. 진상인 믿을 수가 없다는 듯이 *아지매 이건 저 할매가 거짓뿌렁하는 건지도 모르니더. 그 누나 나이도 울매 안 됐는데 왜 사고가 나니껴? 그룹제만 지가 편지를 매일 터미널 의자에 붙여 놓아도 연락을 안 주는 걸 보믄 맞기는 맞는 모양이씨더.*

믿지 못하는 진상을 보고 있으려니 찬바람이 온몸을 덮친다. 그의 희망이 한순간에 짓뭉개진다고 생각하니 가슴이 아리다. 진상아! 야. 우리 뒷집 누나가 하늘나라에서 우리 진상이 공부 1등하라고 매일 기도하는가 보다. 그래이까 그 기도에 답을 위해서라도 더욱 열심히 하자. 인제 마지막 대핵교만 잘 마치믄 진상인 인생이 달라지잖아. 터미널 의자에 가서 마지막으로 인사하고 서울로 갈 준비를 서둘러야겠다. 잠, 잠깐만요. 금방 올 테이 잠깐만 기다리소.

뭔가 결심을 한 듯이 뛰어간다. 한참이 지나자 불안했지만 이제 나이도 있으니 그리 불안해할 만큼을 아니라 마음을 놓고 기다린다. 조금 있자니 진상이 온다. 종이에 무언가를 싸서 들고 온다. 하얀 국화 한 다발을 사 가지고 온다. 그리고 정성껏 쓴 편지를 의자 위에 붙인다.

누나, 잘 가 편히 잘 가. 하늘나라에 갔으믄 갔다고 말이라도 해줘야지. 나 인제 서울에 있는 대핵교에 가는 거 누나 알제. 앞으로 서울 우리 핵교 기숙사로 밤에 와. 신은 밤에뱆에 몬 댕기잖아. 안녕 안녕 부디 안녕. 진상이가~

이렇게 마지막 편지와 국화 한 다발을 의자에 올려놓고 서울로 향한다. 영주역에서 청량리역에 도착할 때까지 말 한마디 않는다. 자는지 자는 척을 하는지 눈을 감고 창가에 기대 청량리역에 도착해서 깨우니 그제야 눈을 뜬다. 진상이를 기숙사로 데려다주고 집으로 오는 마음은 이상야릇하다. 피 한 방울 안 섞인 진상이 꼭 자식처럼 몸에 달라붙게 한다. 이제는 한 시름 놓인다. 입학을 한 진상은 명문대학교라서 자기 스스로 과외 자리를 구해서 학비와 용돈을 벌어 쓴다. 6년 동안 정든 김밥집을 그만두고 쉴 날이 다가온다. 아무도 몰래 했던 길다면 긴 세월.

그렇지만 진상이 저만큼 컸다는 사실에 그 많은 일이 주마등처럼 돌아간다. 한 인간이 조그만 장애 하나로 그렇게 살아가기가 어려운 게 현실이다. 고맙다. 오로지 고맙다는 생각. 비탈비탈 몇 번을 진흙탕에 빠졌지만 그래도 용케도 일어서서 다시 여기까지 걸어온 진상이가 대건하고 자랑스럽다. 그렇게 대학교에 입학하고 다행스럽게도 열심히 노력한다. 아르바이트해서 저 스스로 용돈을 벌어 쓰며 바쁜 시간을 보냈다. 그렇게 1학년을 무사히 마치고 2학년 여름 방학이 되자 물갈퀴를 수술해야겠다고 본인이 나선다. 병원을 알아보고 대학 병원에 예약해서 수술을 한다.

너무 큰 수술이라 위험하다고 하지만 본인은 위험을 이기겠다고 기필코 하겠다고 뜻을 굽히지 않고 수술하기로 결정한다. 하늘이 기적을 이루어주듯 깨끗하게 수술되었고 진상은 그 이후 삶에 황금빛이 떠날 날이 없다. 추운 겨울에 장갑을 끼지도 않고 주머니에 손을 넣는 일도 없다. 키가 커서 그런지 물갈퀴를 제거하고 나니 손가락도 길고 잘생겼다. 열 손가락을 쫙 펼쳐서 내 눈앞에 들이대며 *아지매요. 내 손구락이 이래 잘생긴 줄 예전에는 미처 몰랐제요?* 하며 넉살 좋게 수시로 손을 펴서 눈앞에 들이댄다. 그리고는 이 모든 공을 나에게 돌린다.

자신은 아지매가 엄마라고 생각한다며 장학금을 타도 과외비를 받아도 늘 연락해서 맛있는 것을 사주고 내 손을 꼭 잡고 다닌다. 옛날 구렁텅이로 빠질 뻔했던 자신을 잡아준 이야기를 한다. 죽을 고비를 몇 번 넘긴 이야기를 들으니 지금 들어도 간담이 서늘해진다. 그렇게 아슬아슬한 줄타기 이야기가 더 위태로울수록 이렇게 우리 둘 사이의 웃음소리를 더 크게 만들고 있다. 그렇게 뒷바라지한 보람을 4년 내내 장학금으로 학교에 다니며 아르바이트한 돈도 넉넉해 가끔 내게 용돈을 주기도 한다.

기특하다. 나는 그 돈을 주는 대로 받았다. 이다음에 결혼할 때 방이라도 하나 얻어줘야 한다는 생각에 알뜰하게 모았다. 4년이 6년을 보상해주고도 남았다. 사람의 행복이 이런 데 숨어 있을 줄 꿈에도 몰랐다. 진상이만 보면 잘생긴 아들 하나를 둔 것처럼 기분이 복숭아꽃 살구꽃처럼 화사하고 가슴이 쿵쾅거렸다. 그래서 시 한 수를 지어보았다.

개복숭아꽃

개복숭아꽃
어느 생에선가 나는
너를 짝사랑 한 것이 분명하다

심장에서 꺼낸 휘파람으로 너의 집 울타리를 넘어가

불러보다가 혼자 타오르다가

눈썹 하나 까딱 않는

너의 집 앞을

왔다가 갔다가 서성이다가

문 한 번 두드리지 못하고 돌아와

애먼 개살구꽃잎만 똑똑 따던

너는 알지 못하겠지만

지금도 내 심장은 개복숭앗빛이다

잘 쪼개지지 않는 너의 가슴을 못 열어

벌레 먹은 심장은 상처가 아물지 않아

매일 심쿵심쿵 주먹질한다

육시랄,

그놈의 짝사랑 언제나 끝날지

아직도 봄마다 눈알을 알알붉붉 찔러대며

심장을 날뛰게 만드는

너는 분명 어느 생에선가

내 젊은 봄날을

붉게 물들였던 짝사랑이었던 게 분명하다

진상이에게 주었더니 자지러지게 하얗게 웃는다. 그리고는 *아지매 시인이씨더. 시를 우째 이렇게 잘 쓰니껴?* 하고 너스레를 떤다. 그렇게 행복하게 공부를 해서 졸업도 수석으로 했다. 취업도 대기업에 뽑혀 가고 연봉도 다른 사람의 몇 배를 받으며 탄탄대로를 걷는다. 과외를 하는 집 학생 누나가 자기를 좋아하는데 자기 손가락이 잘생겨서 좋아한다는 말에 정이 떨어졌다면서 제법 손가락을 두고 농담까지 주고받는다. 지나간 그림자를 엎지르며 이 모든 공을 전적으로 내게 돌린다.

어떤 때는 어리광을 부리는 걸 보면 마음이 짠하다. 그는 자신의 어머니가 그리워서 더 어리광이고, 나 역시 그의 어머니가 계셨으면 얼마나 좋을까 하는 합집합으로 교차하고 있다. 그 어머니가 돌아가실 때 마지막 모습이 떠오른다. *진상아 우리 같이 어머니 미에 댕게오지 않을래? 야. 우리 아지매가 가자는데 몬 갈 게 머 있니껴. 내일 당장 같이 가시더.*

둘이 함께 어머니 무덤인 천주교 묘를 다녀오기로 하고 청량리역으로 간다. 6년을 타고 다니던 기차를 보니 아프고 춥기만 하던 지난날이 다 땅속에 묻히고 다시 봄을 만난 기분이다. 중간에 원주역에 내려서 가락국수를 한 그릇씩 사 먹는다. 6년을 다녀도 국수 한 그릇 못 사 먹고 다녔다. 그 마음을 알기라도 하듯 진상은 나를 끌고 내려서는 묻지도 않고 가락국수를 사준다.

6년 동안 얻어만 먹었으이 이젠 지가 살 차례씨더. 제법 너스레

까지 떨면서 여유를 찾은 진상을 보니 눈시울이 또 주책을 부린다. 다시 기차를 타고 영주역에서 내린다. 자신의 엄마보다 먼저 찾은 곳은 누나와 앉았던 터미널 의자다. 덤덤하게 그 의자에 앉아서 *인제는 다 글렀제요?* 혼잣말처럼 중얼거리고는 엉덩이를 툭툭 털고 일어나서 자신이 있었던 텐트 골목으로 걸어간다. 집터는 여전히 길로 잘 쓰이고 있다. 진상은 거기 집이 있던 자리 맨땅에 앉아서 한참 앉았다가 일어선다.

그래, 힘들고 괴롭고 아픈 기억이 많을수록 지나놓고 보면 더욱 그리운 법이다. 일어서서도 진상이는 다시 한번 천막이 있던 집터를 눈으로 빙 둘러보고는 *아지매 다 지내간 시간이씨더. 여게 와도 어무이도 없고 누나도 없고 텅 빈 영주에 인제 다시는 안 올라니더. 나는 아무 말도 못 하고 심장을 쓸어내리며 진상이를 앞세워 천주교 묘로 향한다. 나란히 엎드려 절을 하고 술을 따르고 일어서서 진상이는 *어무이 인제 지 잊어 뿌래고 편하고 쉬소, 짜장면 한 그릇도 몬 사드린 죄인이씨더. 인제 다시는 영주에 안 올라니더. 지 보고 싶으믄 어무이가 지 기숙사로 오소.*

물뿌리개로 꽃밭에 물 주듯이 눈물을 엄마 산소에 뿌리고는 *인제 가시더.* 하고는 발길을 돌린다. 그렇게 찜닭집 주인도 만나고 중학교 때 교장 선생님과 담임도 만나고 만날 사람을 모두 만난다. 대학을 졸업하고 취업을 하고 손이 정상이 된 진상이 이야기를 들은 영주 사람들은 거리낌 없이 손을 잡고 잘했다고 등을 두드리고 진심으로 환영해준다. 지 손 만지믄 빙균 옮아서 물갈퀴 손 되니더. 만제지 마소. 제법 여유까지 부리며 넉살을 떤다. 고맙다는 말을 천만 번 해도 모자랄 정도로 고마운 일이다.

고등학교 1학년 때 여자 선생 이야기를 하자 진상은 뒷머리를 긁적인다. 쑥스럽그러. 그때 그 선상님이 참 이뻤니더. 그래 책상 밑에 들어가 누우믄 속옷이 다 보이는데 속옷도 꽃분홍색을 입어서 옷도 이뻤니더. 나는 간담이 서늘한데 니는 재밌었다고. 아지매가 그랬잖니껴, 먼 일이든동 지내믄 다 추억이 된다고, 추억이 되이 다 좋아 보이니더. 그른 소리 하지 마라. 나는 지끔도 그 여자 선상이 한 말이 가심에 비수로 꽂헤 있다. 지끔 한 분 찾아가 보까요? 지끔도 그 소리를 하는지. 됐다 고만. 꿈에 볼까 두렵다.

그렇게 화창한 날씨를 마음껏 만끽하고 서울로 다시 온다. 진상은 바로 출근을 하게 된다. 대기업에서는 집도 제공해준 탓에 아무 걱정이 없다. 인제 진상이가 아지매보다 더 부자네. 무신 말씀을 그래 하시니껴? 지 재산 아이, 지 몸도 모두 아지매 꺼씨더. 아이 어무이 꺼씨더. 지 꺼는 하나도 없니더. 진짜 진짜로 고맙니더. 돌아서더니 엉덩이를 앞에 들이대고 덜렁 업고 걸어가기 시작한다.

왜 이래. 남사시룹그러. 지한테는 어무이씨더. 아들이 어무이 업어주는데 누가 머라니껴? 우리 어무이 최고씨더. 인제부터는 지가 어무이를 호강 시키 줄께씨더. 인제 고백 하제만 사실은요 지가 한 분은 약 먹고 죽을라고 했고, 또 한 분은 연탄 피워 놓고 죽을라고 했고, 또 한 분은 다리에서 떨어져 죽을라고 했었니더. 그른데 시분 다 몬 죽었니더, 마지막에는 진짜 죽을라고 죽기 전에 어무이한테 미안해서 한 분만 만내보고 죽을라고 무작정 서울 청량리역에 내리서 경희대학교 근처에 사신다는 소리를 들어서 학교 근처에 서 있는데 어무이가 시장 앞 김밥집에서 일하시는 걸 봤니더.

그걸 보고는 어무이한테 말 한마디도 몬 건네고 맴을 고치 먹었니더. 그때부텀은 더 이를 물고 공부했니더. 어무이한테 큰 죄를 짓는다는 생각이 들었니더. 지가 머라고 피 한 방울 안 섞인 지를 위해 이 추위에 김밥집에서 저래 힘들게 일해서 내 공부를 시키주는데 내가 죽을 생각을 했다는 게 부끄럽고 죄스러워 죽을 뿐했니더. 지가 이대로 죽으믄 어무이가 너무 불쌍할 거 같애서 그때부텀은 누가 머래도 공부만 했니더.

1학년 때 죽을 고비 그래 다 넘게고 어무이를 본 뒤로는 진짜로 잠도 덜 자고 잠이 올 때마다 어무이가 김밥집에서 추위에 떨민서 서서 김밥 써는 모습이 떠올라 잘 수가 없었니더. 그래 죽기 살기로 공부만 했니더. 그래이 모두 어무이 덕이제요. 진짜 진짜 지 모든 건 전부 다 어무이거써더. 이 손도 수술하믄 된다는 희망 때문에 손가락을 하루에도 수백 분씩 보민서 어무이 말을 믿고 참고 또 참고 핵교에서 놀림을 아무리 받고 빌 말을 다 들어도 두고 보자 두고 보자라고 일기장 가득 써 가민서 공부를 했니더. 그래이 우째 지가 어무이꺼가 아니이껴. 그래이 인제는 지가 어무이한테 희망을 줄 차례씨더.

 다 크고 철든 말에 눈물이 댐을 방류한 것처럼 쏟아진다. 그 눈물은 지 때문에 가심에 쌓인 눈물이씨더. 인제 다 쏟아뿌래고 행복을 그 자리에 채우소. 인제부텀은 지가 이 시상에서 어무이를 최고로 행복하게 해 줄게씨더. 그렇게 진상의 등에 업혀 이 귀한 말들을 들으니 등이 다 젖도록 눈물이 그치지 않는다. 행복을 가슴에 저장하고 진상을 사택으로 들여보내고 집으로 오려는데 진상이가 말한다.

 어무이 일 안 바쁘믄 일요일 마동 지하고 영화도 보고 밥도 머꼬 여행도 가고 하시더. 처음 입사 하믄 정신없이 바빠. 나무 밥 먹기가 쉽지 않아. 영화도 좋고 밥 먹는 것도 좋고 여행 가는 것도 좋제만 일단 회사일 열심히 해서 그 회사에서 또 최고로 인정받는 사램이 되어야제. 그래고 인제 손도 다 나았으니 결혼도 해야제. 결혼까지 하고 나믄 나도 인제 한숨 쉬제. 어데 참한 색시 하나 구해봐. 남자란 가정이 있어야 돈도 모으고 행복이 먼지도 알고 사램 사는 냄새도 나는 거야. 야.

 그렇게 모든 일이 순풍에 돛처럼 잘 풀리고 있다. 회사 생활이 2년쯤 되었을 때 반갑고 고맙게도 어떤 여자 하나를 데리고 와서 소개한다. 사람의 욕심이란 끝이 없는지 왠지 여자가 마음에 안 든다. 얼굴도 예쁘고 키도 크고 집안도 좋고 모든 조건은 다 좋은데 어딘가 모르게 인상이 와 닿지를 않는다. 괜히 시어머니도 아닌데 시어머니처럼 그렇게 인상이 맘에 안 들었다. 그렇지만 보고 나서도 아무 말을 않는다. 진상은 아무 말도 하지 않는 내가 이상하다는 생각을 하는지 우뜬니껴? 괜찮제요. 이쁘기도 하고. 나도 믿는 건 아니제만 혹 생년월일과 난 시 쫌 알아봐. 그거야 어렵지 않제요. 내일이래도 알아봐 드림씨더. 일요일 날 시간 내시믄 가르쳐 드릴게요.

일요일 날 약속 장소에 나가니 함께 왔다. 저렇게 좋아하는데 괜한 짓은 아닌지 걱정스럽지만 두 번째 보는 데도 어찌 그래도 어딘지 모르게 자꾸만 마음에 무엇인지 마음에 쏙 안기지를 않는다. 사주를 들고 부지런히 걸어서 사주 뽑는 집에 들른다. 서울에서 아주 잘 본다는 집으로 찾아간다. 두 사람 사주를 들이밀고 잘 좀 보아달라고 부탁을 한다.

사주보는 분은 눈을 동그랗게 뜨더니 안 돼! 두 사람 결혼하면 불에 타 죽을 수야. 머라고요? 불에 타 죽을 수라고. 귀먹었어! 반말로 지껄이는 이 말이 도끼로 심장을 쪼개고 들어온다. 역시 나도 뭔지는 모르게 마음에 내키지는 않는다. 이 일을 어찌해야 좋을지 모르겠다. 진상을 만나서 자초지종을 말하기도 조심스럽지만 말한다. 아주 조심스럽게 사주를 믿느냐고 묻는다. 진상은 한마디로 거절한다. 그른 거 다 쓸데없는 미신이씨더. 그래 잘 알믄 그 사램들은 왜 팔자 몬 고치고 그래 사니껴? 아무리 나쁜 말을 했어도 잊어 뿌래소. 운명은 개척해 나가는 게씨더. 지를 보믄 모르니껴.

이보다 더 악조건이 어데 있겠니껴? 그래도 어무이 말을 듣고 여게 까짐 와서 인제는 잘 살지 않니껴? 그래이 아무 걱정 마이소. 살민서 힘들거나 해도 지가 다 이해하고 참고 하민서 죽을 때까짐 잘 살 테이 걱정하지 마소.

더 이상 말하고 싶지 않다. 좋은 일에 먹물을 끼얹고 싶지 않아서다. 진상은 한 수 더 뜬다. 어무이요 저 아 가 울매나 속이 깊고 착한지요 지가 아무도 없는 거 알고는 결혼식도 거대하게 하지 말고 그냥 절에 가서 둘이 물 떠놓고 하고 그냥 살자니더. 자기네 집이 그래 부자고 그른데도 부모님을 설득시키서 그래 하기로 하는 속 깊은 아 라 맴에 더 드니더.

그 말을 들으니 안심은 된다. 그런데도 자꾸만 걱정이 비집고 들어와서 불안하다. 그렇지만 둘이 좋아하는 결혼 기분 좋게 축하해 줘야겠다. 그렇다고 부모도 아닌 자격으로 강하게 말한들 무슨 소용이 있겠는가. 둘은 조용히 절에 가서 결혼하고 회사에서 제공해 주는 집에서 살림을 차린다. 살림을 얼마나 알토란처럼 하는지 잠시나마 맘에 안 차 하고 사주를 믿고 걱정하던 일이 미안하다.

내게도 시어머니 대하듯 대한다. 알토란 달토란 살토란 맞벌이하면서도 살림도 잘하고 예의스럽기도 하다. 결혼한 지 1년도 채 안되어 첫아이를 순산한다. 아들인데 어쩌면 진상이하고 똑같은지 자세히 보니 시아버지와 눈썹, 미간이 똑같다. 깜짝 놀라 아이를 보고 있는데 진상이 왜 그래시니껴? 아 아~ 아이다. 너무 밉게 생

게서 그리고 감동해서 그랜다. 어무이도 참 인제는 아무 걱정하지
마시고 어무이나 잘 사시믄 되니더. 그래 인제는 아무 걱정 안 해.

이래저래 계절은 다녀가고 또 다녀가서 아이가 세 살이 되던 어
느 날이다. 한동안 바쁘게 지내느라 아이도 보고 싶고 해서 집으
로 찾아간다. 아이 옷도 한 벌 사고 양말도 사고 집에 가니 일요일
이라 둘 다 집에 있다. 아이는 할머니인 줄 알고 마구 뛰어나와 반
긴다. 아이와 한참을 놀고 점심을 맛있게 먹고 집에 오려고 하자
진상이 아내는 *내일부터 2주 동안 해외 출장을 다녀와야 해서 아
이를 친정엄마한테 맡기니 2주 동안 오지 마세요.* 한다

시호랑이 길들이기

23

그래 조심해서 잘 다녀온나. 말을 하고는 속으로, 그래도 처가라도 부모님이 계셔서 다행이란 생각을 한다. 부모 복이 없으니 처가 복이라도 있나 보다 생각할 뿐 그때까지만 해도 아무런 낌새를 알아채지 못한 것이 이렇게 돌이킬 수 없는 큰 화를 불러들일 줄은 상상도 못 했다. 그렇게 집으로 발길을 돌리고 있는데 진상이가 기어이 집까지 바래다준다며 택시를 타고 함께 온다.

진상은 집사람이 2주 출장 간다고 하는데 안 보낼 계획이씨더. 한다. 회사에서 출장을 가는데 안 보내믄 직장을 댕그지 말라는 말뱀에 더 되나? 되묻자 진상은 그만두고 아 나 키우게 하고 싶니더, 그때 어무이 말을 쫌 신중하게 생각해 볼 걸 그랬니더. 진상아 먼일인지는 몰래도 지내간 일 후회하는 시간에 앞으로 우째 잘 살까 궁리를 해야제. 아 까지 놓고 살민서 지내간 일 붙잡고 후회는 꿈에도 하지 마라. 니도 크민서 엄마 없는 설움을 울매나 당했어? 쪼매 맴에 덜 차는 일이 있더래도 아 를 보고 참아라. 남자가 참고 맴에 안 들어도 눈 감아 주고 하믄 나쁜 여자라도 좋아지게 되어 있어. 내 말 맹심해라. 인제는 둘만의 문제가 아이다. 아 를 위해 부모는 자식의 거름이 되어야 하는 거야, 알았나? 절대로 쪼매한 일로 큰일을 맹글어서는 안 된다, 알았나? 출장도 회사에서 간다 믄 보내 줘야제. 남자라고 권위의식을 가주고 여자한테 대하는 시대는 지났다는 거 니도 잘 알제. 차근차근 알아듣게 서로 대화하고 상의해서 가장 최선의 방법을 찾아야 뒤탈이 없는 벱이야. 내 말 알아들어?

행여 둘 사이 틈이 생길까 단단히 못을 박는다. 진짜 진짜로 지 내놓고 보믄 끝까짐 어무이 말은 구구절절 다 맞는데 지는 왜 그 말이 미처 머리에 와 닿지를 않는지 모르겠니더. 지가 돌대가리가 확실한 거 같니더. 혹시 가지 말라고 해서 말 안 들으믄 이혼할 수도 있으이 너무 놀래지 마소. 뾰족한 각오가 섞인 말을 내놓는다. 이불을 꿰매다 바늘이 이불 속으로 들어가 잠잘 때 따끔따끔 지르듯 말속에 바늘이 들어있어 내 영혼 어딘지를 찌르는 것 같은 느낌이 든다.

먼 말이로? 이혼이라이. 말도 안 되는 소리 하지 마라. 이혼이란 그렇게 쉽게 하는 게 아이야. 부부가 살다 보믄 싸우기도 하고 속상한 일도 생게고 그래민서 살아가는 거제, 인제 및 년 살았다고 이혼 말을 꺼내고 그래노. 지도 그래고 싶니더. 그릏제만 이건 정말 안 되믄 하겠다는 말이제 미리 이혼하겠다는 말은 아이씨더. 다음 주 일요일쯤 다시 한분 놀러 오소. 그때 상황을 상세하게 알려 드림씨더. 가능하믄 이혼은 안 하는 짝으로 해결할 테이 그래 아시고 걱정하지 마소. 그동안 우리 어무이 진짜 진짜 진짜 진짜 진짜 진짜 너무 고마웠니더. 죽으로 가? 왜 씨잘머리 없는 말을 하고 그래.

그렇게 진상은 나를 태워다가 집에 데려다준 것이 마지막이 되었다. 진상이 아내가 다니는 회사에 진상이 친구도 다닌다. 진상은 자연스럽게 친구도 자주 놀러 오고 아내에게 잘 대해주니 고맙다는 생각이 들었다. 중고등학교부터 대학까지 같이 함께 다닌 친구. 늘 진상이 때문에 1등을 놓치고 서로 맞붙어 싸우던 친구 사이다. 그러나 다시 또 같은 대학을 오게 되자 둘은 다시 친한 관계가 되었고 결혼을 하고도 서로 오가며 친하게 지낸다.

더군다나 진상은 아내가 친구에게 스스럼없이 대해주니 고맙다는 생각을 한다. 부부 동반해서 여행도 다니고 둘도 없는 친구가 되다니 한때 싸워서 적이 되었던 친구였지만 이제는 무척 고마운 친구로 생각하며 진상은 잘 지낸다. 친구와 진상이 아내는 부서가 서로 다르지만, 진상이 아내를 편한 부서로 옮겨 줄 만큼 신경 써 주는 친구를 무척 고마워하는 진상이다. 일요일이면 거의 두 집은 모여 함께한다. 아이들도 고만고만해서 함께 잘 어울리고 어른들도 스스럼없이 취미도 비슷해서 겨울이면 스키장도 함께 가고 여름이면 바닷가로 산으로 늘 함께하며 절친한 친구로 지낸다.

그러던 어느 날 친구 아내가 진상이에게 잠깐 보자는 연락이 온다. 무슨 일일까? 회사까지 찾아와서 보자고 해서 친구 아내를 만나러 간다. 말을 못 하고 잔뜩 뜸을 들이던 친구 아내가 말을 더듬는다. 자기 남편과 진상의 아내가 보통 사이가 아닌 것 같단다.

이런 말씀 안 드리려고 했는데 저 혼자 감당하기엔 너무 멀리 간 것 같아요. 대학 때 제 친구가 아이 아빠와 같은 회사에 다니는데 귀띔을 해주었어요. 그렇지만 우리 두 집 사이는 모두가 터놓고 지내는 사이라 잘못 알았겠지 했는데. 그게 아닌 것을 알게 되었어요. 그러니 일이 더 진행되기 전에 좀 막아 주세요.

거기까지만 말하고 구체적인 말은 입속으로 도로 집어넣고 커피도 안 마시고 친구 아내는 자리에서 일어난다. 뒷모습에서 처참함이 길게 그림자를 늘이는 것이 보인다. 이번에 출장도 자신이 알아보니 그렇게 긴 출장은 없더라는 친구 아내의 말을 진상은 상기한다. 그렇지만 잘못 알 수도 있고 혹시 의부증이 있나? 진상은 혼자 친구 아내를 의부증으로 몰아본다. 무슨 말도 안 되는 쓸데없는 소리 하지 말라고 괜히 그렇게 의심하는 것도 좋은 일이 아니라고 설득을 시키고 달래서 집으로 보냈지만, 머리 한 편엔 혹시 뭐지? 하는 생각이 든다.

마침 동기 하나도 그 회사에 다니고 있어 전화를 한다. 친구의 대답은 출장을 가기는 해도 해외 출장은 남자들만 보내는 게 이 회사 규칙이란다. 그러고 보니 출장 간다는 말에 의심이 든다. 그렇지만 진상은 조금 더 신중하게 생각하기로 한다. 남의 말을 듣고 아내를 의심하는 건 좋은 일이 못 된다. 마음을 다잡고 저녁에 퇴근하고 온 아내에게 묻는다.

출장 꼭 가야 돼? 안 가믄 안 돼? 왜? 아 가 안죽도 너무 어린데 출장이 길어서 그래. 아이는 엄마가 봐 주기로 했으니 걱정하지 마. 그 회사는 무슨 회사가 가정주부도 해외 출장을 보내나? 지금 날 의심하는 거야? 내가 지금 거짓말이라도 한다고 생각해? 아이 당신이 왜 거짓뿌렁을 하겠어. 회사가 나쁘다는 거제. 회사 일을 당신이 마음대로 좌지우지하려면 당신이 사장하지 그래. 먼 말을 그렇게 해? 회사 일까지 이러고 저러고 간섭을 하니까 그렇지. 그래 그만하자. 미안해.

그렇게 마무리를 짓는다. 그런데 진상은 밤새도록 기와집을 지었다 부쉈다 잠이 오질 않는다. 친구 아내 말이 귓속으로 들어와 도저히 잠을 이룰 수가 없다. 이제 이틀 후면 출장을 가는데 이건 도무지 마음이 자꾸 엉켜서 일이 손에 잡히질 않는다. 서로가 할 말을 가슴에 묻고 출근을 한다. 친구 아내가 또 회사 앞으로 왔다. 제발 출장 좀 막아 달란다. 그건 자신이 할 수 있는 일이 아니라고 말하자 옆에 앉은 여자를 부른다. 젊은 여자를 왜 부를까?

그 회사 2주간 출장 갈 일 있어요? 예. 그름 여자도 그렇게 길게

출장을 보내니겨? 아닙니다, 우리 회사엔 여자는 해외 출장을 보내지 않는 게 원칙입니다. 예, 됐습니다. 여기까지만. 고맙습니다. 가서도 됩니다.

머리를 망치로 얻어맞은 기분이 든다. 가지 않고 우물쭈물하는 여자에게 친구 아내는 얼른 안 가고 무엇 하냐는 듯이 말한다. 잘 알겠습니다. 그러면 인제 그만 돌아가시지요? 젊은 여자를 급하게 돌려보낸다. 증인 설 여자까지 동행하고 와서 출장을 막으려는 친구 아내는 울상이 되고 정신을 잃은 듯이 말을 잇는다.

제가 사람을 시켜 알아봤는데 우리 남편이랑 둘이 보통 사이가 아니더라고요. 아무래도 그쪽에서 단속을 시켜야 둘 사이가 끝나고 우리 애 아빠도 돌아와 가정을 지킬 거 아닙니까. 제발 좀 도와주세요. 하소연하며 매달린다. 그렇게 그 친구 아내가 돌아가고 회사로 들어왔지만 일이 손에 안 잡힌다. 하루가 일 년처럼 지루하고 도무지 무엇부터 어떻게 해야 할지 꿈을 꾸고 있다는 생각이 든다. 회사에서 아무 일도 처리를 못 하고 시간만 때우며 저녁만 오기를 기다리다가 퇴근을 한다. 아내도 출장이 가까워서인지 일찍 집에 온다.

당신 출장을 꼭 가야겠어? 또 그 소리예요. 그 소리라면 더 듣고 싶지 않으니 어서 주무세요. 이쯤에서 그만두지. 멀요? 출장을. 안 돼요. 정말 안 되겠어? 안 돼요. 화가 불씨를 붙이기 시작하더니 드디어 타오르며 불길이 활활 치솟는다. 당신 회사 여자 출장 없잖

아? 깜짝 놀라 처다본다. 치사하게 아내 회사 뒷조사했어요? 머 치
사해! 당신이 거짓말한 게 치사한 거지. 머 숨기거나 맴에 켕기는
거 없어? 더 머요? 글쎄 당신 스스로 생각해봐? 없어요. 당신 참
말. 당신 내 친구하고 먼 사이야? 알면서 왜 물어요? 설마설마했는
데 설마가 사람 잡는다더니 당신 진짜구만, 우째 그럴 수가 있어?
당신은 어째 그럴 수가 있어? 내가 멀? 당신 손가락이 오리 갈퀴였
다면서? 머? 머 머라고…. 그래 당신은 날 감쪽같이 불구인 거 숨
기고 만약에 우리 아이라도 그렇게 또 불구로 태어났음, 어쩔 뻔했
어? 그런 당신은 속여도 되고 내가 속이는 건 안 돼!

　그 말을 듣자 진상은 도무지 화의 속도가 바퀴를 멈추지 않는다.
화가 불길처럼 치솟아 밖에 나가 휘발유 통을 들고 들어오면서 마
구 뿌린다. 그리고 라이터를 들고 아내 앞에 들이댄다. 그래서? 그
래서 내 친구 놈하고 붙어 놀아났어? 그레고 같이 출장 핑계를 대
고 외국으로 떠나시겠다? 왜? 그러면 안 돼? 지끔이래도 안 가겠다
고 말해. 가겠다믄 불 그어댄다. 아니 갈 거야. 내 마음은 달라지
지 않아. 절대로 달라질 수 없어. 어떻게 그럴 수가 있어? 내 맘 가
지고 내 마음대로도 못해? 내 맘이야. 난 누가 뭐래도 가! 안 돼!
절대로 보내 줄 수 없어. 당신이 보내 주건 안 보내 주건 그건 아
무 상관없어. 내가 보내 주건 안 보내 주건 그건 아무 상관없으시
다, 우째 그래 막장 드라마맨치 말할 수 있지? 내 맘이야. 그래믄
나는 머야? 당신은 당신일 뿐이지. 물갈퀴가 있는 오리발 같은 손

을 가진 남자. 머? 물갈퀴가 있는 오리발 손을 가지고 있는 남자, 됐어? 그게 머 어때서? 지끔은 아무릏지도 않은데. 억지 쓰지 말고. 가지 마. 갈 거야. 그래믄 불 긋는다. 병신이 육갑한다고 그을 테면 그어봐. 머? 지끔 머라고 했어? 병신이 육갑한다고 그을 테면 그어보라고. 됐어? 인제 분명하게 들었어? 불 켠다. 켜봐 병신하고 사느니 하루를 살아도 나는 멀쩡한 사람하고 살…. 찰칵 찰칵 찰카닥 퍼시시시.

라이터는 기어이 불을 그어대고 집안은 불길에 휩싸인다. 온 집안과 두 사람 모두 숯덩이가 되고 만다. 이렇게 손가락이 물갈퀴란 이유로 생을 새까맣게 태우고 만다. 하늘은 검은 냄새가 나도록 젊은 남녀를 씹어 삼킨다. 우주 가득 물갈퀴 소리가 *꽥!꽥!꽥!꽥!* 괴성을 지르며 물속으로 가는지 땅으로 뒤뚱거리는지 하늘로 날아가는지 알 수 없이 까맣게 사라진다.

죽은 자의 부활

새벽부터 전화가 요란하게 아침을 깨운다. 불길한 마음으로 전화기를 든다. **사돈 큰일 났어요. 여기 오리병원인데 애들이 둘 다 그만….** 전화를 끊고 미친 듯이 택시를 타고 병원으로 간다. 그렇지만 이미 때는 늦었다. 길을 밀어붙이며 병원에 도착했을 때는 하얀 천으로 온몸을 감은 석고상 같은 두 구의 주검이 눈앞에 나타난다. 흰 천을 두려움으로 들치자 새까맣게 검정이 되어 형체만 남아 있다.

아이는 다행스럽게도 사돈집에 간 뒤라 화를 면하고 둘만 결국 하늘로 가버리고 만다. 운명이 겨우 여기까지였단 말인가! 그 어려움을 다 겪고 이제 아무런 걱정 없이 잘 살 수 있는 조건을 갖춘 지금. 지금을 버리고 하늘나라로 가버린 진상에 대해 무어라 할 말을 잃는다. 허탈함이 몸속에 있는 피와 살을 모두 다 걷어가는 느낌이다.

사돈, 우째 이른 일이 일어났는 동? 글쎄 저희로서도 이해하기 힘드네요. 금쪽같은 내 딸을 데리고 가더니 결국은 이 모양으로 끝을 맺네요. 그렇게 반대를 했건만 기어이 지 죽을 구덩이로 들어갔어요. 우리 딸은 우리가 장례를 치를 테니 그쪽은 알아서 하세요. 그리고 아이도 데리고 가세요. 그 집 자손이니 그 집에서 키워야지요.

장례도 치르기 전에 모든 일을 진상이 탓으로 돌리는 사돈이 어이가 없지만 지금 와서 잘잘못을 따져서 무엇하랴 싶어 입을 다물고 아무 말도 하지 않는다. 조금 후 집으로 가더니 병원으로 어린 아이를 데리고 온다. 진상은 화장해서 강물에 데려다주었다. 진상아! 오리발 물갈퀴로 물속에서 헤엄치며 기죽지 말고 잘 살아. 너의 손은 물이 그리웠던 거다. 물이 그리운 갈퀴를 제거해 버리니

목숨마저 따라가는구나. 그래 이승에서 못다 이룬 행복 시상에서 받던 고통도 천대도 멸시도 다 내뿌래고 이 물 따라 흐르고 흐르며 다시는 불행을 겪지 않고 잘살기를 간절하게 빈다. 이 강물에 혹시 청둥오리가 노닐면 우리 진상이로 생각할게. 부디 이 개보다 몬한 시상은 잊고 철새맨치 훨훨 자유를 날아댕기민서 무릉도원 같은 시상을 살려므나. 너의 분신 외롬은 내가 잘 돌봐주마. 다 잊고 뒤도 돌아보지 말고 다시는 그 물갈퀴 손 때문에 울지 말그라. 이 시상을 미련 없이 패대기치고 가그라. 부디 훨훨 날아 잘 가그라. 물에서 그 물갈퀴 손으로 헤엄치다가 지치믄 땅 위로 올라와 걷다가 또 지치믄 하늘을 날아서 솟대 위에도 앉아보고 니가 그릏게 기다리던 누나도 만내겠구나! 부디 안녕히…

이제 다 끝났다. 그렇게 이 세상에서 강물을 건너 저세상으로 가버린다. 그렇게 진상의 짧은 생은 물갈퀴가 손에서 제거되자 자신의 목숨 줄도 제거되는 운명이 되고 만다. 갑자기 멍하다. 이 어린 아이를 도대체 어쩌란 말인가! 어쨌든 집으로 아이를 데리고 온다. 진상이에게 대책도 없이 잘 돌봐주겠다고 약속을 걸지 않았나. 남편과 식구들에게는 친구가 병원에 입원해서 한 달 정도 우리 집에서 봐 줘야 한다고 말하고 일단 한 달을 벌어놓는다. 그다음은 한 달 동안 방법을 강구해야 한다.

고아원? 그러기에는 저 어린것이 너무 불쌍하다. 자기 아들이 고아원에 맡겨진 걸 알면 진상이 강물 속에서도 얼마나 가슴이 아플 것인가. 그렇다고 이 아이를 책임지고 키울 방법도 없다. 그저 막연하게 한 달을 데리고 있을 뿐이다. 그렇게 한 달이 다가오자 걱정이 된다. 아직 정한 곳도 없다. 생각다 못해 남편과 상의를 한다. 친구가 혼자 키웠는데 친구가 볼일이 있어 외국을 가는 바람에 당분간 아이를 돌봐줘야 한다고.

남편은 **외국을 가면 아를 델꼬 가야제 아를 왜 당신이 책임질라 그래, 우리 아들이나 똑바로 잘 키울 생각은 안 하고 도대체 먼 정신으로 사는 둥 모르겠네.** 소리를 꽥 지른다. 마치 귀머거리한테 지르듯이 있는 대로 소릴 지른다. 저럴 때 보면 피를 속일 수 없다는 생각이 든다. **그 여자는 아는 사램이 당신밲에 없대? 여게 귀먹은 사램이 있니껴? 왜 소리는 그래 지르고 그래? 피는 못 속인다고 저를 때 보믄 꼭 아버님하고 똑같애! 그리 오래 걸리지는 않을 거라 했으니 곧 델꼬 갈테이 소리 지르지 마소.**

그렇게 남편을 안정시키며 시간을 더 벌어놓는다. 그렇지만 언제까지 이대로 있을 수만은 없다. 생각다 못해 시호랑이에게 전화를 한다. 모든 것 생략하고 진상이가 낳은 아들인데 진상이 죽었으니 어디에다가 맡기더라도 돈이 들어가니 돈 좀 대주라고 한다. 시아버지의 말은 전화기를 타고 펄쩍펄쩍 뛴다. 진상이 왜 죽었는지 한마디도 묻지 않고 웬 미친 소리를 하냐며 길길이 뛰는 시아버지. 그 시아버지한테 편지를 띄운다. 말로 하면 감정대로 할 것 같아 냉정함을 찾는 데는 편지가 더 나을 것 같아서다.

아버님 전상서

아버님 걸어온 길을 돌아보니

아버님은

가시밭길도 꽃길로 만들어 주시는

마술사 같은 분

진흙 길도 뽀송뽀송 말려서 비단길을 만들어 주시는

햇살 같은 분

캄캄하고 무서운 길도 환하게 비춰주시는

초롱꽃 같은 분

그른 인격에 지도 꽃을 피워드리고 싶어 편지를 띄웁니다.

가을낙엽맨치 고운 맴을 담아서.

다름이 아니옵고 진상이 일 말인데요.

읽기 싫으시믄 여게서부텀은 안 읽으시도 돼요.

그룹제만 안 읽으시믄

후회하실 일이 생길 테니까 맴대로 하세요.

머냐고요?

그게 머냐믄요.

아버님의 질풍노도로 불어대는 바램과 홍수가 쓸고 간 뒷자리

를 보여

드릴라고요.

잘 생각해보시이소.

한때 그짝으로도 불었던 그 훈풍의 자리에

어린 새싹 한 포기 돋아나

지끔 신음을 하고 있니더.

생판 모르는 남도 도와주는데

모르는 사램도 아이고 한때 거닐었던 그 자리에

고운 꽃이 피었으믄 한 분쯤 바라보고 옛날을 돌아보는 것도

사램이 살민서 보람 있는 일이란 생각이 들어요.

그래서 말인데요.

마술사 같은 기질과

햇살 같은 따뜻함과

초롱꽃 같은 환한 마음으로

양육비 쪼매 대 주시믄

아버님 자신도 모르게 피어난 꽃이

시들어가는데 물 한 바가지

시원하게 부어 주시믄

다시 비가 오기 전까짐 싱그럽게 생명을 연장할 수 있는 큰일을

하시는 것이 될 것 같애서요.

혹시라도 죄책감이 몸속에서 새끼를 치고 있다믄

그 죄책감 무게도 줄일 수 있고

이다음에라도 그 꽃이 열매를 맺으믄

뿌듯함과 동시에 맴도 가벼워지실 것 아니이껴?

저번 아버님과 작은방에 동행했던

간통이란 수인번호를 달았던

여자한테 1억 주고 합의 보았다고 생각하시고 쪼매 도와주시와요.

그것도 억울하시믄

불쌍한 사램한테 불우이웃 돕기 한다고 생각하고

도와주소.

그것도 억울하시믄

제가 합의금 1억을 깎았으이 그 빚을 저한테 갚는다고

생각하시고 도와주시든가!

또, 또, 또,

지끔 소리 지르시제요?

소리 지르시고 화내실 일이 아이라니까요.

이건 아버님 인생이 기름지고 찬란하게 빛날 수 있는 계기를 만

들어 주는 거라고요.

그렇게 사막에 내뿌래진 싹에 물을 주어 살아나게 한다믄

아버님은 역시 잘 사시는 인생이 되고

길이 남을 일을 하시는 거라고요.

참말로 위대한 건 용기인데

아버님은 꼭 그런 분이라 믿십니다.

시상 남자들은 돈이 아무리 많애도 우리 아버님맨치 돈을 멋지

게 몬 쓰고 죽니더.

그룿제만 아버님은 사위들 용돈도 마이 주시제

메느리 용돈에 이뿐 옷에 가지고 싶은 거 다 사주시제 거게다

가 지혜롭기까지 하시잖니껴?

저번에 아령이가 집안 형제들한테 말 함부로 해서 집안 우애 끊

는다고 지가 맥스웰 커피 병을 던져 벽에 맞고 박살이 났을 때

도 다른 사램들은 무조건 다 그 펜들 때 아버님은 그래싰제요.

에미가 잘하는 거라고 집안에 우애를 깨는 인간은 맞아 죽어도

싸다고 그래놓고 조용히 지를 불러서 그래싰제요.

에미야! 니 그래다가 아령이가 진짜 맞았으믄 우쨀라고 그래노?

니도 참 성질 급하다, 그래지 말고 앞으로는 말로 타일러라. 하

시민서 저 자존심까지 세워줬잖니껴?

그때 우리 아버님은 역시 이 시상에서 제일 현명하시고 지혜로

우시고 최고라는 생각을 했니더.

그것 말고도 존경할 일이 많제만, 너무 많이 쓰믄 또 속 보이는

것 같고 이만큼만 아버님 자랑하니더.

아버님 맴이 도저히 안 내키시믄 이쁜 메느리한테 불우이웃 돕기 성금 준다고 생각하시도 되니더.

잘 생각해 보시고 전화 주시길.

　　　　　　　　　　　　　　　　　　　　　　이쁜 메느리 올림.

　편지를 보내고 전화를 기다렸다. 다른 곳에서 전화가 오면 짜증이 났다. 그러던 며칠 후 아버님께서 전화하셨다. *니 지끔 먼 의도로 내한테 이리 들이대노? 나 아무 잘몬도 없다. 다시 말하제만 그 여자하고도 아무 일도 없다. 두 분 다시 말 꺼내지 마라. 사램 그만 쪼란 말이따. 찰카락!* 발뺌을 제대로 하기에 이른다. 하긴 그 여자가 살아있을 때도 진상이 살아있을 때도 그랬는데 지금이야 누가 말할 사람도 없고 증인도 없지 않은가?

　진상이 남긴 아이 이외롬. 그나마 손가락이 진상이를 닮지 않아 다행이란 생각을 하다가 생각을 차곡차곡 접어 기차에 싣고 외롬이를 데리고 영주로 내려간다. 자신의 아들이 아니라고 부인하는 시아버지와 어머니의 말을 듣고 시아버지가 아버지라고 생각하는 아들 진상. 누구 말이 거짓이고 누구 말이 진실인지는 하늘도 알고 땅도 알 텐데 아니라고 완강하게 부인하는 시아버지가 오히려 진실이라고 말하는 것처럼 생각된다. 그렇다고 저리 냉정한 시호랑이가 달라지진 않겠지만 그래도 어쨌거나 방법을 찾아야 아이를 키울 것 아닌가 말이다.

아이를 데리고 집에 들어서자 시호랑이가 깜짝 놀란다. 멍하니 쳐다보더니 야는 누구로? 외마디 비명에 가깝게 묻는다. 시어머니도 이상하다는 듯 쳐다보고 있다. 아, 친구 앤데 빙원에 있어서 잠간 봐주고 있니더. 그래 어려울 때 봐 주믄 고맙제. 잘했다. 어이구 잘도 생깄네. 시어머니는 손자 보듯이 쳐다본다.

시호랑이 길들이기

24

아침 식사 후 시어머니는 장엘 간다고 총총총총 바삐 발걸음을 따라가고 시아버지만 남았다. 나는 외롬이를 아버님 턱밑에 바짝 가져다 대면서 말한다. 아버님, 야 미간 사이하고 코와 입까짐 아버님하고 똑같이 생겼잖니껴? 씨도둑질은 몬 한다고 우째 아버님하고 판박인지 어머님도 놀래시는 눈치잖니껴. 우리 아 들하고도 누가 봐도 동상이라 생각할 만큼 비슷하게 닮았니더. 솔직히 인제 모든 증인 전부 하늘나라로 갔으이까 아버님이 인제 자비를 베풀 때 아니이껴? 그레신다믄 어머님께는 영원한 비밀로 해드릴게요.

진상인 아부지가 가끔 오시서 멀 거 사줬다고 자랑을 했고 대핵 교도 좋은 곳을 졸업하고 결혼도 하고 인제 살 만하이 또 하늘나라로 가뿌랬니더. 이 아 하나를 증거물로 남겨두고요. 자꾸 아이라고 우기지 마시고 인젠 아버님을 되돌아보고 속죄하는 맴으로 이 아 뒷바라지를 해주시는 것이 아버님도 편하지 않을니껴?

시호랑이 눈썹이 왁스를 발라 세운 것처럼 빳빳하게 치켜 올라간다. 입가에 경련이 물결처럼 출렁 잠시 일어나는 것이 보인다. 정신 빠진 소리 하지 마라. 니 그래 시애비를 몬 믿으믄 내가 지끔이래도 믿게 해주마. 자 따라와서 한분 물어볼래? 그아 아바이가 누군동? 니가 자꾸 씨잘데없는 소리를 하이까 내가 말 안 할 수 없구나. 니 내하고 그 집에 같이 가보자. 지끔이래도 가 보믄 가가 누 아 란 걸 알 수 있으이까. 니는 우째 그래 시애비 말을 몬 믿고 나무 말에만 기가 솔깃해서 이따우 말도 안 되는 일을 하고 그래노? 좋니더. 지끔 당장이라도 가시더.

시아버지와 함께 진상이 뒷집이란 영주 어느 언덕에 있는 변두리로 간다. 언덕배기에 자리한 허름한 집이다. 빈촌 티가 나는 곳이니 그때도 여전히 가난한 동네였을 것이다. 진상이 뒷집엔 진상이하고 한 번 가 본 적이 있지만, 할머니는 알아보질 못한다. 속으로 다행이란 생각을 한다. 할머니는 반갑게 시아버지를 맞는다.

우짼 일로 이래 발걸음을 하싰니껴? 이리 올라 앉으이소. 야야, 국자야 여게 오미자차 한 잔 가주고 온나. 아이, 국자라이요? 국자는 공장에 불이 나서 타 죽었다고 소문 났든데 지끔 국자라고 안 불렀니껴? 야, 살아 왔니더. 하늘이 도왔제요. 죽었다고 믿었든 국자가 살아 왔니더. 아이구. 참말로 다행이네요. 울매나 놀랬니껴, 그래. 그름요. 죽을라고도 맴 먹었는데 그때 안 죽기를 잘 했제요.

그때 죽었으믄 우리 국자가 또 울매나 가심이 아팠을니껴? 그르게 말이씨더. 우쨌건 간에 천만다행이씨더. 고맙니더.

그 사이 국자가 차를 가지고 나온다. 한눈에 봐도 청순한 이미지다. 긴 머리에 윤기가 좌르르 흐르고 햇살 뒤로 그림자가 살짝 가린 얼굴에 찻물이 찰랑거리며 반사되어 더욱 윤기가 흐르는 얼굴. 초승달보다 더 곱고 짙은 눈썹은 어린 계수나무를 줄지어 심어놓은 듯 계피 냄새가 폴폴 어린 새처럼 날아오르는 고혹적인 눈썹이다. 눈은 방울방울 금방이라도 눈물이 뚝뚝 떨어질 것 같은, 풀잎에 매달린 빗방울처럼 투명한 외로움을 가득 머금은 눈망울이다.

차 가주고 왔니더. 다소곳한 자태 역시 어느 왕비처럼 고아하고 단아해 보인다. 진상이 그 어린 나이에 어찌 저런 외모를 알아보았는지 그렇게 끈질기게 기다린 이유를 알 수 있을 것 같다. 국자가 마이 컸네. 이래 살아와 줘서 울매나 좋노? 우리는 니가 죽었다는 소문을 들었다. 헛소문이 떠돌아 댕깄으이 국자 밍이 길게 오래 살겠구나. 야. 그래믄 오래 산다민서요? 천년만년 살아야제요. 인제 시집가서 어메 핀하게 모시고 살아야제. 어데 우뜬 남자가 지를 신부로 델꼬 가야 가제요. 남자들이 눈이 삐었제. 저른 참한 색시를 몰래 보다이.

그 말 사이를 가르면서 국자 어머니가 말꼬리를 돌린다. 이 사램은 누구이껴? 안죽 아 가 어린 걸 보이께네 메느님이신가 보네요? 야. 우리 작은메느리씨더. 안죽도 언나가 어리네요. 야. 설명하기가 싫어서 그냥 대충 대답하고 만다. 진상이 애기할라고 왔니더. 소문에 들으이 진상이는 서울에 좋은 대핵 가서 취직 잘해서 산다고 소문 들었는데 진상이는 갑재기 왜 묻니껴? 인제 와서 진상이가 잘 되이 배 아프이껴? 집에 동상이 아부지 아이라고 딱 잡아뗄 때는 은제고. 여보소, 말조심하소. 머 그런 헛소문을 가지고 메느리 앞에서 씰데없이 그래 말을 함부로 하니껴? 봤니껴? 내 동상이 진상이 어마이하고 자는 거 봤나 말이씨더.

전에 내가 왔을 때는 그 아 아바이가 어데 사는지 안다고 말해 놓고 인제 와서 그게 먼 소리이이껴? 그래 안다고요. 그 진상이 아부지란 사램 진상이가 배 속에 있을 때 거랑에서 놀고 있는 오리를 잡아 와서 오리 모가지를 비틀어 칼로 모가지를 자르고 뜨거운 물을 오리에 부서 털을 뽑고 배를 갈라 끓이서 진상이 어마이 멕있다제요. 그때까짐은 그래도 진상이 어마이한테 애정이 식지 않고 드나들 때제요. 지가 진상이 집에 가이 진상이 어마이가 그 오리고기를 쥐서 얻어 먹었니더. 그때 내가 그랬제요. 아 가 배 속에 있을 때 이런 산 짐승을 잡으믄 안 되는데 우째자고 아 아부지가 그래 직접 손으로 오리를 잡았느냐고. 그랬디이만 진상이 어마이는 맴이 불안한지 집에 동상이 왔을 때 그 말을 했었니더. 집에 동상이라고. 그래 진상이 어메가 그래디도. 뱃속에 아 가 잘몬되믄 안된다민서 그길로 내보고 우째믄 좋겠냐고 묻디더. 그래 하도 안절부절못하길래 절에라도 댕그라고 했제요. 그랬디이만 그래믄 절에 가자고 해서 내가 같이 갔니더. 내가 오랫동안 댕깄던 절이래서 델꼬 갔제요.

그 절은 순흥에 있는 성혈사(聖穴寺)씨더. 성혈사는 조그마한 암자제만 신라 때 의상대사가 창건했다는 절이씨더. 성혈사라고 부른 이유는 승전(僧傳)에 바위굴이 토굴 수도처가 되어 거게서 수도를 해서 성스런 스님이 나왔다고 성혈암이라 부른다는 곳이제요. 거게는 나한전(羅漢殿)이 유명하제요. 나한전에는 나한상이 보안되어 있어 나한전이 신앙의 도량이 되는 곳이씨더. 창살은 햇살보다 더 매끈하고 살가우며 창살 무늬는 우리나라 사찰 문 중에서 기중 뛰어나다는 곳이제요.

나한전은 맞배지붕을 한 아주 독특하고 입체적인 목공 솜씨를 뽐내는 창살을 문살로 가지고 있는 곳이기도 하제요. 가운데 칸을 어칸 좌우 칸을 협칸이라 부르니더. 어칸에는 동자승과 연꽃을 비롯한 다양한 동식물이 살고 있고 협칸에는 소슬빗살 모란꽃이 살고 있제요. 오른쪽 끝창에는 모란꽃과 이파리들이 싱싱하게 살도록 한 목공 솜씨는 탁월하제요. 어칸에 사는 연꽃의 모양새는 넋을 앗아 갈 만큼 청아하제요.

연꽃도 하나로 일관된 연꽃이 아이씨더. 우주가 한없이 변화무쌍한 것맨치 연꽃의 형태도 다채롭고 변화무쌍하제요. 새색시 입술맨치 계란 모양으로 오므린 꽃봉오리 처녀의 봉긋하게 막 솟아나는 젖가슴맨치 반쯤 핀 꽃봉오리, 힘껏 부푼 다 큰 처녀의 볼맨치 막 피어난 꽃봉오리, 중후한 여인의 자태처럼 활짝 핀 꽃봉오리, 싱싱함 모두 자손들에게 주고 떡잎이 되어 고개를 떨군 꽃봉오리, 머지않아 곧 추수를 해야 할 연자방은 벌집맨치로 집을 짓고 연씨를 품는 등 별별 천지제요.

연잎 역시 모양이 여러 가지제요. 활짝 펼쳐 맴껏 자태를 자랑하는 잎, 여린 가심을 갈무리하느라 오므린 잎, 세찬 바램을 견디느라 햇살 다 엎어버리고 뒤집힌 잎, 적들의 노출이 두려운 아가맨치로 돌돌 말아 감긴 잎, 모진 바램을 이게지 몬하고 꺾이고만 사램맨치로 꺾어진 잎 등 각양각색인 곳이제요.

그래 따로따로의 들쑥날쑥한 목소리를 모아 높고 낮은 장단 리듬과 율동미 추임새까지 넣어 하모니를 이루는 곳이제요. 은제나 온새미로 천상의 노래를 부르고 있는 곳이씨더. 저마다 독립적이고 다른 것을 서로 인정해주민서 서로의 단점을 모아 장점을 만들어 통일을 이루어 묘한 리듬을 배출하고 있는 곳 이제요. 그곳에서는 햇빛도 그늘도 전부 때문이 아닌 덕분이 되는 조화로운 곳이씨더. 햇볕과 풍화를 덜 받은 곳으로 갈수록 조끔씩 조끔씩 바래져 가는 색채가 환상적인 연지의 생명력을 불어넣고 있제요.

어느 것 하나 귀하고 황홀하지 않은 것이 없제만 참말로 귀하고 장엄한 모습은 커다란 연잎에 여유를 깔고 앉아 연대를 들고 노를 젓고 있는 동자의 모습은 많은 걸 깨닫게 해주제요. 동자는 시들고 찌든 속세의 인간을 태우고 무릉도원으로 노를 저어 안내하고 있니더. 물론 뱃삯은 무료제만 이 배를 보지 몬한 사람은 탑승할 수가 없제요. 연지에서 노를 저어 배를 타고 가는 모습은 이승에서 저승으로 저승에서 이승으로 사램을 실어나르민서 저승과 이승을 이어주는 배제요.

그것뿌이 아이고 거게서 숨은그림찾기를 해도 아주 재미있니더. 어칸의 창살에는 다양한 동물과 식물이 다정다정 살아가고 있제요. 연꽃 연밥 연잎을 중심으로 동자승과 개구리 두루미 물고기 물총새 가재 소라 게 용 등이 서로서로 사이좋게 조화를 이루민서 살아가고 있제요. 연못에 만개한 연꽃 발목 사이로 유유자적 노니는 물고기 떼 지느러미는 향그런 냄새를 풍기고, 연잎 위에서 방울방울 이슬 굴리는 개구리는 떨어지는 빗방울에 개굴개굴 어미를 찾고, 개펄을 찾아 벌벌 기고 있는 두 마리 게는 벌벌벌벌 갯내음을 풍기제요.

맑은 눈을 빛내며 먹이를 낚기에 한창인 왜가리 한 쌍은 펄떡거리는 비린내를 쪼고 있고, 물속을 하염없이 응시하는 작은 용 한 마리는 이무기가 되지 않기 위해 수도를 하는 중이제요. 나한전 꽃살문은 삶의 근원을 밝히는 아리랑 춤을 들썩이게 하는 공연장이제요.

이른 우주적인 질서와 대자연의 본질의 생명을 인격화하는 화엄미술은 구체적 아름다움에서 진 우주적 대자연의 신인합덕(神人合德) 상생조화(相生造化)를 표현해 내놓은 화엄의 만다라적 표현이제요. 나한전 창호는 여닫이문을 달아 모두 여섯 꽃살문이고 여섯 꽃살문 중 시 곳은 통판에다가 조각을 한 통 판투조 문이고 나머지 시 곳은 바탕살 문살로 황금비율보다 더 섬세한 황금비율로 사방 꽃문양을 무시무종으로 펼친 솟을꽃살문으로 자태를 뽐내고 있제요.

좌우대칭으로 새긴 회화는 죽음과 삶을 초월한 해탈의 경지를 생명력으로 충만하게 하는 문짝이 있제요. 연못은 연잎과 연꽃 연밥으로 장엄한 연화세계이자 화엄 세계를 표현한 곳이제요. 곧 인간의 몸이 소우주이고 자연이 대우주이듯 이 둘을 절묘하게 아울러놓은 곳이라고 할 수 있제요. 꽃살문의 살결이 흑백으로 바래진 나뭇결은 가뭄에 갈라진 논바닥을 바라보는 농부의 얼굴에 파인 골 같아 가슴이 아리제요.

우째 성혈사에 대해서 그래 마이 아시니껴? 맨날 절에 가 살다시피 하민서 거게 책을 외우다시피 했제요. 그릏게 심신을 다해 성혈사를 오르내리민서 기도했제만 결국은 진상이 물갈퀴 손을 가지고 태어나자 진상이 엄마는 상심을 하고 한동안 죽었는지 살았는지 모를 정도로 바깥출입을 안 했제요. 그래다가 먹을 것이 없자 우쩔 수 없이 진상이를 방에다가 두고 먹을 것을 접시에 담아두고 뱎에서 방문을 잠구고 나무집 일을 댕깄니더.

그 아 아부지는 진상이 그릏게 태어나자 다시는 안 찾아온다는 소리를 들었제요. 다 소용 없는 일이라민서 낙심하민서 살다가 그

집마저 세를 다 까먹고 길거리로 나앉게 되었제요. 나도 그때는 길바닥으로 나가는 줄은 몰랬니더. 그랬는데 이 손바닥만 한 동네에서 소문이 금방 퍼져서 알게 되었제요. 진상이네가 이래 된 거 다 댁네 동상 때문이씨더.

그래도 진상이 엄마는 한 분도 댁을 원망하는 소리를 들어본 적이 없니더. 우짜문 진상이 어마이가 댁의 동상을 그만큼 더 좋아했는지도 모르제만 가정이 있는 남정네를 알았다는 이유로 혼자 가심만 태우민서 살다가 결국은 일찍 빙이 걸래 진상이를 남게 두고 죽었잖니껴. 진상이 엄마가 거짓뿌렁하는 건 아닐 거이까 이래도 '닭 잡아먹고 오리발 내밀'라니껴? 진상이 엄마가 불쌍하지도 않니껴? 한때라도 좋아했으믄 그래믄 몬 쓰니더. 인제 진상이 엄마도 죽고 진상이도 우째 됐는지 모르는 판에 따져서 머 할까만은 댁이 여게까짐 와서 말을 하이까 하는 말이씨더. 이 양반이 나무 신세 조질라고 환장했나? 잘 알지도 몬 하민서 그 여자 말만 듣고 그래 함부로 말하고 댕기지 마소.

목소리가 온 마당에 태풍처럼 휘몰아친다. 잘하면 한 대 칠 것 같은 모양새다. 내가 먼 말을 하고 댕기니껴? 본인이 물으이 대답을 해 줬제. 우리 집에 머하로 찾아와서 내한테 이래 역정을 내고 그러니껴? 내가 오라 했니껴? 양반집에 찾아갔니껴? 가만있는 우리 집에는 왜 찾아와서 도로 내한테 역정을 내니껴? 가시서 집에 동상한테 말하소. 사램이 그래믄 몬 쓴다고, 짐승맨치 살지 마라고.

차를 가져다 놓고 간 처녀가 큰소리가 나자 무슨 일인가 싶은지 밖으로 나온다. 혹시 진상이를 아시니껴? 진상이요? 그러믄요. 알고 말고요. 손이 그래서 잘 살고 있나 모르겠니더. 참 맴씨가 고운 아이인데 손이 그래서 늘 그늘을 깔고 살았는데. 못 본 지 워낙 오래되었네요. 안 그래도 진상이 소식이 궁금했는데 알 길이 없었니더. 혹시 소식 알고 있니껴? 그러믄요. 이 아이가 진상이 아들이씨더. 진상이 아들? 그른데 진상이 아들을 왜? 아, 지가 잠시 맡아보고 있니더. 왜요? 먼 일 있니껴? 몸이 안 좋아서요. 아니, 진상이가요? 아니믄 진상이 아내가요? 둘 다요. 그르믄 주소 좀 알려주실 수 있니껴? 한 분 가보기라도 하게.

영주가 아이고 서울 사니더. 서울이나 부산이나 먼 상관이 있니껴? 한분 만내보고 싶니더. 그래믄 지가 내일 서울 가는데 같이 올라가실라니껴? 야. 그래 주시믄 고맙고요. 그래믄 내일 영주역으로 시간 맞춰서 나오소. 야. 그래 하겠니더, 내일 시간 맞춰서 영주역으로 나갈테이 같이 가시더.

목적과 전혀 다른 방향으로 일이 기울어지자 시아버지는 얼굴이 다 구겨져 아무 말 없이 앞으로 걸어간다. 부지런히 씽씽 걷더니 그래도 화가 안 사라지는지. 야야! 니는 왜 자꾸 씨잘머리 없이 일을 만들어서 나를 힘들게 만드노? 지가 멀 우쨌다고요? 괜히 쓸데없이 진상이가 내 아들이니 뭐니 해서 나무 예펜네한테 싫은 소리나 듣게 맹글고 이게 체민이 말이 아이잖나. 먼저 가 보자고 한 건 아버님이시지 제가 은제 여게 오자고 했어요? 니가 자꾸 말 같지 않은 말로 날 부애를 채우이까 아이란 거 확인시킬라고 그랬제. 아버님 참말로 실망을 넘어 절망이씨더. 누구 아들이 중요한 게 아이고요, 아버님 맴 상태가 문제씨더. 사램 한평생 울매나 짧은데 그래 아버님 동상이 관련되어 있으믄 지한테 말씸이라도 해 주시제. 우째 그래 침묵하고 다 뒤집어쓰고 계싰니껴?

　야야! 우째 내 입으로 동상 말을 하노, 형이 돼가주고. 그래 내 및 분 멀 것도 사주고 했제만 동상이 펄펄 뛰길래 모른 체했다. 내니 진상이 때문에 돈 마이 쓰는 걸 안다. 그래도 동상 생각하이 아무 말도 몬 해서 참고 살았다. 다 지내간 일인걸 우째노. 작은아버님도 참 나쁜 사램이네요. 한때라도 알고 지내던 여자의 아들이 내 아들이 아니더라도 손도 정상이 아니고 몸과 맴이 모두 추운 사램한테 봉사한다고 생각하거나 측은지심으로라도 보살펴 주믄 어느 하늘이 베락이라도 내릴까 봐 그래시니껴? 생판 모르는 남도 불씽하믄 도와주는 게 사램인데. 작은아버님 그 정도 따스함도 몸 속에 없단 말이니껴. 하긴 아버님이 먼 잘못이라고 아버님한테 이래는 건 아이제만요.

　야가, 점점 그거하고 이거 하고는 다른 문제제. 봉사라믄 나도 할 수가 있다. 그릏제만 이거는 얘기가 다른 말이제. 니는 시방 날 보고 동상한테 진상이가 니 아들이란 걸 시인하고 이혼이래도 하라고 말하라는 말이라? 다 말 몬 할 사정이 있는 기다. 아무리 아버님이 변명한다고 해도 진상이 엄마가 진상이 아버지가 작은아버님이라는데 그건 변명밖에는 되지 않니더. 적어도 지가 보기에는. 이릏게 사램을 찾아 다니믄서 아닌 걸 증명한들 먼 소용이 있다고 생각 하니껴? 누가 아이 아부지인지 기중 정확하게 아는 건 아이 엄마인 것이 시상 이치 아이이껴? 그른데 쓸데없이 다른 사램을 동원하고 확인하고 그 행동 자체가 미안하지 않니껴? 동상한테 타이르기라도 했어야제요. 이 아 얼굴을 보니까 핏줄이라 당기지 않니껴? 그른 말씸을 하시게요.

어물전 생선이 마지막 힘을 다해 한 번 펄떡거리듯이 시아버지 얼굴이 팔딱팔딱 뛴다. 눈썹도 화가 나서 빳빳하게 발기하더니 아무 말도 없이 앞장서서 팔을 있는 대로 신경질적으로 앞으로 옆으로 바람을 가르며 걸어간다. 그 모습은 도랑에 넘어져 처박힌 자전거가 거꾸로 바퀴를 세우고 주인을 잃고 혼자서 마구 돌고 있는 헛바퀴처럼 허허로워 보인다. 허탈했다. 자신이 아니라 작은아버지라고 진작 말이라도 해주었으면 좋았을걸.

한편으로는 동생 생각하는 마음이 대단하다는 생각도 든다. 며느리에게 말해도 될 것을 침묵으로 일관하면서 누명을 쓰고도 말하지 않은 의리는 대단하다는 생각이 든다. 이튿날 아침 영주역에서 국자를 만난다. 국자는 진상이 아들 외롬을 보자 번쩍 들어 안아 올린다. 그렇게 기차를 탄다. 어디서부터 어디까지 어떻게 이야기를 해주어야 할지. 그렇다고 숨길 수도 없게 되었다. 곰곰 생각하다가 모든 걸 솔직하게 털어놓기로 마음먹는다.

　놀래지 말고 내 말 잘 들으소. 멀요? 지끔부텀 내가 하는 말 놀래지 말고 들으란 말이씨더. 먼 말인데 그래 신중하게 말씸하시니껴? 진상이에 대한 말이씨더. 그렇게 지난 시절 진상이가 영주 터미널 의자에서 비가 오면 우산을 들고 기다리고 눈이 오면 눈 속에 편지가 젖을까 쓸어내던 일. 누나가 올까 봐 잠시라도 자리를 못 뜨고 의자에 편지를 써서 붙여 놓고서야 어디 잠시라도 가던 일. 길거리서 텐트 속에서 생활하면서도 누나를 기다리기 위해서 터미널 옆 길바닥에서 텐트를 치고 살던 일. 의자에 앉아서 매일같이 오르내리는 사람을 일일이 살피던 일. 매일 하루도 빼놓지 않고 일기를 쓰고 그 일기장을 소중하게 간직하던 일. 음식을 먹어도 누나가 사준 짜장면을 먹으며 짜장면 먹으면 누나가 빨리 올 거라며 희망을 키우던 일. 뒷집 누나가 죽었다는 소릴 듣고 꽃다발과 편지를 써서 붙여두던 일. 학교에 다니면서 놀림을 받던 일 우여곡절을 잘 넘기고 공부를 열심히 해서 서울에 유명 대학교 입학을 하고 손도 수술해서 물갈퀴를 제거하고 너무 좋아서 한 달 동안을 누나가 그리워서 울었다는 말 그렇게 우수한 성적으로 대학을 졸업하고 좋은 회사에 취업하고 결혼을 하고 아이를 낳고 죽음에 이르기까지의 이야기를 하느라 청량리역에서 안내방송이 나오는 줄도 모른다.

　모든 이야기를 다 들은 국자는 얼마나 울었는지 봉숭아꽃을 짓

찢어놓은 듯 눈이 벌겋다. *자 맘을 추스르고 오늘은 우리 집으로 가서 자고 내일 진상이를 보내준 강으로 같이 가시더.* 그녀는 아무 말도 없이 진상의 아들을 으스러지라 껴안는다. 아이는 영문도 모르고 빠져나와서 내 품으로 옮겨온다. 그렇게 집으로 함께 가자 남편은 국자가 아이 엄마인 줄 아는지 누구냐고 묻지도 않고 간단하게 묵례하고 방으로 들어가 버린다.

그렇게 하룻밤을 자고 진상이를 데려다준 강으로 간다. 국자는 가는 길에 하얀 국화 한 다발을 사서 들고 간다. 강가에 도착하자 강물도 국자를 기다리며 날짜를 꼽느라 잠을 설쳤는지 강물이 수척하다. 흐르는 소리마저 졸졸졸졸 전립선을 앓는 노인의 오줌 줄기 같은 소리를 내고 있다. 진상이 보낼 때의 우렁우렁한 물소리와는 달리 가느다란 소리를 내고 있다. 국자는 한 다발이나 되는 국화 꽃잎을 한 잎 한 잎 따서 개울물에 띄워준다. 몇 시간을 그렇게 아무 말도 하지 않고 넓적 돌 위에 앉아서 꽃잎을 다 따서 던진 뒤 마지막 국화 이파리까지 한 잎씩 따서 띄운다. 마지막 잔가지 또 마지막 꽃대를 강물로 던지더니 눈을 감고 한참을 앉아 있다가 툭툭 엉덩이를 털고 일어선다. 그러고는 느닷없이 진상의 처가를 좀 알려 달란다. 그럴 필요 없다고 하자 그래도 외롬이 때문에 좀 찾아가 보고 싶단다. 하는 수 없이 알려준다. 아이를 데리고 갔다가 오겠다고 하기에 그렇게 하고 집으로 먼저 돌아올까 하는데 아이가 울면서 내게로 온다.

하는 수 없이 같이 가는 것이 좋을 것 같아 함께 간다. 집에 도착하자 사돈은 무슨 못 볼 것이라도 본 듯 화들짝 놀란다. 외할머니를 보자 외롬은 외할머니에게로 뛰어간다. 몸속에 얼음만 들어 있는 것 같은 인간. 뛰어가는 아이를 밀쳐낸다. 아이는 울면서 다시 내게로 온다. 무슨 할 말이 남아서 왔어요? 이제 다 끝난 일인데. 남의 딸 데리고 가서 죽였으면 됐지 무슨 미련이 있냐구요?

여자는 금방이라도 울 것처럼 울부짖는다. 다 맴이 아픈 건 피차 일반인데 왜 우리 진상이한테만 책임을 떠미니꺼? 그런 말 하지 마세요! 듣기도 싫어요. 다 속이고 결혼해서 남의 딸 신세를 이래 망쳐놓고 무슨 할 말이 있다고. 신세 망치긴 누가 누구를 망쳤다고 잘 아시지도 몬하민서 그레니꺼? 우리 진상이 말로는 외롬이 에미가 남자가 있어 고민하는 걸 들었는데 잘은 모르지만요? 뭐가 어쩌고 어째요? 오리 새끼처럼 물갈퀴 손인 것도 속이고 사귀던 여자가 있던 것도 속이고 모두 속이고 사기 결혼을 해 놓고 인제 와서 우리 딸한테 남자요? 우리 딸이 바람이라도 났었다고 덮어씌우려고 하는군요. 다 듣기도 보기도 싫으니 가세요. 당신들이 안 그래도 억울하고 분해서 이가 박박 갈리는 걸 억지로 참고 있는데 왜 와서 또 남의 속을 뒤집어요.

너무 말씀이 지나치이더. 뭐라고요? 너무 지나치다고요. 우리 진상이가 손이 그런 건 사실이고 수술해서 멀쩡해졌니더. 그게 멀 우쨌다고 그래니꺼? 그릏다고 말도 안 되는 여자가 있었다고 억지

소리를 하시는 건 아니제요. 아무리 그래도 너무 과하니더. 뭐라고요? 여자가 없었다고요? 야. 맹세코 없었니더. 저걸 보고도 발뺌하려고 하세요. 저게 먼데요? 검지를 펴서 마당귀퉁이를 날카롭게 찌르듯이 가르친다.

 뭔가 눈 있으면 한 번 보시지요? 우리 딸이 당신 그 잘난 아들이 결혼하고도 그 여자를 잊지 못해서 뻔뻔스럽게도 방에 신줏단지 모시듯이 고이 간직하고 있는걸 당신 잘난 아들 몰래 우리 딸이 모두 가지고 와서 집에 가져다 놓고 마음고생을 하면서도 안 버리고 두고 가슴앓이를 했어요. 이제 꼴도 보기 싫어 태워 버리려고 저기 버려둔 걸 눈이 있으면 보란 말이에요.

 멀리서 봐도 낯이 익다. 얼른 가서 들춰보니 진상이 쓴 그 일기장들이다. 눈이 있어 봤으면 빨리 꺼져요. 완전히 사기꾼 집안 같으니라고. 남의 생떼 같은 딸 잡아먹은 집구석이 왜 또 나타나서 남의 속을 뒤집고 그래. 사람을 마당에 두고 집이 무너져라 문을 쾅 닫아버리고 안으로 들어가 버린다. 이게 진상이가 당신에게 매일 매일 쓴 그 일기장이씨더. 그래요?

 고개를 끄떡이자 국자는 뛰어와서 일기장을 들춘다. 몇 권 들어서 후루룩 넘기며 보던 국자는 그 많은 일기장을 주섬주섬 팔에다 장작처럼 가지런히 쌓는다. 그러고도 몇 권 남자 나에게 좀 들어달라고 부탁한다. 나머지 공책을 한쪽 팔에 안고 아이를 데리고 그 집 대문을 나온다. 어디선가 찬바람이 휘리릭 불어온다. 그 많은 공책을 들고 무겁지도 않은지 말 한마디 없이 묵묵히 따라온다.

일단 갈 곳이 우리 집밖에 없기에 우리 집으로 간다. 국자는 밤을 새워서 그 일기장을 다 읽겠다며 아침에 늦게까지 잘 것을 주문한다. 그러라고 말하고 잠자리에 든다. 잠자리에 누워서 곰곰 생각하니 이제야 사돈댁에서 했던 행동들이 조금씩 실마리가 잡힌다. 남자가 있었다는 말에 화가 치솟았는데 그 원인제공을 진상이가 했다. 그 많은 구구절절한 일기장을 어쩌자고 결혼해서까지 신줏단지 모시듯 하다가 결국 아내에게 오해를 사고 말았단 말인가. 미처 당부하지 못한 잘못이다. 대수롭지 않게 생각한 게 잘못이다. 사소한 실수 하나가 두 목숨을 앗아갈 원인이 될 줄은 상상도 못 했다. 그 일기장이 이렇게 큰 화를 미치게 했다. 잠을 다 앗아가는 일기장이 기어이 동침을 한다.

내 입장에서 보면 자식 같고 동생 같으니 이해가 되지만 아내 입장에서 보면 충분히 오해의 소지가 될 만도 하다. 하루도 빠지지 않고 그렇게 절절하게 기다리는 그 일기를 그 많은 세월 동안 썼으니 어떻게 어떤 여자가 이해할 수 있을까? 그래, 너무 태만했다. 내 아들이어도 그대로 두었을까? 자괴감이 마구 밀려온다. 모든 일이 그 일기장 하나 때문에 불거진 일이구나 거기까지 생각이 걸어가니 미쳐버릴 것만 같다.

왜 진작 조금 더 세심하게 신경 써 주지 못하고 그 일기장을 가지고 있도록 그냥 두었단 말인가. 왜 그 생각을 까맣게 못 했는지.

밤새 한잠도 못 자고 일기장과 함께 누워 뒤척인다. 개불알꽃 같은 인생에 붉은 후회가 채워지고 있다. 후회의 방에 비바람이 강하게 휘몰아쳐 휘청휘청 몸을 가눌 수가 없다. 저 끊임없이 흐르는 강물은 바다가 자신의 무덤이 되는 줄 알면서도 자꾸만 흘러간다. 파도는 강물이 안타까워 아무리 쓰다듬고 어루만지며 달래도 기어이 물고기의 뱃속으로 들어가거나 바다의 몸속으로 들어가는 운명처럼 진상이에게 일어나는 이 일들 역시 인력으로 어찌할 수 없는 숙명이란 말인가!

세상은 도대체 끝과 시작을 어디에 숨겨두고 인간들에게 이렇게 혼란을 주어 애간장을 태우게 한단 말인가! 진상이 이 세상에 벗어놓고 간 저 허물은 누가 입을 것인가? 폭설이 내리는 계절이나 폭우가 쏟아지는 계절을 어이 견디란 말인가! 저 물거품 같은 이외로움의 어둠을 무엇으로 밝혀주란 말인가! 이럴 줄 알았다면 영혼을 수선할 기술이라도 배워두거나 영혼을 만날 수 있는 주술을 배워둘 걸 그랬다. 밀폐된 생각 상자에서 빠져나가지 못하고 다람쥐 쳇바퀴 돌듯 돌아가고 있는 생각 때문에 꿈인지 생시인지 분간이 가지 않는다. 회항하지 않는 강물처럼 흘러간 시간을 정지시켜 놓고 싸늘하게 식은 아궁이에 불을 지펴놓고 아무리 기다려도 끝내 돌아오지 못할 진상이를 회전의자에 앉혀놓고 회전을 시키며 진상이 찍어 놓고 간 발걸음 문수만 자꾸 재고 있다. 벌떡 일어나 연필을 든다.

쥐론(論)

달개비꽃에서 찍찍, 청보랏빛 쥐 소리가 난다

밖은 밝아서 안을 숨기며 긍정의 힘으로 여기까지 왔다

망자의 입에 든 쌀 한 줌을 훔쳐 먹으며 관 속으로 숨어 들었다

어둠이 밝음을 지우고 나면 오래된 사체에서 물이 흐른다

내 생식기에서 오줌이 주르르 흘러나왔다

얼룩으로 지도를 그리다 찍찍, 나의 존재를 넘어버린 울음

그다음엔 아무 소리도 들리지 않았다

나의 생가라는 말이 지워지는 순간이다

나 혼자는 아니었던 그 세상 사람들은 나를 독 안에 쥐라고 폄
하했다

쥐방울만 하다거나 쥐꼬리만 하다는 말을 붙였다

내 꼬리를 길게 늘이거나 싹둑, 잘라버리고 책상 위에 올려놓는다

생체실험을 하더니 이제는 컴퓨터 속을 헤엄치는 도구로 만들
었다

썩은 육신엔 모든 것은 무효

몸속 고인 물 죽음 밖으로 물어 나르느라 찍찍, 소리가 얼룩얼
룩 구름으로 흘러갔다

마지막 울음이 관속을 빠져나올 때 몸속에 굴러다니던 울음 바
람이 되었다

생체실험을 당하고 정보를 훔치는 종이 싫어 달개비꽃으로 환
생했다
진상이 무엇으로 환생할 거라 쥐가 천장에서 찍찍찍찍 알려주
는데
아무 말도 못 알아듣는 귀머거리 밤

시호랑이 길들이기

25

국자는 일기를 읽느라고 잠을 못 자겠지만 나는 일기장을 버리지 못한 후회 때문에 한잠도 못 자는 기이한 운명과 숙명이 한 지붕 아래서 밤을 살아내고 있다. 드디어 한밤중이 새벽을 찾아 뚜벅뚜벅 걸어가는 암벽 같은 시간에 일어나 밖으로 나가서 깜깜한 하늘을 쳐다본다. 국자의 방이 캄캄한 걸 보니 다 읽고 잠이 든 모양이다.

진상아! 이 바보야 어쩌자고 그 일기장을 가지고 있었노? 내게라도 보관해 달라고 하제. 이 바보 같은…. 울음이 밀려 나와서 밤을 까맣게 물들인다. 몇 시간이 지나자 조금씩 아침이 이쪽으로 뿌옇게 걸어오고 있다. 어둠과 빛이 반반쯤 섞인 어중간한 시간을 툭툭 털고 아침밥을 준비한다. 다행인 건 남편이 출근하면서 아무 말도 하지 않는다. 누구냐고 묻지도 않는다. 속으로 다행이다 싶다.

원래 과묵한 편이기도 하지만 자기 아버지 사건이 터진 후에는 더
더욱 말수가 줄어들어 웬만한 일은 그냥 묵묵히 넘어간다. 그렇게
아침은 밝아오고 한나절이 되어서야 국자가 일어난다.

미안하이더. 잠을 밀치며 일어나서 나온 국자가 미안하다는 말
을 아침 인사로 던진다. 머가 미안하이껴? 먼 질 오고 일이 많애
피곤하제요? 쪼매 고단하네요. 인제 저 아를 우쩔 셈이껴? 글쎄 안
죽은 아무 계획도 없니더. 그래믄 지가 여게서 쫌 묵으민서 저 아
에 대해 생각을 해봐야겠니더. 아니 멀쩡한 처녀가 노처녀로 늙을
수는 없제요. 외롬이는 고아원에 보내든동 우째든동 지가 알아서
할 테니 걱정하지 말고 좋은 사람 만내서 더 나이 먹기 전에 결혼
이나 하소. 아이씨더. 결혼은 포기 했니더. 먼 결혼을 하니껴? 결
혼 생각은 쪼매도 없니더. 그래서 말인데 외롬이 지가 키우믄 안
될니껴? 야? 외롬이를 키우겠다고요?

어차피 결혼도 포기했으이 아들처럼 외롬이나 키우민서 살까 싶
니더. 다시 한분 잘 생각해 보소. 처녀가 아를 키운다는 게 그것
도 혼자서 쉽지 않을 게씨더. 어젯밤에 충분히 생각했니더. 진상
이가 쓴 일기장을 읽으민서요. 그 많은 시간을 내한테 일기를 쓰
민서 보냈으이 지도 그 대가를 조꿈이래도 하고 싶니더. 혼자 보다
는 아를 키우민서 사는 게 보람도 있을 것 같고 그래서요. 허락해
주시믄 고맙겠니더. 외롬이를 보나 지를 보나 모두에게야 더없이
좋제만 국자 씨 앞날이 걱정돼서 그래니더. 지 일이라믄 걱정 안

해도 되니더. 그래믄 허락한 걸로 알고 외롬이를 지가 키울라니더. 그 대신 미칠간만 여게 머물민서 이 아하고 낯을 쫌 익히야 될 것 같니더. 이대로 델꼬 가믄 울고 떼를 쓰믄 우째니껴? 그야 어룹지 않제요, 그래믄 그래 하소.

한편은 가벼운 마음이 들지만 한 편은 너무 무겁다. 처녀가 아이를 혼자 키운다니 앞길을 막는 것 같고 또 말리자니 진상이에 대한 저 애틋한 마음을 막는 것 같고. 허락하고도 마음이 홀가분하지 않다. 저녁이 되어 남편이 퇴근한다. 함께 모여 밥을 먹게 되자 남편은 아이 엄마냐고 묻는다. 국자는 남편의 말이 떨어지기도 전에 받아서 그렇다고 대답한다. 더 이상은 말이 없다. 우리 집서 미칠 더 있어야 되니더. 사정이 있어서…

내 말에 국자가 얼른 말꼬리를 잇는다. 죄송하이더. 이래 신세를 지게 되어서. 아아아니씨더. 걱정하지 말고 쉬시다가 가소. 사램이 어려울 때 서로 도와 가민서 사는 게 사램이지 아무 걱정하지 말고 울매든지 쉬다가 가소. 그렇게 집에서 며칠간 아이와 국자가 얼굴을 익힌 뒤 시골로 데리고 가기로 하고 당분간 우리 집에서 머물기로 결정이 난다.

남편도 시아버지 끼를 조금은 닮았다는 생각을 하지만 아버지의 끼가 온 집안을 쉴 틈 없이 휘젓고 다니는 탓인지 조용히 오로지 둥지족이 되어 아이들과 가정밖에 모르는 착실하고 모범적인 가정생활을 한다. 자신의 아이들을 끔찍하게도 아끼고 보살핌에 고맙다는 생각이 들 만큼.

궁서체의 배신

　시간은 이리저리 굴러가다 곤두박질치다가 한 달이 거의 다 걸어가 버린다. 남편도 국자를 살갑게 우리 식구처럼 대해주고 이야기도 나누고 한다. 국자는 자신이 낳은 아이고 남편이 없어 혼자서 아이를 키워야 한다고 며칠만 더 신세를 진다고까지 말을 할 정도로 한 달 사이에 남편과 가까워져서 내심 안심이다. 남편의 눈치를 볼 필요 없이 다정하게 대해주니 고맙기까지 하다. 일요일에는 외롬이와 국자를 데리고 아들들과 함께 우리 부부는 가까운 드림랜드에 야외나들이를 간다.

　아이들은 큰 탓인지 모두 각자 친구들과 노느라 정신없다. 대학을 간 뒤부터는 더더욱 함께할 일이 없다. 각자 따로국밥이다. 모처럼 함께 시간을 내서 나들이를 나간다. 아들들은 외롬이를 조건 없이 예뻐하며 데리고 놀아준다. 보기가 따뜻하다. 아이들은 아이들대로 놀고 우리 어른들 셋은 모여앉아 싸간 음식을 펴놓고 먹는다. 남편과 국자도 이젠 스스럼없이 이야기도 주고받는다. 무뚝뚝하기 9단인 남편이 국자와 말을 잘하니 불편함 없이 잘 놀다가 해가 집으로 돌아가고 우리 가족도 모두 집으로 돌아온다.

　그렇게 이제 남편도 외롬이를 아주 잘 데리고 놀아주고 퇴근할 때 과자도 사다 주어 외롬이도 남편을 잘 따른다. 시아버지와는 너무 다르다. 시아버지는 당신 변명에 급급한데 피 한 방울 안 섞인 아이를 그것도 아내가 데리고 온 아이를 저리 살갑게 맞아 주다니 참 고맙다는 생각을 한다. 진상이가 작은아버지의 아들이니 사촌 동생의 아이지만 아무 말도 하지 않았다. 그렇지 않아도 자신의 아버지 때문에 가슴앓이하는 것 같아서 모든 일을 덮어둘 작정이었다.

　이제 아이도 제법 국자를 따른다. 국자는 보름 정도를 더 머물다가 떠나겠다고 한다. 서울에다가 방을 얻어놓고 자신은 직장을 다니겠단다. 이미 다닐 직장을 알아봐 두고 방도 얻어놓았으니 보름만 신세 좀 더 지겠다고 한다. 얼마나 좋은 일인가? 걱정했던 외롬이를 저리 앞장서 키우겠다니 인연치고는 참으로 돌고 도는 인연 같다는 생각이 든다. 아이를 고아원에도 못 보내고 어찌해야 할지 아무런 대책도 없었는데 구세주가 나타난 것이다.

　홀가분하고 고마운 마음으로 국자에게 있는 동안만이라도 마음 편하게 있도록 해주기 위해 최선을 다한다. 남편도 퇴근 때 안 하던 짓을 한다. 과일과 과자를 퇴근할 때마다 들고 들어온다. 따뜻한 마음에 감동한다. 오늘은 욕심이나 힘들고 묵은 생각 보따리를 모두 버리고 그 자리에 국자처럼 아름다운 마음을 채워야지. 생각을 찻물처럼 우려낸다.

국자가 잘 먹는 동태찌개를 해주기 위해 시장을 보러 집을 나선다. 국자에겐 경동시장 가서 동태 좀 사 오려면 시간이 조금 많이 걸릴 거란 이야기를 해주고 나온다. 경동시장으로 가려고 버스를 기다려도 오지를 않는다. 그래. 차비하고 이것저것 따지면 그게 그거지. 동네 시장에서 장을 보기로 계획을 돌린다. 조금 있으면 남편도 퇴근할 터이고 겸사겸사 동네서 장을 본다. 동태 2마리와 무와 대파를 사서 부지런히 집으로 향한다.

그렇게 30분도 안 걸리고 장을 보는데 경동시장 가려면 아직도 버스 안에 있을 시간이야. 경동시장 안 가길 너무 잘했다고 자신에게 타이른다. 그림자는 한 시간쯤 시간을 길게 늘여주고 골목마다 가족들의 저녁상을 준비하기 위해 아내들 엄마들의 발걸음이 조금씩 바쁘게 움직이고 있다. 이제부터 내가 해야 할 일이 무엇인가. 나를 진상이만큼 더 절실하게 필요로 하는 사람은 없다. 아니 절실하게 필요할 때 이용하고 필요가 바닥나면 가차 없이 떠나 버리고 마는 게 인간인가 보다. 그렇게 얼음장 같은 세상을 홀로 견뎌냈다. 옆에서 불빛을 조금 쬐어 주었을 뿐인데 그 불빛을 쬐고 얼음장 같은 추위를 이겨내고 이제 부러운 것 없이 살면서 행복을 마음껏 입고 먹고 즐길 그 시간을 채 즐기지도 못하고 그렇게 덧없이 훌쩍 떠나감에 삶의 허무가 는개처럼 밀려온다.

갑자기 풀피리 소리 휘파람 소리 바닷새 소리가 쉬이웅쉬이웅 귀문 틈으로 들어온다. 같은 소리여도 숨비소리나 죽비소리에는 얼마나 처연하고 숙연하고 쓸쓸함이 묻어 있는가! 깊은 골짜기에서 들리는 맑고 투명한 물의 숨소리 잉잉거리는 벌의 숨소리 나풀거리는 나비 날개 숨소리 푸른 잎들의 숨소리 생명 있는 것 어느 하나 처연하고 숙연하고 쓸쓸함이 묻어 있지 않은 것이 없다. 진상이의 몸도 부서져 저 숨소리의 일부가 되어 이 지구를 떠다니면서 하염없는 시간을 부패시키고 있을 것이다.

오늘 같은 날 동탯국을 유난히 잘 먹던 아이. 땀을 뻘뻘 흘리면서 두 그릇도 다 먹어치우던 아이. 동태 눈알을 유난히 좋아해서 동태 대가리에 눈을 가장 먼저 빼먹던 아이. 누나를 기다리며 오로지 짜장면에 목을 매던 아이. 터미널 의자에서 비가 오나 눈이 오나 바람이 부나 하루도 거르지 않고 기다리던 아이. 사람들의 시선이 싫어 손을 늘 겨드랑이 밑에 감추고 살던 시린 날들을 다 건너고 떳떳하게 손을 흔들며 하얗게 웃던 아이. 그 손 때문에 불행을 겪고 행복을 겪고 다시 손 때문에 목숨을 버린 아이.

이제 그 기다리던 누나는 왔는데. 이곳에서 진상이의 아이를 안고 있는데. 진상이는 그렇게 기다리던 누나를 피해 또 다른 곳으로 누나를 찾으러 떠나버리는 이 기구한 인생살이를 무어라고 해야 하는가. 누가 어떻게 설명해 줄 수 있단 말인가? 머릿속에 진상이 생각을 되돌리는 사이 발은 부지런히 걸어서 집에 도착한다.

그런데 현관문을 열어도 인기척이 나지 않는다. 이상하다, 분명 사람은 있는데. 현관을 살펴보니 남편도 퇴근했는지 남편 구두도 있고 다른 사람 신발도 그대로 있다. 국자 신발도 있는데 사람이 없다. 아직 남편이 퇴근하기에는 이른 시간인데. 국자와 외롬이가 임시로 기거하는 방문을 여니 외롬이는 곯아떨어져 꿈속을 헤엄치고 있다. 국자는 어디 갔나? 안방으로 가서 무심코 방문을 열다 까무러칠 광경을 목격한다. 남편과 국자 두 사람은 벌건 대낮에 뱀이 허물을 벗듯 벗어던지고 알몸으로 엉겨 붙어 나뒹굴고 있다.

내가 문을 열고 들어가는 것도 모르고 짐승 같은 괴성을 내지르며 정신없이 정사에 몰두하고 있다. 다리는 버티지 못하고 그 자리에 주저앉는다. 이건 꿈이다. 현실이 아닐 것이다. 부엌으로 가서 물을 벌컥벌컥 마시고 나오는데 아들이 돌아와 외롬이를 부르더니 안방 쪽으로 간다. 못 가게 막을 겨를도 없이 아들은 문을 열어보고 비명을 사기그릇 깨지듯이 질러대며 부엌으로 달려온다.

엄마! 아이는 두 손으로 입을 틀어막으며 부엌 바닥에 주저앉는다. 다시 방으로 가서 방문을 열어도 두 사람은 아직도 불을 활활 태우고 있다. 어쩌면 영화 베드 신을 찍기 위해 연극을 하는 것처럼 그렇게 둘은 서로 기묘한 체위로 맞대고 둘만의 세상으로 여행을 하고 있다. 물 한 바가지를 가지고 가서 휘익 뿌리자 그제서야 깜짝 놀란 남편이 내 쪽으로 눈을 돌린다. 그런데 어찌 된 일인지 몸은 떨어질 생각도 않고 얼굴만 처다본다. 화가 날 대로 나서 베개를 꺼내 마구 집어 던지고 국자의 머리카락을 잡아당겨야 하지만 아무 짓도 하지 않고 멍해진다.

화가 인내를 넘어서 보이는 게 없어야 정상인데 영화를 본 듯 아무렇지도 않게 밖으로 나오자 아이가 쓰던 죽도가 눈을 유혹한다. 죽도를 집어 들고 남편과 국자의 몸을 마구 두드리고 싶지만 아무 행동도 없다. 화가 집을 다 태우고도 남을 만큼 치솟아야 하고 발가벗은 두 몸이 으스러지도록 사정없이 죽도록 두들겨야 하는데 아무것도 하지 않고 멍하니 있다가 한마디 한다. *이 개만도 못한 짐승들 같으니라고! 빨리 떨어지지 못해!* 개가 홀레붙어 있다는 생각, 그것도 아님 불빛에 하루살이들이 후레후레한다는 생각이지 인간이 아니라는 생각이 든다.

어느새 나왔는지 남편이 생각을 부욱 찢으면서 *여보!* 절규에 가까운 소리를 한다. 이 기막힌 그림은 아무리 돈을 많이 주고도 볼 수 없는 명장면이다. 이제 무얼 어떻게 해야 하나. 이 현실이 연극인지 코미딘지 참으로 분간이 어려워 생각에 우유를 부어 놓은 것처럼 부옇다. 너무나 어처구니가 없다. 언젠가 신문을 보니 남편과 가정부가 대낮에 불륜을 저지르다 시장 다녀온 아내에게 들켰다는 기사를 본 적이 있다. 그런 경우를 내 남편을 통해 겪다니. 그냥 두고 밖으로 뛰쳐나가고 싶지만 조금 있으면 큰아들이 돌아올 시간이다.

큰아들에게까지 저런 모습을 보일 수가 없어 현관문 가까이에서 어떻게 해야 할지 안절부절못하고 밖으로 나와 신발도 신지 않고 땅바닥에 주저앉는다. 울음도 나오지 않는다. 하늘은 얄밉도록 파랗고 하얀 구름 몇 덩이가 둥실둥실 떠다니며 사람 오장을 뒤집고 있다. 저 구름은 하늘이 토하고 토하고 다 토하고 마지막으로 토한 뱃속에 있던 피일 것이다. 국자는 어디론가 가버리고 그날 밤 집에 들어오지 않는다. 아무것도 묻고 싶지도 않다. 남편은 고개를 코가 땅에 닿을 정도로 숙이고 들어온다. *미안해. 머 미안해? 미안하다는 말이 어데서 나와. 피는 몬 속인다디이만 당신네 집안 우쩔 수 없군. 하긴 그 피가 어데 가겠어. 아들 보기에 망신스러우니 당장 이 집에서 나가! 알았어. 나가야지.*

국자는 이튿날도 집에 오지 않는다. 남편은 이튿날 퇴근 후 외롬이를 데리고 나가서 집에 들어오지 않는다. 어디서 자는지 궁금하지도 않다. 그렇게 하루하루가 지워지고 일주일이 지날 무렵이 되자 갑자기 머릿속이 하얘진다. 혹시 국자랑 살림이라도 차린 건 아닌지. 퇴근이 가까워져 올 무렵 남편의 뒤를 미행한다. 염려가 현실로 다가오는 순간이다. 여관으로 따라 들어간다. 호수를 알아놓고 다시 나온다. 이튿날 208호를 찾아간다. 역시 예감이 적중했다. 계산대에서 208호 여자를 만나러 왔다고 넘겨짚자 계산대 직원은 조금 전에 남자분과 함께 외출했단다. 터덜터덜 발걸음은 힘을 다 빼고 내디딘다.

이제 더 이상은 안 되겠다. 남편의 회사로 찾아간다. 면회를 안 해주면 어쩌나 싶은데 다행히 남편이 곧 커피숍으로 들어온다. 너무나 아무렇지도 않은 모습이 오히려 당황스럽다. 그 얼굴 위로 시

아버지의 얼굴이 겹친다. 우쩰 참이야? 멀 우째? 그래믄 나더러 설
마 그냥 살자는 뻔뻔스런 말은 안 하겠제? 미안해. 그룽지만 나도
쫌 이해해줘. 머? 이해해달라고? 나는 국자를 처음 보는 순간 청순
한 이미지 긴 멀꺼디이 윤기가 좌르르 형광등 불빛보다 밝게 미끄
러져 내리는 모습, 하얗게 웃는 백합처럼 향기로운 웃음, 찍어놓은
듯 붉은 입술 연꽃봉오리보다 고운 수줍음이 배시시 흐르는 얼굴
초승달보다 더 곱고 짙어 새들이 포르르포르르 날아오르며 짹짹
거릴 것 같은 매혹적인 눈썹 방울방울 금방이라도 눈물이 뚝뚝 떨
어질 것 같은 눈물 그득 머금은 눈망울에 가심이 철렁하도록 서늘
해졌고 그날 밤부텀은 내 가심은 방망이질을 하민서 마약에 취한
사람맨치 비틀거리게 했어.

　내 맴을 내가 도저히 잡을 수가 없었어. 국자를 본 순간부터 내
자신은 자신이 아닌 또 다른 사램이 들어온 거 같았어. 나는 당신
하고 살민서 맹세코 다른 여자를 단 한 분도 거들떠본 적 없어. 그
랬는데 국자를 보는 순간 그 튼튼한 둑이 갑자기 무너져 버리는
걸 나도 막을 수 없었어. 아주 순간적이었어. 이건 인재가 아니고
자연재해야. 인간의 힘으로는 우쩰 수 없는 불가항력의 일. 나도
속으로 아니 머리 한 짝에서는 이래믄 안 되지 이래믄 안 되지를
밤을 홀딱 새우민서 했제. 아부지가 살아오신걸 보민서 나만은 저
른 비극을 절대로 저지르지 말고 오로지 가족만을 위해서 살자고
울매나 다짐을 하고 또 다짐을 했어. 그래서 지금껏 어떤 여자건

근처에도 아주 안 갔고. 혹시 실수할까 봐 회식 자리에서도 2차는 절대 안 갔제. 모든 게 술에서 실수하는 일이 많은 걸 알기 때문이제. 그릏게 나 스스로 철저하리만큼 단속을 하민서 가정을 지킬라고 노력했제.

당신도 알잖아? 내가 울매나 가정에 충실했는지는. 그래 자신을 다스린 내가 국자를 보는 순간 무참하게 모든 게 무너지고 말았어. 아무리 밤을 새워도 안 되고 회사에서도 일이 손에 안 잡혔어. 일이 손에 안 잡힌다는 말 다른 사램이 말할 때는 먼 말인지 몰랐제. 그른데 내가 그 말을 실감하는 순간이었제. 국자가 떠나버릴까 봐. 그릏게 불안·초조한 맴을 내가 우째 할 수가 없드라고. 그릏지만 기회를 만들리라고 생각하지는 않았어. 믿어줘. 참말이야. 용서해 달라는 말은 안 해. 내 속에 내가 아닌 다른 악마가 들어와서 유혹했다고. 진심이야, 미안해.

그래서 그런 파렴치한 짓을 집안에서 저질러. 우뜯게 멀건 대낮에 근무하다가 말고 집으로 와서 내가 자는 침대에서 감히 그른 짓을 저리 파렴치한 생각을 다 할 수 있어. 대체 운제부텀이야 운제부텀이냐고? 맴은 그랬제만 같이 잔 건 그날 처음이야 믿어줘. 처음? 응, 처음이야. 다 알고 묻는데 거짓말까짐 보태? 바로 말해! 운제부터냐고? 한 치의 거짓뿌렁도 보태지 말고 똑바로 말해보란 말이야! 알았어. 바로 말해줄게. 한 치의 거짓뿌렁도 안 보태고 똑바로 말할게. 다 알고 있으이 거짓뿌렁 한 알갱이도 보태지 말고 사실대로 다 말해!

알았어. 거짓뿌렁 한 알갱이도 안 보태고 다 말할게. 사실은 그날 밤부텀 그러니까 국자를 처음 당신이 외롬이 엄마라민서 델꼬 오든 그날 첨 보는 순간부텀 심장이 미친 것맨치 마구 뛰민서 딱 한 분만 저른 여자를 안아보고 죽으믄 소원이 없겠다는 생각이 들었어. 그때부텀 자신과 싸움이 시작 되었제. 밤이믄 온 정신은 다 국자한테 가 있고 몸만 안방에서 잤제. 그릏지만 우쩰 수 없잖아. 신다리를 꼬잡으민서 참았제. 그른데 그날 아침 당신이 오늘 모임이 있어 늦는다고 말하는 소리가 가심을 마구 흔들었제. 나도 모르게 점심시간을 기다리다가 점심시간이 되기도 전에 발걸음이 집으로 오고 있었어. 내 의도하고는 아주 상관없었어. 내 정신이 아니었다고. 악마의 유혹이었어. 나도 내가 왜 집으로 발걸음을 옮겠는지 몰랐다이까.

그른데 집에 오이까 당신은 모임을 가고 집에는 아무도 없어 안도의 한숨을 쉬었제. 외롬이는 자고 있었고. 국자가 놀래는 낯이라 밥 먹으로 왔다고 했제. 국자가 반갑게 맞으민서 자신이 점심을 채레 준다고 부엌으로 들어갔제. 그 순간 나는 참을 수가 없었어. 그래서 내가 싱크대에 있는 국자를 뒤에서 살무시 안으니까 국자가 돌아서서 내 목을 안았어. 그래서 밥도 몬 먹고 같이 잔 게 처음이었제. 그때 처음 잤제.

그다음엔 이틀 뒤에 당신이 다리 아프다고 빙원 가던 날 그날도 아침밥 먹으민서 당신이 빙원에 갔다 오후 되어야 온다고 외롬이 혼자 보라고 국자한테 말할 때였었제. 그날도 출근하민서부텀 가심이 뛰어서 근무할 수가 없어서 10시 넘어서 이누무 발은 또 집으로 왔제. 그때도 집에 외롬이는 자고 있고 국자가 혼자 있었제. 우리는 누가 먼저랄 것도 없이 자석맨치 끌래서 같이 침대로 들어갔어.

그다음부터는 당신이 아무 테도 안 갔잖아. 그래서 국자더러 직장 알아본다고 하고 나오라고 했제. 국자도 싫다 소리도 안 하고 나오더라고. 그래 국자가 직장 구한다고 나왔을 때 딱 시 번 여관에서 잤제. 국자도 싫다고 않고 여관에 같이 손잡고 갔어. 이거는 내 혼자 한 일이 아이야. 그레고 내 정신이 아이고 악마한테 끌레댕긴거야. 이분이 딱 다섯 분째야.

믿어줘 더는 안 잤어. 나도 마약을 먹은 것 같애. 나도 내가 아닌 것 같애. 그 여자를 보믄 가심이 터질 것 같애서 참을 수 없었어. 참말로 미안해. 머? 미친! 그래 시집도 안 간 나무 처녀를 그릏게 장래를 망쳐도 된다고 생각해? 자신 욕심을 채우기 위해 남은 우째 되든 상관 안 해? 그게 당신네 집안 내력이야? 아무리 피는 몬 속인다지만 우째 당대에서 아부지와 부자가 같이 미친개 같은 짓을 저지르는지 미처 죽을 것 같다. 정말 싫다. 짐승보다 몬한 당신 이씨네 집안 족속들이 혐오스러워서 싫어.

아이 아이, 그거는 오해야. 머가 오해란 말이야? 먼 할 말이 있다고 오해 찾고 머 찾아. 나는 국자가 외롬이 엄마인 줄 알았제 처녀인 줄은 꿈에도 몰랐어. 어쩐지 애 엄마 티가 안 난다고만 생각했제. 처녀일 거란 생각은 하지 않았어. 외롬이 엄마라고 본인 입으로 말하는 거 당신도 인정했잖아. 그른데 내가 처녀인지 우째 알아. 첫날 당신이 모임 있다고 가서 내가 회사서 점심시간이 되기 전에 집에 와서 같이 자고 나서야 처녀라는 걸 알았제. 내가 처녀인 거는 참말이제 몰랐어.

처녀가 아니고 유부녀면 그래도 돼? 나무 여자를 겁탈해도 되냐고? 안 되는 거야 알제. 그릏제만 겁탈은 아니야. 국자도 나를 보는 순간 가심이 뛰고 지금까짐 남자를 보믄 소름이 돋을 만큼 싫
는데 나를 보는 순간 가심이 뛰고 내 품에 한 분만 안게보고 죽으믄 소원이 없겠다는 생각이 들었데. 서로 좋아한 거지 겁탈은 절대 아니야. 두 번째는 내가 점심시간에 들어오자 깜짝 놀래민서 국자가 먼저 내 목을 감아 안고 침대로 유인했어. 나는 당신 생각에 조끔 불안했제만 뛰는 심장을 멈추게 할 수는 없어서 우쩔 수 없이 함께 사랑을 나눈 거야. 이건 진짜야. 절대로 내가 겁탈을 한 건 아니라고 믿어줘.

그래 서로 미쳐서 불륜의 사랑을 나누니 좋아? 두 인간 모두 한 군데 꽁꽁 묶어 흙탕물에 집어넣고 지근지근 밟아 죽여도 시원찮을 아니, 뼈를 갈아서 마셔도 시원찮을 인간들! 당신한테는 미안하제만 그릏게 함부로 불륜이란 말 하지마. 이건 불륜이 아니야.

불륜이 아니고 서로 사랑한 거라고. 당신에게서 맛보지 못한 신선함과 황홀감과 흥분된 그 감정은 당신과 잠자리를 할 때 단 한 분도 느끼지 못했던 새롭고 황홀해 아무것도 생각나지 않는 샛빌 나라 같은 곳으로 여행을 하는 기분이 들었어. 국자랑 나는 궁합이 너무 잘 맞아 무서울 정도로 좋…: 그만! 그만! 그만해!

컵에 담긴 물을 들어 얼굴에 확, 뿌려버린다. 뜨거운 물이 아닌 것이 아쉽다. 뜨거운 물로 얼굴을 확, 익혀버리고 싶은데. 28 미친 개 같은 것들! 개 콧구멍에 콧물만도 못한 것들! 찌그러진 돼지 붕알 같은 것들! 주위 사람들의 모든 시선을 일제히 끌어모으도록 소리를 지른다.

그렇게 화를 꺼내 던지는데도 느긋한 목소리를 자아내는 저 장애자. 어떻게 인간이 저럴 수가 있는지 인간의 한계를 넘어 흡혈귀 같다는 생각이 든다. 싱싱한 피 냄새만 맡으면 정신을 가다듬지 못하는 흡혈귀. 자기가 사랑하는 사람이라도 감정을 조절하지 못하고 목 뒷덜미에서 쪽쪽 피를 빨아 죽이고 마는 흡혈귀. 분명 저 인간은 사람이 아닌 흡혈귀다. 미안해 그릏제만 이것 하나만은 알아 둬. 나는 당신 없이도 몬 살고 국자 없이도 몬 살 것 같애. 그래이 당신이 이해해줌 안 될까? 얼씨구 점점 미쳐가는구먼. 집이라믄 칼로 당신 모가지를 댕강 잘라 개한테 던져 줬을 꺼야. 운이 좋은 줄 알아.

벌떡 일어나서 커피숍을 나온다. 집으로 오긴 왔지만 무엇을 어찌해야 할지 아무 생각도 나지 않는다. 아들은 그날부터 입을 다물고 벙어리 아닌 벙어리 행세를 한다. 내가 잘못한 것도 아니건만 아들이 하는 짓을 보면 꼭 똑같이 잘못했다는 듯하다. 그렇지만 우리들의 잘못으로 추한 꼴을 보였으니 아들에게 면목이 없을 뿐이다. 이럭저럭 그 여자와 외롬이 그리고 남편도 나갔다. 그렇게 남편은 국자를 선택해서 집을 나가 돌아오지 않는다.

어느 가을날 머리를 맞대놓은 깻단에서 깨 알맹이가 우수수 다 쏟아져버리고 빈 쭉정이만 남았다는 느낌. 휑하게 빈 쭉정이를 손으로 비비듯 손가락으로 살을 꼬집어본다. 월급봉투 역시 그 여자에게로 가는지 절반밖에 가져오지 않는다. 절반의 월급봉투를 일말의 미안함도 없이 가져와서 **반백에 안 돼. 국자도 반이고 당신도 반이야.** 유치하고 더러워서 월급봉투를 얼굴에 집어 던진다. 아무렇지도 않고 유들유들한 저 표정이 꼭 시아버지의 유전자를 이어받았다는 생각을 하니 온몸에 두드러기가 돋는다. 차갑다. 몸도 마음도 모두 싸늘하게 얼어붙어 반들반들한 나날이다. 그렇게 국자에 미쳐서 나간 남편이 또 다른 둥지를 만들어 국자와 함께 아이를 키우고 산다. 이름처럼 숙명일까?

시호랑이 길들이기

26

또 다른 시련

집에 다시 들어오게 한다는 건 상상도 하기 싫고 그냥 이대로 산다는 것도 싫고 이혼도 아이들이 문제고 어느 것 하나 신통한 해결책이 없이 어정쩡한 경계에 서서 시간만 퐁당퐁당 저세상으로 던져 보내고 있다. 시댁에서는 아무것도 모르고 다만 우리만 그렇게 시간을 두 가닥으로 쪼개고 있을 뿐이다. 그렇게 시간은 나무에서 떨어지는 잎사귀처럼 돋아나고 사라지고를 반복한다. 흔들리다 못해 휘어져 뿌리째로 뽑히기 직전이다. 바람의 고삐에 끌려 이리저리 엉망진창이 된 마음과 몸. 강풍에 휘고 찢어져 피를 철철 흘리면서도 죽지도 못하고 버티는 나무처럼 쓰라림을 쓸어내리며 그 자리에 서 있어야 하는 숙명.

스스로 꺾인 그늘들도 피를 철철 흘리고 바람에 흔들리며 운명처럼 버티고 있다. 살았지만 이미 죽은 나날들. 꺾인 나뭇가지는 잎이 잠시 푸르를 뿐 이미 생은 끝낸 것. 저렇게 조금씩 조금씩 물기가 말라 갈 것이다. 나의 혼은 헛개비처럼 비리리비리리 허허로운 하루하루를 버티고 있다. 아들은 여전히 결혼은 미친 사람이 하는 거라며 삐딱선을 타고 여자들과 어울려 매일같이 술을 퍼마시며 밤낮을 가리지 않고 돌아다닌다.

어쩌면 아들은 저희 아버지, 나아가서 저희 할아버지 피가 몸속에 흐르고 있어 어찌할 수 없는지도 모른다. 아무리 남자라지만 아들이 저러고 다니니 내심 걱정이다. 한편으로는 아버지에 대한 복수심 같아서 은근히 체념으로 돌아서기도 한다. 아들의 일기장에 섬뜩한 글귀가 두 눈을 멀뚱멀뚱 뜨고 나를 올려다보고 있다. *할머니는 할아버지 때문에 살았어도 죽은 사람처럼 보였다. 이제 우리 엄마 대에 와서 아버지한테 할 말도 하고 잘 사나 싶었는데 역시 우리 가문은 대대로 바람기가 핏속에 흐르는 것 같다. 우리 엄마도 죽은 사람처럼 살아야 하나? 아니 아니다, 나는 절대로 우리 엄마를 그렇게 살게 두지는 않을 것이다. 어떻게든 끝장을 보고 말 것이다.*

아들의 글을 읽고 우울한 심장은 그래도 살려고 발버둥을 치는 중인지 온종일 쿵쾅거리며 붉게 뛰고 있다. 우리 아들만큼은 세상에서 제일 행복하게 살게 하려고 무던히 애를 썼건만 저희 할아버지나 아버지보다 더한 배짱과 통으로 휘두르고 돌아다니기 시작한다. 아들 방에는 연예인 뺨칠 정도의 옷이 휘황찬란하게 걸려있다. 소중한 인생을 낭비하는 탕아(蕩兒). 여자 친구들을 수시로 집으로 데리고 와서 한 방에서 밤새도록 놀고도 아무렇지도 않게 다음번에는 또 다른 여자들을 바꾸어서 데리고 온다. 오는 아이들도 같은 대학 친구뿐 아니라 서울에서 내로라하는 학교 친구들이다.

줄줄이 진짜가 거짓말처럼 엮어서 돌아가는 시간이다. 친구나 선배나 후배 여자들을 손아귀에 올려놓고 논다는 느낌이 든다. 덩치들만 커다랗고 여자보다 곱게 생긴 남자들한테 꼼짝도 못 하고 절절매며 버릇없이 말도 함부로 하고 욕을 해도 히히 쓸개 빠진 인간들처럼 웃어넘기는 여자아이들은 내가 봐도 한심하기 짝이 없다. 벌써 나이가 몇인데 취업할 생각은 않고 연예인이 된다느니 어쩌느니 연극영화를 전공하지도 않았으면서도 반건달처럼 덜렁거리고 돌아다니는 아들이 한심하다.

어느 방송국에 면접 한 번도 보지도 않고 어디서 연기 연습을 하는지 어쩌는지 매일 밤낮을 바꿔 다녀서 얼굴을 보기도 힘들 정도로 멋대로 하고 다닌다. 한 달 동안 해외여행을 다녀온다고 간다. 누구하고 가느냐고 물으면 서슴지 않고 여자들이랑 간단다. 도대체 대책 없기로 저희 할아버지 저희 아버지 핏줄을 이어받았다. 내 아이라 누구에게 상의도 한마디 못하고 가슴앓이를 하면서 아이가 중심을 잡기만 기다린다.

큰아이가 간혹 나무라면 형이나 잘하라고 쏘아붙이면 그것으로 끝이다. 어린 근성이 머릿속에 거미줄처럼 얽혀있는 아들이 동생에게 심한 말 한마디도 제대로 못 하는 게 꼴 보기 싫기도 하지만 내 속으로 낳았으니 답답할 따름이다. 여자들이 소나기처럼 쏟아내는 갈채 속에서 자신이 왕이라도 되는 양 어깨를 으쓱대며 하루하루를 따먹고 사는 아들을 걱정하며 거울을 본다.

아침 햇살에서 느닷없이 마주친 깨달음. 거울 속에 든 여인의 얼굴에는 물골처럼 패인 주름이 줄줄 흘러내리고 있다.

절래절래절래절래

잘래잘래잘래잘래

아무리 고개를 흔들어도 인정할 수 없는 마음이 싸늘한 눈초리로 고개를 흔들어대고 있다. 몇 대째 저렇게 고개를 흔들고 있다. 미처 피지도 못하고 푸른 시절을 시아버지께 저당 잡힌 시어머니와 철없는 시절을 남편에게 저당 잡힌 나는 피할 수 없는 운명인가? 이름처럼 숙명인가? 자유를 외치며 할머니처럼 어머니처럼 인생을 저당 잡히지 않겠다고 큰소리치며 그렇게 당당하던 나 숙명이, 그렇게 인생은 사람의 힘으로는 어찌할 수 없는 시간 속으로 끌고 가며 흔들고 짓밟고 구렁텅이에 처박으며 대를 이어 태어나고 죽게 만들고 있다.

아버지를 죽으라고까지 하던 아랫대에서도 시아버지의 바람기는 흘렀고 그 대를 이어 기어이 아들의 핏속에도 바람기는 스며들었

고, 또 그 대를 이어 손자에게까지 바람기는 핏속으로 희석되지 않
고 흘러갈 것을 생각하니 아찔하다. 또 물갈퀴 손을 들고 짜장면
을 먹던 진상이 생각 거울 속으로 걸어온다. 남에게 짓밟혀 아들
도 키우지 못하고 죽은 한 여인, 그의 아들 역시 한 여자의 배신과
모욕에 짓밟혀 불 속에 타 죽는 비련의 주인공이 되어버렸으니 이
것도 운명인가 숙명인가?

또 그의 아들 외롬이. 외롬이를 남편과 국자가 어떻게 잘 키울지
모르지만 남의 가정을 송두리째 바람에 날리고 키우는 외롬이가
과연 얼마나 잘 될지? 인생이 참 허무하다는 생각을 하는데 거울
속에서 불에 타 죽은 진상이가 살아서 나를 들여다보고 있다. *진
상아!* 말없이 쳐다보는 그 얼굴 *진상이가 이겼다. 니가 이겼어.* 초
라하고 부끄러움이 거울 가득 들어찬 거울을 보며 혼잣말을 했다.
사방에서 조여 오는 비웃음 소리가 거울에서 빠져나와 온 방을 마
구 돌아다닌다. **흐항항항~ 흐힝힝힝~ 흐렁렁** 유령 같은 으스스한
소리가 내 몸을 구렁이가 먹이를 감듯 친친 감아온다. 손으로는
도저히 풀 수 없는 저 비웃음을 어쩌지 못해 거울을 던져버린다.

웃음소리를 깨고 지난날을 깨고 현실을 깨고 거울은 모든 걸 다
깨버린다. 깨진 조각은 캄캄한 밤하늘별처럼 반짝이며 빛을 발한
다. 상처를 입고 불안해하며 비통에 찬 슬픈 삶을 모두 이겨낸 탁
월한 능력의 소유자 진상이를 위로랍시고 잘난 척하며 안내하던 내
가 안내한 길을 부러뜨렸고 나는 철저하게 패배한 삶이 되었다. 진

상이 나를 배신하고 떠나고 남아있는 한 남자로부터 철저하게 배신을 당한 날들. 돌아오지 못하는 곳으로 간 진상이로부터 모든 것이 시작된 것이다. 반들반들 윤기 흐르는 삶을 위해 그동안 쌓아왔던 모든 일이 일순간에 틀어져 생과 싸움에서 완패하고 말았다.

삶을 구분할 능력을 갖추지 못한 나는 참복숭아가 되지 못하고 개복숭아로 까끌까끌 쪼그라들고 있다. 복숭아 까끄라기 같은 슬픔이 온몸에 달라붙어 따갑고 가려움에 시달리는 삶. 내 생을 조롱하는 어린 부리들이 나뭇가지에서 재잘재잘 관에서 새어 나오는 장송곡 같은 말을 쏟아내고 있다. 급하게 끼워 맞춘 문장처럼 아귀가 맞지 않고 겉도는 외진 마음. 오랫동안 살아온 지난날들이 위태로운 구름처럼 흐물흐물 허물어져 가고 있다. 아이들 웃음이 뛰어놀던 때는 별 무더기도 함께 뛰어놀더니 이제 웃자라버린 아이들의 천진함이 성숙한 웃음이 되자 초롱초롱하던 모습은 모두 죽고 별 껍데기만 하늘에 박혀 깜빡이고 있다.

저들의 대물림 되고 있는 피의 흐름과 광활한 끼와 파렴치한 마음의 열정이 발작을 일으켜 종횡무진 달리는 시간. 검은 욕망이나 흰 욕망이나 악이나 선은 노인의 합죽함과 어린 아기의 합죽한 만큼이나 동일시되고 있다. 아무렇지도 않게 자라고 있다. 거기에는 한 방울의 양심이나 동정 같은 건 아예 없고 짐승처럼 본능으로 포효하며 코를 킁킁거리고 있다. 뱃속에서 꼬불거리는 창자에서 썩은 냄새가 배를 가르고 혈관을 타고 피어나는 악의 꽃에는 똥파리들이 새까맣게 떼를 지어 날아오르고 날아내리고를 반복하고 있다. 비 오는 날 빗질을 하는 허공. 마을을 지키는 수호신 느티나무처럼 생을 버티는데 버팀목이 되어줘야 건강하게 살아갈 수 있으리라는 생각은 급격한 미신적인 생각이란 걸 요즘 아들을 보면서 실감한다.

이제 장밋빛 상상은 끝났다. 남편의 외도를 목격한 순간부터 아무것도 생각할 사이도 없이 끝없는 벼랑만 아득하게 내 등을 떠밀어 그냥 버티고 서있다. 내가 걸어온 발자국들이 흩어지고 지워지는 순간이다. 세상을 채우고 있던 것들이 빠져나가며 헐렁해지기 시작하는 순간이다. 상처받은 짐승들은 혓바닥으로라도 상처를 핥아 아픔을 지워가며 살아가지만, 내 혓바닥은 그런 기능조차도 상실해 뼈도 없는 혓바닥은 오돌토돌 바늘만 자꾸 재생해 내고 있다. 나의 서툰 몸짓은 뻣뻣해져 리듬을 맞추어 춤을 출 용기를 상실한다. 누군가가 나를 세상 밖으로 자꾸만 밀어내고 있는 느낌이다. 모래가 공중에서 춤을 추는 날까지 기다려야 하나 아들을 위해서.

한 사람이 비탈길에서 굴러떨어지면 아래서 수레를 끌고 올라오던 모든 수레가 연쇄 살인처럼 굴러떨어진다. 다 말라비틀어져 꺾인 초목이라도 잡고 버텨야 한다. 너도개미자리 풀이 하얀 웃음으로 우주를 밝히고 있다. 나도 저런 웃음을 언제 웃었던가. 웃음마저 앗아 가버린 가혹한 몰수. 어둠 속에서 세차게 비바람만 불어오고 해가 뜰 생각은 도무지 없는 듯하다. 숨죽이며 조심을 지켜오던 아들조차도 관성의 시간을 살고 있다. 제발 아이들한테만은 흉터가 남지 않았으면 마음 졸일 뿐이다. 물만 가득 담은 박처럼 그래서 이름을 수박이라 지은 것처럼 내 그릇에는 두 아이의 행복만을 가득 담아야겠다. 간혹 콩알처럼 박힌 검은 씨는 투우투우 밖으로 모두 뱉어내고 두 아이를 발갛게 잘 익혀 통알통알 누가 머리를 두들겨 보아도 발갛게 잘 익은 소리가 나게 그렇게 내 가슴에 담아서 키워야겠다.

정리되지 않는 마음을 정리하기 위해 갖은 애를 다 쓰며 모든 신경을 두 아이에게 집중한다. 건드릴수록 커지는 감정처럼 관심을 집중하면 할수록 아이들은 더욱 한쪽으로 기울기 시작하며 마치 어미에게 반항하는 듯하다. 젖어서 퉁퉁 불어터진 어미의 마음을 아는지 모르는지 아들은 갈수록 점점 멀어져 간다. 장대비처럼 긴 장마가 언제 끝날지는 모르지만 어두운 심해 속에 그물을 던져놓고 기다리듯 기다리고 기다리고 또 기다려 보리라 다짐을 새긴다. 오래된 얼룩을 지우려면 오래된 시간만큼 공을 들이지 않으면 안 된다. 그동안의 상처가 희석될 때까지 기다려 주리라 맘속에 복잡한 맘을 유산해 버린다.

꽃은 나무의 얼룩이다. 꽃이 우수수 떨어진다. 떨어져 나뒹구는 꽃을 주워서 흙을 털어내고 침을 발라 닦고 조용히 들여다본다. 가을 한 장이었다. 떨어진 가을처럼 마음의 물기가 말라 건기로 바스락거리는 머리맡에 아들이 독약 한 봉지를 툭, 떨어뜨린다. 엄마 이제 아빠가 집에 들어오실 거예요. 직감적으로 무슨 일이 일어났음을 알았다. 아들 먼 소리야? 엄마 제가 아버지를 찾아가서 모든 일 해결했어요. 글쎄 먼 소리냐니깐? 제가 아버지를 찾아가서 그 여자 있는 데서 아버지 쥐약 드시고 돌아가시라고 했어요. 나는 아버지를 아버지라 부르지 않겠다고요.

그리고 아버지가 출근한 다음에 그 집 살림살이를 모두 다 부숴버리고 그 여자에게 말했어요. 당신이 당장 떠나지 않으면 우리 아버지가 죽거나 당신이 죽거나 그것도 아니면 둘 다 죽게 될 거라고, 그러니 아버지가 모르는 곳으로 떠나라고 했어요. 한 달 여유를 주고 아버지 곁을 떠나라고 했고 오늘이 그 한 달이 되는 날이었어요. 그래서? 그래서 오늘 아버지가 출근한 다음 그 여자 떠나는 거 보고 오는 길이에요. 그 여자가 어데로 떠나? 외국으로 갔어요.

그 여자가 먼 돈이 있다고 외국을 가? 제가 할아버지를 찾아가서 전부 말씀드렸어요. 그리고 할아버지한테 말씀드렸어요. 왜 우리 엄마가 작은할아버지 때문에 진상이 학비 벌어서 키우고 그 아들까지 키우다가 아버지까지 저렇게 되도록 만들었냐고, 할아버지한테 항의했어요. 그날 술을 다섯 병을 먹고 할아버지께 만약 할아버지가 해결 안 해주시면 내가 죽든가 아버지가 죽든가 죽을 거라고 말했어요.

니 지끔 버르장머리 없이 할배한테 그래 대들었단 말이라? 그른

소백산맥 ⑬

버르장머리 없는 행동하라고 내가 가르쳤나? 할배가 우리를 니 버르장머리 없이 키웠다고 울매나 욕하실노? 엄마는 지금 이 마당에 할아버지가 버릇없이 키웠다 잘 키웠다 말하는 거 생각할 때라고 생각해요? 그래 할배가 역정 내시지 않드나? 아니요, 할아버지가 제 말을 다 듣고 아침에 일어나니 저를 불러서 말씀하셨어요. 이 모든 일이 전부 할아버지 죄라고 미안하다고 하셨어요.

그래서 제가 할아버지께 이 문제를 해결해 달라고 했어요. 그랬더니 할아버지가 같이 서울 와서 그 여자 만나서 외국으로 떠나라고 하셨어요. 할아버지께서 화가 많이 나서 그 여자보고 만약에 아빠한테 무슨 말이라도 하면 그냥 안 두겠다고 살고 싶으면 조용히 떠나라고 하셨어요. 그 여자가 떠나고 싶어도 가진 돈이 없다고 했어요. 외롬이 키우느라 직장도 못 다녔다고 할아버지한테 울면서 말했어요.

할아버지는 한참 생각하시더니 돈을 마련해 줄 테니 떠나라고 하셨고 그 여자는 알았다고 했어요. 그리고 할아버지가 돈을 주셨어요. 그 여자는 할아버지께서 주신 돈을 가지고 떠났어요. 할아버지는 절대로 아빠한테 떠난다는 말하지 말고 떠나라고 하셨어요. 만약에 아빠한테 떠난다고 말하면 그냥 두지 않겠다고 할아버지가 소리 질렀어요. 그랬더니 그 여자가 울면서 죄송하다고, 말하지 않고 떠나겠다고 말했어요. 그렇게 그 여자가 외롬이하고 떠나는 준비가 한 달이나 걸렸어요.

어제 할아버지께서 서울 오셔서 그 여자가 떠나지 않고 우리나라에 있을까 봐 할아버지께서 공항까지 함께 데려다주고 비행기 타는 거 확인하고 오늘 시골에 가셨어요. 할아버지께서 저한테 엄마한테 미안하다고 모두 할아버지 죄라고 전하라고 하셨어요. 그러니 이제 걱정하지 마시고 편하게 사세요.

언제 저렇게 철이 들었는지 대견스러울 정도로 철이 들었다. 아니 무섭기까지 했다. 저녁이 되자 남편이 집으로 왔다. 물을 못 마셔 가뭄에 시들어가는 잡초처럼 시들한 몸으로 들어왔다. *왜 왔니껴?* 아무것도 모르는 척 물었다. 남편은 말했다. *내가 죄 받았어, 그래서 그 여자가 내한테 말도 없이 떠나 뿌랬어.* 그 한마디를 하고는 침대에 쓰러졌다.

이튿날 영주로 시아버지를 만나러 새벽 기차를 타고 내려갔다. 세상은 가을빛이 완연했다. 기차는 창밖 풍경을 밀어내며 영주를 향해 달렸다. 영주역에 내려서 시집으로 들어가니 시아버지와 시어머니는 죄인처럼 굴었다. 조용히 밥상을 차려온 시어머니를 보면서 물었다. *어머님! 아버님 용서하셨어요? 용서라이, 부처님도 돌아앉는다는 일을 우째 용서할 수 있노? 너들 보고 그냥 목심 다할 때까지 숨 쉬는 거제.* 거기까지 듣고 말 줄기를 잘랐다. 갑자기 시어머니가 측은하고 무생물이라는 생각이 들었다. 밥 생각이 없어 그냥 있는데 시아버지가 들어왔다.

에미야, 내가 참말로 죄가 많은 사램이따. 이 전부가 내 때문에

일어난 일이따. 그래이 내가 대신 사과하마. 지끔 니한테 먼 말이 위로가 되겠노만, 우째겠노 아 들 보고 니가 맴을 삭히고 살아야제. 그 말도 내 염치없는 말인 동 안다. 니 맴 내키는 대로 해라, 죄인이 먼 말을 하겠노. 그룹제만 니는 자슥 하나는 잘 키왔드라. 내 손주 눔 참말로 똑똑하고 니에 대한 효성이 지극하드라. 내가 다 부룹드라.

내한테 내리 와서 조목조목 따지민서 왜 우리 엄마만 당하고 살아야 하느냐고, 우리 엄마가 잘못한 게 머 있느냐고 내한테 따지고 덤비는데 내 할 말이 없어 비지땀을 흘렜다. 아무리 손자제만 손자 보기에 참말로 부끄르와서 혼났다. 언제 벌써 논리 정연하게 옳고 그름을 따질 만큼 컸는 둥 대견스룹기도 하고 민망하기도 해서 내 쥐구멍에라도 들어가고 싶었다. 니는 아들 하나는 참말로 잘 키왔드라. 피곤할 텐데 쪼매 누서 쉬그라.

시호랑이는 조용히 일어서서 밖으로 나간다. 그리고 한숨 자고 일어나니 저녁이 가까워져 왔다. 일어나서도 눈을 감고 조용히 있다. 이 세상이나 저세상이나 사람 사는 것은 똑같을까? 생각하고 있는데 어머님이 꿀물을 타가지고 들어온다.

에미 자나? 일나서 이 꿀물 쪼매 마시고 자라. 빈속에 그래 오래 자믄 몸 축난다. 마치 안자고 눈만 감고 있는걸 알기나 한 듯 말하면서 아기를 일으키듯 몸을 부축해 일으켜준다. 그리고 꿀물을 입에 강제로 들이댄다. 달콤해야 될 꿀물이 맹물처럼 밍글밍글 구역질이 난다. 그래도 어머님 정성을 봐서 마신다. 어머님께서는 조용히 조심스럽게 입을 연다.

에미야, 속이 마이 상하제? 내 누구보다 그 맴 잘 안다. 그릏제만 그까짓 거 아무꺼도 아이라고 생각해라. 그보다 더한 사램도 죽고 사는데 사램 한 핑생 살민서 먼 일이 없을노? 먹을 거 먹어가민서 냉정하게 생각해서 니 살고 싶은 대로 살그라. 인생 살아보이 참으로 짧드라. 나도 니 시아바이 때문에 맴 고상하던 그 시간도 돌아다보이 아깝다, 인제 오늘 밤에 죽을 동 낼 죽을 둥 모르는 나이가 되이 시상 그래 아둥바둥 살 일이 아인 걸 쾌이 그래 속 태왔다 싶기도 하고 허무하다.

내 속으로 놓았제만 어데 자슥을 겉을 놓제 속을 놓지 몬하이 우째노. 나는 니가 맴 핀한 대로 사라고 하고 싶다. 안 살고 싶그든 같이 살지 말고 싫그든 보지도 말고 해라. 니도 인제 적은 나가 아이따. 남은 삶은 속 끓애지 말고 니가 좋을 대로 살그라. 니가 속 끓이다 빙이래도 나른 시상 다 줘도 아무 소용 없는 게 인생이다. 내 살아보이 그릏드라. 그른데 그걸 알지 몬했으니 빙신매로 살았제. 단 하루래도 속 끓이믄 니 인생 하루만큼 숯이 되이 니 나에 쉽지는 않겠제만 그래 살아라, 그게 니를 위해 좋은 일이따. 하고는 일어서서 밖으로 나갔다.

영주에도 답이 없었다. 답을 찾지 못하고 다시 기차를 타고 시어머니의 말을 곱씹으면서 서울에 왔다. 집에 들어서니 아주버님이 집에 와 있었다. 아주버님이 우짼 일이이껴? 그레는 제수씨는 어데 댕게 오시니껴? 지는 시골 갔다 오는 길이씨더. 아주버님은 우짼 일이이껴? 지는 요기 병원에 검사하고 오는 길에 들렜니더. 빌일 없제요?

사람은 예감이 있는 걸까? 아주버님 빌일이 많니더. 먼 빌일요? 나는 있었던 이야기를 모두 말했다. 답이 나오지는 않지만, 말을 할 수 있음에 조금 속은 후련한 느낌이 들었다. 다 듣고는 아주버님은 딱 한 마디를 했다. *우리 집구석 다 끝났니더!* 한마디를 던지고는 간다 온다는 말도 없이 일어서 가버린다. 붙잡지도 않았다. 붙잡을 기분도 아니었다. 어떻게 살아야 할지 생각이 실타래처럼 엉킨 시간을 풀지도 못하고 6개월이 지났다.

멍청이로 살아가는 데 6개월이나 흘러버린 것이다. 숙명의 그림자에 갇혀 먹지처럼 까맣게 흔들리며 살아가던 어느 날 아주버님이 집에 왔다. 시원한 맥주와 땅콩 안주로 서로 건배를 하고 모든 복잡한 일을 마시듯이 마셨다. 그렇게 연거푸 한 병 두 병 세 병까지 아무 말도 하지 않고 마셨다. 세 병 마지막 잔에 거품이 게거품처럼 잔을 철철 넘어오는데 아주버님이 한마디 했다.

제수씨 잘 사소. 갑자기 아주버님 어데 죽으로 가시니껴? 야! 죽으로 가니더. 아주버님은 참 농담도 잘 하시니더. 아주버님 농담이라도 죽느니 어쩌니 이른 말씸은 하시지 마소. 농담이 아이고 진짜씨더. 제수씨 지가 전번에 말했제요. *나는 51살에 죽는다고.* 참

말로 아주버님이 밍을 관장하는 밍부시왕이이껴? 그른 명리학이
멀 맞는다고 그래 사이비맨치 잠깐 공부해서 다 아는 것맨치 말씸
하시는 걸 누가 믿기나 한다니껴?

하긴 그릏제요. 그릏제만 그건 무시할 수 없는 숙명 같은거씨더.
아주버님 지 이름이 숙명인데 어데서 숙명을 찾니껴? 제수씨 농담
이 아이고 지 말씸 잘 들어보소. 지가 올해 쉰한 살이잖니껴? 6개
월 전에 검사할 때 아무 이상이 없었는데 오늘 가니까 급성간암
말기라니더. 길믄 6개월 짧으믄 2개월 시한부 시간을 받아왔니더.
이제 꼼짝없이 저승으로 가야 되이 우째믄 제수씨하고 술 마시는
것도 마지막이 될지도 모르겠니더. 꼭 느낌이 그래서 빙원서 지끔
바로 들렀니더.

나는 심장 하나가 또 쿵! 하고 떨어지는 소리를 들었다. 높은 돌
담에서 크게 자라 누렇게 익은 호박이 땅바닥으로 떨어지는 소리.
아무 말도 못 하고 맥주를 모두 목구멍으로 털어 넣었다. 아주버
님 말이 씨가 된다고 농담도 그래 하시믄 안 되니더. 진짜씨더. 제
수씨만 알고 아무한테도 말하지 마소. 인명은 재천(在天)인데, 하늘
의 뜻에 따라야제요. 하고는 아무렇지도 않게 술을 마신다.

남의 일인 듯한 아주버님 말에 아무런 말도 하지 못하고 술만 마
신다. 그렇게 술병이 다 비어 술병에 빈 공기가 드나들 즈음 나는
말했다. 아주버님 진짜믄 큰 빙원에 가서서 치료를 해야제요. 아
니! 아니! 인제 늦었다니더. 빙원에서 방벱이 없다니더. 지도 더 살

고 싶지도 않니더. 이릏게 다 썩어서 혼탁하고 냄새나는 시상 얼릉 떠나서 좋은 시상에서 살고 싶니더.

낙담하는 표정이다. 나는 일어서서 술상을 발로 걷어찼다. 술상에 있던 안주들이 비명을 지르면서 뿔뿔이 흩어졌다. 맥주병도 구르고 싶은 대로 이리저리 굴렀다. 그리고는 술이 잔뜩 취한 아주버님을 이끌고 택시를 잡아타고 큰 병원으로 갔다. 응급실로 가서 입원을 시켰다. 그리고 형님께 연락하고 집으로 왔다. 이튿날 병원으로 가면서 무궁화를 한 다발 꺾어갔다. 색깔별로 꺾으면서 무궁화에게 말했다.

무궁화야 우리 아주버님 무궁무궁 무궁하게 살 수 있게 해줘! 니는 할 수 있잖아! 무궁화는 알았다며 환하게 웃으며 나를 쳐다보더니 이내 고개를 절래절래 흔들었다. 무궁화를 다시 달랜다. *꼭 낫게 해줘!* 멀뚱하게 나만 올려다보고 있는 무궁화를 안고 병실에 도착했다. 아주버님은 나는 본 척도 않고 무궁화에만 눈길을 주었다.

야! 시상에 태어나서 무궁화 꽃 선물은 처음 받아보니더. 고맙니더. 이 무궁화를 보이 통증이 확 사라지니더. 그리고는 무궁화를 침대 옆에 물을 받아와서 꽂아 두고 냄새도 안 나는 꽃에 코를 들이대고 킁킁거렸다. 조금 후에 간호사가 들어오더니 *병실에는 꽃을 두면 안 됩니다.* 말과 동시에 꽃을 쓰레기통에 처박아버렸다.

아주버님은 병실이 무너지도록 큰소리를 질렀다. *이 무식한, 머저른 게 있어!* 소리와 동시에 내려와서 꽃을 다시 주워 꽂는다. 간호사는 병원 규칙이라 안된다니까요. 다시 빼앗으려 한다. 내가 말렸다. 잠깐만요! 잠깐 주치의 선상님 쫌 만내게 해주소, 선생님도 소용없어요, 병원 규칙이라니까요! 규칙 알겠는데 잠깐만 꽂아 두고 밖으로 나와 지 쪼매 보시더.

그렇게 밖으로 나오다가 주치의 선생님을 만났다. 선상님 부탁이 있니더, 여기 404호 환자 보호자씨더. 예, 그런데요? 우리 아주버님이 꽂을 좋아하셔서서 가주고 왔는데 규칙상 안 된다민서 간호사가 쓰레기통에 처박아 버렜니더. 규칙이란 환자를 위한 규칙이어야 되제요. 독방인데 환자가 꽂을 보고 기분이 좋아지믄 몸 상태도 좋아지고 통증도 잠시 잊을 수 있고 좋은 점도 있는데 규칙이란 상자 안에 가둬놓고 무조건 저릏게 하는 게 과연 환자를 위한 거란 말이이껴?

빙원 규칙은 환자를 위해 있는 거 아이이껴? 환자는 안중에도 없고 빙원 규칙 잘 지케서 돈만 벌믄 되는 게 규칙이이껴? 의사는 나를 처다보면서 말했다. 꽂 알레르기 등…; 나는 의사 말을 가위로 뭉텅, 잘랐다. 물론 알레르기 때문에 그래는 거 아니더. 그릏제만 알레르기보다 그 어떤 것보다 환자의 기분을 살피고 치료하는 게 빙원이 할 일이지 규칙에 따르라고 환자가 좋아하는 꽂을 쓰레기통에 넣는다는 건 너무 과한 것 같니더. 그래고 그건 주의 사항이지 간호사가 직접 우리 허락도 없이 쓰레기통에 처박는다는 건 간호사 자질에 문제가 있다고 생각하니더.

시호랑이 길들이기

27

  내가 따지듯이 말하는 걸 듣고 있던 의사는 말했다. 하긴 이 환자 같은 경우 기분이라도 좋게 지내시도록 해 드리는 것이 최선이긴 합니다. 그럼 꽃을 꽂아놓고 보시게 하세요, 어이 간호사 여기 404호 환자 꽃을 꽂도록 그냥 두세요. 하고는 복도로 하얗게 사라진다. 그렇게 꽃을 다시 꽂아 두자 아주버님은 표정에 아픈 그늘을 밀어내고 환하게 웃었다. 순간 참 순수하고 아름다운 박꽃 같은 웃음이란 생각이 들었다.

  그렇게 열흘쯤 입원하고 있는데 병원에서 퇴원하라고 한다. 병원에서 해 줄 수 있는 것이 없다고. 약을 타고 집에 갔지만 통증이 심해져서 동네 병원에 입원하기 위해 집 층계를 내려오는데 아주버님은 층계 한 칸 한 칸을 내디딜 때마다 *나는 간다! 나는 간다! 잘 있거라 나는 간다!* 노래를 부르면서 내려왔다. 깜부기 피리 소리보다 더 슬픈 소리였다. 겨우내 눈보라를 잘 버티고 파랗게 일렁이던 보리밭 물결이 파랗게 눕는 소리가 들렸다.

그렇게 입원을 하고 한 달이 지나고 아주버님이 그렇게 기다리던 사법고시 합격 통지서를 받았다. 아주버님은 병실에서 사법고시 합격 소식을 듣고 잠시 정신이 반짝 드는 것 같았다. *제수씨 그게 참말이이껴? 그래믄 이렇게 빙원에 있을 것이 아이고 잔체를 벌여야제요. 당장 퇴원 절차 밟으소. 예, 당연히 잔체 해야제요. 아주버님 쪼매 더 좋아지믄 그때 동네잔체도 벌이고 대대적으로 지가 행사를 준비해 드릴 테이 얼릉 나을 생각이나 하시믄 되니더. 제수씨 문방구에 가서 볼펜하고 공책 쫌 사다 주소. 잔체 할라믄 행사에 초청할 사램들과 준비 사항을 내 적어볼라고 그래니더. 야, 알았니더.*

나는 문방구에 가서 아주 비싼 몽블랑만년필을 사고 그 문방구에서 제일 비싼 겉장이 가죽으로 된 공책을 사다 드렸다. 아주버님 눈빛이 갑자기 빛났다. *제수씨 이 만년필 비싼 건데 우째 이래 비싼 걸 사오싰니껴? 사법고시 되싰으이 좋은 만년필이 필요할 것 같애서 선물이씨더. 제수씨 고맙니더. 잘 쓰겠니더.*

그때 그 순간 그러니까 운명이 십 분도 안 남은 그 시간에는 본인도 죽을 사람 같지 않게 말하고 보내야 할 나도 병이 다 낫고 금방 퇴원을 할 것 같은 착각으로 대화를 나누었다. 그러나 아주버님은 내 잠이 쏟아지이 한잠 자고 일나서 행사 계획을 짜줌씨더.

하고는 조용히 눈을 감고 말은 공수표로 날리고 다시는 눈을 뜨지 않았다. 세상은 암흑 속으로 침몰되었다. 혹시나 싶어 코 밑에 손가락을 대어 보았으나 숨소리는 흔적도 없이 어디론가 사라져버렸다. 의사가 달려오고 사망 진단이 내려지고 하얀 홑이불은 얼굴까지 덮어버렸다. 다시는 홑이불을 걷어내고 아주버님 얼굴을 볼 수 없었다.

조락(凋落)의 별빛이 세상에 초목들을 마구잡이로 흔들었다. 51년 된 우주 한 채는 또 다른 우주로 날아가 버리고 도토리만 한 생은 상수리나무 그늘에 앉아 단단한 바퀴가 되려는지 방향을 흔들어보고 있다. 바람은 산을 마구 휘감아 미처 여물지 못한 열매들을 투두두두 투두두두 마구 떨어트렸다. 마치 이 열매쯤은 아무것도 아니라는 듯 풋내를 겨우 면한 설익은 열매를 떨어트리면 무한한 욕구를 넘어서서 안위(安慰)와 만족과 큰 기쁨을 얻는 것일까? 어떤 것이 맞는 건지는 모르지만 바람은 자기들끼리 아무것도 아니라는 듯 낄낄거리며 윙윙거리며 어디론가 가고 있다.

나뭇잎을 마구 흔들다가 한 사람의 몸속에 있는 바람을 씨도 안 남기고 꺼내서 어디로 가져가는 건지? 나는 모든 것이 헛일이란 생각이 들어 시 한 수를 썼다.

헛

새 눈물샘 헛물 소리 키우고

파란 구름 하늘에 양 떼 울음소리 키운다

헛바람

내 허파 속 헛웃음 공장 차렸는지

자꾸만 헛웃음 나온다

최후의 결말 보장하려는 듯

시리도록 슬픈 헛웃음꽃

물고기 눈물 바닷물 짜게 만들고

헛꽃들 헛웃음 허공에 헛수고로 부서진다

헛공약

헛디딤

헛삶

헛이란 놈 헛앞 헛붙어

모두 헛배 부른 헛일 되었다고 투덜거리자

헛개나무 반기를 든다

헛소리하지 말라고
자신은 헛이란 말 붙어 개나무 면했다고

신은 모든 일 헛일 되게 내버려 둔다

먹는 일
걷는 일
자는 일
권세 명예 돈 모두 헛만들어
사람들 이 세상속 헛걸음으로 다녀가게 하는

저 나쁜 헛이란 놈

어떻게 없애야 헛일이 안 될까?

곰곰 헛생각하는 헛헛한 헛밤

그렇게 멀쩡하게 살아있던 사람이 어느 곳인지도 모를 곳으로 끌려가고 그 슬픔에 나의 슬픔을 묻고 살았다. 세상 모든 일이 그렇게 허무하게 사라지는 일이란 생각에 남편의 바람 시아버지의 바람 그것을 당하는 사람들 모든 것이 헛되고 헛되다는 생각에 유령처럼 조용히 흐느적흐느적 시간을 죽이고 있었다. 아무 생각도 감각도 없이, 그렇게 시간을 지우고 있던 어느 날 또 다른 사건이 나를 늪에서 잠깐 헤어나게 했다. 아니 또 다른 소(沼)에 빨려 들어가게 했다.

빈, 아

이진화라는 남자의 아버지 그러니까 시호랑이 집으로 시집을 왔을 때 그 시집은 직선의 말들로 높은 담장을 쌓아 놓은 집이라 답답했다. 담장 때문에 아름다운 바깥 풍경을 볼 수 없었다. 그렇지만 누구도 담장을 허물고 바깥 풍경을 보려고 하는 수고를 하려는 시도조차 하지 않고 담장에 갇혀 살고 있었다. 엄마의 말을 따르자면 바른말이 말대답이라 귀에 딱지가 앉았지만 그렇게 살 수 없는 세포로 만들어진 것 같다.

왕은 독재를 휘두르며 하고 싶은 말을 다 하고 백성들은 고개 숙이고 그저 시키는 대로 하는 노예 같은. 어느 시대에나 노예는 있겠지만 노예가 되지 않겠다는 강한 의지를 가지는 한 똑같은 인간으로 태어나 노예로 살지 않을 것이다. 노예는 어찌 보면 자신이 자청해서 노예가 되는 것이다. 인류가 태어난 이후 늘 다스리는 사람과 다스려지는 사람이 공존한다. 그러나 다스리는 사람도 다스려지는 사람도 모두 잠깐, 동시대에 태어나 함께 살아가는 동료다. 노력만 하면 다스림과 다스려지는 사람의 관계는 늘 뒤바뀔 수 있음을 망각하기에 날아보지도 않고 날기를 포기하는 날짐승처럼 우리는 그렇게 다스려지고 다스려짐을 당하며 인권을 훼손하는 것이다.

닭이 날기를 포기해서 날개가 퇴화했듯이 어쩌면 평등을 포기하고 노예를 포기하는 게 인간이 아닐까? 본인의 의지 없이는 평등이 오지 않음을 생각한다. 나는 가정 평화의 깃발이 휘날리게 할 대안을 궁리해서 바로 행동에 들어갔다. 햇볕 정책을 쓰기로 맘먹고 조금씩 햇살을 퍼뜨리기 시작했고 따뜻한 입김으로 두꺼운 벽을 허물 수 있다는 것을 믿은 후 시아버지의 완고한 벽을 허물기 시작했고 드디어 허물었다.

따뜻한 입김 하나로도 뜨거운 음식을 식히고 언 손도 녹일 수 있다. 조금씩 조금씩 온기를 데우면 아무리 견고한 얼음덩이도 녹아내려 얼마 후 담장 속 퉁퉁 불어터진 국숫가락 같은 말들이 쫄깃쫄깃한 말들로 바뀌고 바깥의 풍경이 수시로 드나들고, 메말라 서걱거리던 말들이 촉촉해지기 시작할 것으로 생각했다. 함께한

세월은 초현실주의보다 더 초초현실주의로 다가와 말들이 모두 한 곳으로 모아지고, 마음도 한 곳으로 모아지고, 반짝이는 별빛처럼 초롱초롱 눈들이 밝아져 온 가족들 할 말 하고, 할 일 하면서, 함께 단단한 울타리 속에서 기린의 몸통에 얼룩말 무늬가 얼룩얼룩 멋스러운 종아리, 산 노루의 눈과 쥐의 쫑긋한 귀를 닮은 아름다운 오카피 같은 평화의 전당을 만들어갔다.

툇마루가 불러온 꿀잠에 모두 동침을 하고 구름 베개를 베고 초록 그늘을 당겨 덮는다. 그늘에 모인 잠들이 시원하다. 담을 거의 다 허물자 앞산에서만 놀던 뭉게구름 떼와 산바람들이 집으로 몰려들기 시작한다. 가끔 나뭇가지에 걸려 펄럭이는 바람도 있었으나 그것쯤은 모두가 감수하는 눈치다. 세상 바람과 햇살과 산신들까지 합세하는 통에 식구 많은 샛터 동네는 나 숙명이 시집온 후부터 늘 시끌벅적 웃음소리가 단산을 지나 옥대를 지나 좌석을 지나서 연화동 폭포까지 올라가 급기야 소백산 머리 꼭대기까지 오르게 하리라 야무진 마음을 먹었었다.

모두 각자의 웃음을 싣고 연화동까지 가면 동네는 일개 소대가 움직인다며 모두의 부러움이 거리에 깔렸다. 행복을 집안에 모종한 지 몇십 년 행복 싹이 넝쿨져 또 다른 넝쿨을 만들고 수십 년을 쏜살같이 먹어치운 시간이 아쉽기만 하다. 그렇게 행복 넝쿨에 싸여 살던 시호랑이가 당신의 전 재산을 내 앞으로 명의이전한다. 오랫동안 써먹은 이름이 내 이름으로 개명되는 순간이다. 그 이름

석 자는 도대체 어디로 가는 걸까. 이젠 어느 곳에도 맺힌 말이 없어졌다. *에미야! 집도 땅도 통장도 전부 다 니를 주고 인제 나는 빈, 아다.*

빈, 아, 빈, 아, 빈, 아… 텅텅 울리는 텅 빈말. 나무 옹이처럼 쓸쓸한 말. 머릿속을 박박 지워도 밑줄 친 문장처럼 가쁜 숨 입안에서만 맴도는 둥근 말들이 촛불처럼 흔들린다. 구름과자 꽁초로 기침을 비벼 끄는 손가락 사이로 붉은 노을이 흩어진다. 늙은 삐비꽃이 차갑게 울어댄다. 호랑이 구름과자 피우던 시절이 그립다. 발등 위에 떨어진 눈물에서 팔딱거리는 말, 빈, 아 빈, 아 빈, 아… 빈, 아가 서러운 메아리로 젖는다.

돌아갈 길목 지나간 봄을 이어붙일 순 없을까? 저 가혹하고 싸늘한 죽음의 빛. 휘청휘청 사방 벽을 향해 걸어가는 노인을 내려다보는 저 무심한 낮달 비틀, 허방을 짚는 생에 나는 머리맡에서 속수무책을 꺼내 든다. 우리 집은 딸들이 많애서 내 살아있을 때 재산을 모두 이전해 줘야 된다. 그래믄 똑같이 나누어 주믄 되제요. 야가 먼 씨잘데기 없는 소릴 하노. 논갈라 주믄 땅은 다 팔아먹고 할매 할배 조상 산소는 누가 관리하고 내 죽으믄 너 어마이도 있는데 아프기라도 하믄 우쩔라고 그른 소릴 하노. 그래도 재산 땜에 형제들 사이 안 좋아지는 거 원치 않니더. 내, 니 맴은 진작 다 안다. 그 뜻은 좋제만 내 한평생 모은 재산 그래 다 찢어발길 생각은 없다. 그래고 요새 오래 사는 시대에 나나 너 시어마이 아프기

라도 하믄 너 일일이 동상들한테 손 내밀래? 손아래한테는 굶어
죽어도 절대로 손을 몬 내미는 벱이다. 니는 씨잘데기 없는 소리
하지 말고 내 시키는 대로 해. 암튼, 저는 재산 때문에 형제들 사
이 나빠지는 건 싫으니까 알아서 하소. 내 재산 내 맴대로 하는데
남을 주든 누구를 주든 저들이 왜? 그릏제만 그래도 말씀은 하서
야지 아님. 애들 고모들이 섭섭해하잖니껴. 지가 곤란해지니더. 그
래고 입버릇매로 아주버님도 반 주신다고 했는데 돌아가싰다고 안
주심 되나껴? 야가 지끔 정신 나간 소리 하는구나. 다른 집에 시집
간 메느리를 왜 줘?

　형님은 아주버님이 돌아가시자 다른 곳으로 재가를 했다. 돌아
가신 지 1년도 안 돼서 재가하신 걸 못내 서운해하신다. 보다 못해
내가 아버님께 한마디 한다. 아버님 형님이 혼자 살민서 매일 저리
울고 힘들어하는 거보다 차래리 슬픔을 빨리 잊을라고 간 것이 나
을지도 모르제요. 그래고 형님도 고생 마이 하싰는데 딸이라고 생
각하시고 이해해 주시야제요. 됐다! 시끄룹다, 왜 정신 빠진 소리
를 하고 그래! 안죽 애비 산소 잔디에 물도 안 말랐따. 내 앞에서
그 씨잘데기 없는 말 하지 마라. 그래도 조카가 있잖니껴. 갸한테
주믄 에미한테 가지 저 맹꽁이 같은 소리만 하고 그래노. 가고 안
가고는 따질 일이 아니잖니껴. 그래도 나누어 주시야지.

　씨잘데기 없는 소리 고만해라. 그래고 조카가 애비도 없이 저래
살다가 이 담에 장개 가서 혹시래도 살기가 어룹거나 힘든 일이 생

기믄 너가 도와줘야 할 거 아이라? 딴 집으로 개가한 에미가 자식 신경 쓸라? 그래이 너는 평생 조카가 어룹거나 힘들믄 작은어머니로서 돌봐줘야 하기 땜에 더더욱 이 재산을 가주고 있어야 된다, 내 말 알겠나? 작은아부지가 돈이 없어 빌빌 매믄 지 애비도 없는데 안 오게 되고 남남이 되고 만다. 그래이 재산을 지키민서 동상들이나 조카들이 오믄 차비 한 푼이래도 줘야 되는데 시상 물정도 모르는 니 말을 내가 들을 거 같나?

아무것도 모르는 철부지 취급을 하면서 문소리가 쾅, 집이 무너질 듯 방문을 닫고 나간다. 아버님은 형님이 시아주버니가 돌아가시자 다른 집으로 출가함에 몹시 서운해했다. 그 강한 시호랑이가 눈물을 짜던 생각을 하니 가슴이 아프다. 이리 보면 형님 입장도 이해되고 저리 보면 시호랑이 입장도 이해되어 나는 그만 입을 다물고 만다. 안 그래도 생떼 같은 아들을 잃고 천하 시호랑이도 기력이 많이 약해짐에 마음이 찡했던 참이라 그 부분은 입을 다물 수밖에 없다.

시아주버님이 돌아가신 지 1년 후 일이다. 남편이 시골에 다녀올 일이 있단다. 무슨 일이냐 물어도 대답도 없다. *걍 아부지가 댕게 가라네. 나도 같이? 아이 나 혼자 왔다 가래.* 무슨 일이든 아들은 뒷전이고 며느리하고만 상의하던 시아버지였다. 별 이유 없이 아들을 호출하는 일 절대 없었던 분이 무슨 일일까? 시골을 다녀온 남편이 하얀 서류봉투를 내 앞에 내놓는다. 시호랑이가 기어이 며느리 앞으로 모든 땅을 이전하고 그 서류를 가지고 왔다. 이거 머야? 왜 나한테 한마디 말도 없이 이런 일을 해? 나도 모르겠어. 아부지가 다 알아서 했어. 말도 안 돼, 증여세는? 증여세는 자기가 물었을 거 아니야. 그른데 모른다고? 몰래. 그것도 아부지가 다 알아서 했다이까.

퉁명스럽게 내뱉고는 휘익 밖으로 나가버린다. 시호랑이는 법무사를 통해서 법적 안전장치까지 해서 모든 땅과 집의 이름을 바꿔놓았다. 주말이 되자 나는 시골에 다녀오자고 조른다. 시골에 도착하자 무슨 일이냐며 놀란다. 아버님 드릴 말씸이 있어서 왔니더. 해 봐라. 먼 할 말인지 들어보자. 재산 문젠데요. 그 얘기는 끝났다. 다시 거론하지 마라. 아니요. 거론해야 되니더. 시누이들을 모두 앉혀놓고 이야기를 한 다음에 해야지 이러시믄 우째니꺼? 이른, 지 밥그릇도 몬 챙길 순둥이 같애 가지고. 그따우 소리 말고 얼릉 밥이나 머라. 그른데 아버님 제 말씸 쫌 들어보시라이까요. 우리 친구하기로 했제요. 갑재기 또 왜 친구. 친구는 친구의 말을 잘 들어줘야 한다 말이씨더. 알았다, 할 말 있으믄 해봐라. 내가 그누무 친구는 왜 한다고 내 발등 찍어가주고 거치믄 친구라고.

쫑알얼얼 쫑알얼얼 하는 말을 자르고. 아버님 의도는 알제만 모든 일은 순리가 있다구요. 우리 형제 사이좋게 지내길 원하시제요? 그거하고 이 일 하고 먼 연관이 있다고? 그건 아버님한테 서운한 게 아니고 지한테 화살이 다 꽂힌단 말이씨더. 왜? 내가 했는데 니한테 화살이 꽂히노? 잘 생각해 보시이소. 다른 사램은 전부 다 혈육이잖니껴. 그룻제만 지는 혈육이 아이기 땜에 지가 아버님하고 사이가 좋으이까 아버님 졸라서 아니 꼬드겨서 이렇게 했다고 화살이 지한테 향한단 말이씨더.

눈썹을 꿈틀하던 시호랑이. 니 의도는 단 1%도 안 들어갔다고 내가 말하마. 우뜬 것들이 그른 말 하그든 내한테 델꼬 온나! 그릏게 되믄 벌써 형제들 사이에 금이 가기 시작하는 거라고요. 참말로 내 재산 가주고 내 맴대로 하는데 머가 이래 까다롭고 복잡하노? 니는 가마이 있기만 하믄 되는데 긁어서 부스럼을 만드노? 저 결벡증을 어따가 써먹어, 그래믄 날 보고 우째라고? 시누이들과 시누이 남편들 전부 다 한자리에 모아놓고 자초지종을 말씸하시야 되니더. 그래서 반대 의견이 있으믄 그만큼 보상을 해 줘야제요. 야가 지끔. 니 지 정신이라. 먼 보상을 해줘. 다 갈채서 시집 보내 줬으믄 저가 보상을 내한테 해 줘야제. 먼 썩어빠진 소릴 하고 있노. 그래도 이건 아니씨더. 그래믄 알았다, 내 모아놓고 얘기는 하제만 보상 같은 건 입 밖에도 꺼내지 말그라. 야. 역시 우리 아버님은 최고. 이 지구상에 아버님 같은 시아버지는 단 한 분도 없을 게씨더. 아버님 최고.

두 엄지손가락을 치켜세우며 아버님 결정을 치켜세운다. 내가 왜 이래 니 말에는 꼼짝도 몬 하는지 몰따. 절대로 니 말 다 안 듣는다고 멩심하고도 결국에는 니 꾐에 넘어가이 나 참! 그거는 아버님이 인격이 훌륭하시서 그르시니더. 지 말 들으믄 인격이 훌륭하고 안 들으믄 독재라고 몰아 부채고. 우째 되었건 아버님은 최고라니까요.

그렇게 타협은 쉽게 이루어진다. 일주일 뒤 시호랑이 명령이 떨어진다. 전부 다 모아 놔라, 내일 서울 가마. 야, 충성! 명령 받잡겠습니더. 니 참말로 웃기는 재주 있다. 코미디언 해도 니가 제일 웃길 게다. 전화를 끊고 모두에게 전달을 띄운다. 일 주 뒤 시누이 가족을 집으로 초대한다. 모두 모인 자리 저녁을 먹은 후 시호랑이는 조금의 망설임도 없이 얘길 꺼낸다. 내 너들 전부 다 모이라 한 건 다른 게 아이고 평생 너들 핵교 다 시캐고 시집 다 보내고 인제 나도 늙었으이 은제 죽을지도 모르고 해서 남은 재산은 너 오래비 한테 넘게 줬다. 할 말 있으면 해봐라.

시누이들이나 시누이 남편들 모두 서로를 쳐다보더니 큰시누이 남편이 잘하싰니더. 당연히 그릏게 하시야지요. 하자 모두 이구동성으로 찬성의 의사를 던진다. 잘하셨습니다. 아버님 마음 편할 대로 하세요. 당연히 오빠 줘야지. 모두의 대답이 당신의 의도에 맞게 나오자 시아버지는 의기양양하게 한마디 한다.

거 봐라! 니는 괜히 그래 난리를 치고 그래제. 우리 딸이나 사우들은 다른 집 사우나 딸들하고 다르단 말이따. 내 니한테 안 그래다? 바지랑대가 빨랫줄을 밀어 올리듯이 말대를 세운다. 그래 그래믄 그래 알고 내 재산 내 맴대로 해도 되제만 에미가 하도 안 된다고 난리 쳐서 오늘 모이라고 했으이 그래 알그라. 시호랑이는 그 길고 흰 눈썹을 꿈틀거리며 딸과 사위를 둘러본다. 됐다, 인제 가 그라. 특유의 단답형으로 명령을 내린다. 나는 혼잣말처럼 중얼거린다.

저 시호랑이한테서 우째 이리도 착한 사램들이 태어났나. 머라고? 아이 아이 아무 말도 안 했니더. 아버님한테서 우째 저른 순한 양 같은 딸들이 태어났냐고 했니더. 내가 머 어때서. 자가 참말로. 아버님 히틀러보다 더 독재자씨더. 그래 독재인 나를 니는 우째 니 맴대로 가주고 노노? 지가 감히 가주고 놀다니요? 아버님이 인격이 훌륭하시서 지한테 가주고 놀래 주시는 게제요. 밤이 늦었니더. 얼릉 주무시소.

말을 끊고 잠자리 봐 드린다며 방으로 들어간다. 히틀러보다 더 독재자, 잠자리가 편하서야 또 천하를 호령하시지. 편안히 주무시소. 그 사건이 있고 난 뒤 시호랑이는 시골만 내려가면 에미야! 내 평생 재산 니 다줬다. 좋제. 니는 고맙다는 말도 안 하노. 야? 아버님 주기는 멀 은제 줘요? 논도 밭도 다 제자리에 있는데. 지가 주머이에 넣어 간 것도 아이고 싸 짊어지고 간 것도 아이고 차에 싣고 가지도 않했고 다 지 자리에 있는데 왜 지를 주싰다고 그래니껴?

어리둥절한 시호랑이 한참을 쳐다보다 그래 그건 맞다. 내중에 가져갈 때 고맙다고 인사드림씨더. 시호랑이는 뭐가 그리 우스운지 얼굴이 찌그러지도록 웃어대더니 니 참말로 재밌다, 니 말이 맞기는 맞다. 아예 고개를 젖히고 웃으신다. 구름다리 같은 웃음이 하늘 가득 걸려 뜰 앞에 있는 주목을 반짝반짝 흔들고 있다. 죽음 앞에서는 쓰던 물건 하나도 못 가져가면서 그까짓 땅이 무슨 대수라고 *땅! 땅! 돈! 돈!* 하며 재산 챙기기에 바쁜 인간들이 너무 하찮다는 생각에 시 한 수를 짓는다.

슬픔론(論)

머리꼬리도 없이 태어난 슬픔이 온몸으로 번진다

이유 붙일 수도 없는 슬픔

형체 없이 벙그는 날엔

누군가의 무릎을 베거나 구부리고 앉아

무릎 사이에 얼굴을 묻어보라

몸속서 차가운 휘파람 불며

차가운 고래 울음소리 듣던 슬픔

따스한 기운 못 이겨

자신의 소리 거두고 사라진다

따스한 체온 가진 무릎이 슬픔을 안아주기 때문이다

낚싯대가 휘친휘친 휘는 것은
늘 차가운 물 때문이고

대나무가 푸르고 꼿꼿하게 자랄 수 있는 건
마디마디 찬 슬픔을 안아주기 때문이다

슬픔이 절벽 오르다 굴러떨어지는 것은
햇빛의 체온 때문이고

바다에 질푸르게 출렁이는 이유는
물고기들의 차가운 울음소리 때문이다

차가운 식성 가진 슬픔은
세상 어떤 거대한 청소기로도 다 흡입할 수 없지만
둥글거나 따스함에는 발붙이지 못한다

슬픔은 고아다

슬픔은 자신의 정체성을 알지 못해

핏줄 찾아

온 지구를

정처 없이 떠돌아다니는 것이다

　시를 쓴다고 달라지는 건 아무것도 없지만, 어쩌랴! 이렇게라도 자신을 버티게 하는 건 누구도 알지 못하는 내 속내를 껴안아 주고 다독여주고 위로를 구름처럼 포근하게 감싸주며 숨을 쉴 수 있는 유일한 숨길인걸.

시호랑이 길들이기

28

도둑과의 대화

잠속으로 바스락 소리가 걸어 들어왔다 모자를 눌러 쓴 운동복 한 벌이 방을 뒤진다. *아들 머 찾아? 아들 머 찾아?* 아들은 침묵으로 가방과 장롱을 뒤지는 소리만 들려줄 뿐이다. *아들 머 찾는데 말도 없이 그래?* 아무 말 없이 가방을 들고 거실로 나간다. 엄마 잠 깰까 봐 조심하는 아들이 기특하다. 그렇지만 이불을 뒤집어쓰고 알몸으로 잠을 자고 있던 터라 일어나서 찾아주기가 거북해서 또 묻는다. *아들 머 찾는지 엄마가 찾아줄게.* 일어나서 이불을 둘둘 감으려는 순간 시퍼런 칼을 목전에 들이댄다. *움직이지 마! 움직이면 죽여! 살고 싶으면 그대로 가만히 있어!*

정수리에 찬물이 쏴아 흐른다. 그렇지만 별다른 방법이 안 떠오른다. 두 손 들어! 두 손을 들자 선풍기에 달린 전기선을 칼로 잘라서 두 손을 뒤로 돌리고 꽁꽁 묶는다. 소리 지르거나 큰 소리로 말하면 이 칼로 당신 목을 잘라 버릴 테니 죽고 싶지 않으면 조용히 하고 가진 돈 다 내놔. 아직 젊은 대학생 정도 되었을까? 초범인 것 같다. 입마개도 안 하고 까만 운동모자만 쓰고 떨리는 음색이다. 돈 어딨어! 말해 안 그러면 죽어! 칼을 목 가까이 들이댄다. 알았어. 그른데 학생 같은데 어머니 입원비가 없어서 그래? 아님 등록금이 부족해서 그래? 낯이 선량하게 생겼는데 먼 사연이 있어 이 어둔 새빅에 잠도 몬 자고 이래 나무 집을 털어야 할 만큼 절박한 사연이 먼지 쫌 들어보믄 안 될까? 잔소리 말고 입 다물어, 찌른다! 괜찮아 죽는 건 두렵지 않아. 그룽제만 나도 여자지만 살기가 절박할 때는 나무 집 담을 넘고 싶더라고 이눔 시상이 너무하다고 생각되고 야속할 때는. 그래서 학생을 보이 내 동상 같기도 하고 도움이 되믄 도와주고 싶어서 그래. 많은 도움은 아니어도 우리 집에 온 이상 먼 인연이 있으니까 왔을 게 아닌가?

전생에 내가 학생에게 무언가 빚진 게 있었던 것 같아서 빚 받으로 왔다는 생각이 들어서 그래. 내 말 이해가 돼? 학생 심정이 이해가 가서 하는 말이제. 쓸데없는 소리 집어치우고 돈 어디 있나 그거나 말해! 당연하지 도와주고 싶어서 그레는데 돈 어데 있나 안 가르쳐 주겠어? 은행 가서 찾아서라도 줘야제. 우리 인간은 서로 급할 때 도움을 주지 않는 매정함 때문에 학생 같은 사램이 맴을 잠시 잘못 먹을 뿐이야. 급하다고 하믄 주위에 누구라도 쪼매라도 도와주믄 그 위기를 벗어날 수 있을 텐데. 시상 인심이 너무 야박해, 내가 생각해도. 잔말 말고 돈 내놔 빨리, 죽고 싶어? 여게 침대 밑에 봉투가 있어. 꺼내 봐. 그거 우리 한 달 생활비야. 그거 꺼내서 어데 쓸 건지 몰라도 용도에 금액이 모자라믄 내가 은행 가서 찾아다 줄게. 비상금이라도. 우리도 넉넉한 살림이 아니라 그게 한 달 생활비야. 그레이 우리 같이 논갈라 쓰믄 안 될까? 나머지는 내가 구해볼게. 그레고 앞으로 급한 일이 있으믄 우리 집에 찾아와. 큰돈은 없제만 적은 돈이라도 절박할 때는 내가 빌려줄게.

학생도둑은 봉투를 꺼낸다. 봉투를 급하게 좌악 찢어버리자 20만 원이 방바닥에 낙엽처럼 흩어져 내린다. 뭐, 이까짓 거 가지고 한 달 생활비? 우리도 생활이 넉넉하지는 않아. 쓸 일이 많으믄 내가 더 보태줄게. 다 가주고 가든지. 쓸데없는 수작 마. 그리고는 신고해서 나 잡으려는 속셈 모를지 알고? 당신이 뭐라고 나한테 도움을 준다? 아주 수가 보통이 아니네.

칼이 더 가까이 목 쪽으로 들어온다. 찌르고 싶으믄 찔러. 어차피 한 분 죽을 목심이니까. 그릏제만 학생은 나를 죽이는 것이 목적이 아이잖아? 버리믄 개도 안 물어가는 돈 학생맨치 절박할 때는 목심을 살릴 수 있는 돈, 나는 학생에게 죽는 게 두룹지는 않아. 다만 무심한 시상이 너무 한탄스럽고 누가 한창 공부해야 할 학생을 이렇게 내몰았나 나 자신을 포함해서 모두가 공범이란 생각이 들어서 미안하구먼. 참말로 미안해.

학생은 겨누었던 칼로 방바닥을 쾅 내리찍는다. 18, 더럽게 걸렸네. 왜 내 마음을 건드리고 지랄이야. 당신이 뭔데. 내 아들 같애서. 학생! 사램은 일생을 살다 보믄 늘 하루에도 수없이 오르락내리락하는 날씨맨치 자신의 맴도 하루 열두 분도 더 변하게 맹그는 거야. 특히 급한 일을 해결할 방법이 없을 때는 학생맨치 이런 일을 택하게 하기도 해. 그게 사램이야. 학생만 잘몬된 생각을 하는 건 아니야. 누구나 잘몬된 생각을 하민서 살아가제. 그롷제만 그걸 뉘우치민서 사는 것이 사램이야. 급할 땐 급하게 수단과 방법을 가리지 몬하고 처리해야 할 일들이 종종 생기기도 하제만 해결하고 돌아서믄 후회가 될 때도 있어.

나는 절대로 학생맨치 장래가 창창한 우리나라 미래를 구렁텅이로 몰아넣는 신고 같은 건 안 해. 대신 학생은 어서 어려움을 극복하고 정정당당한 삶을 살아가길 바래. 얼릉 돈 가주고 가서 급한 일 처리하고 본연의 자세로 돌아가 공부 열심히 해서 사회에 꼭 필요한 사람이 되길 바래. 많은 도움 몬 줘서 미안하구먼. 어서 가주고 가.

학생은 분명히 울고 있다. 고개를 들지 못하고 있는 거로 봐서. 그렇지만 그걸 아는 척할 수도 없다. 학생은 돈을 두고 후닥닥 뛰어나가서 아파트 담을 넘어 저 멀리 뛰어간다. 뒤를 힐금힐금 돌아다보며 가는 앳된 얼굴이 종일 내 머릿속을 어지럽힌다. 빈 가방을 어깨에 멘 채 봉투는 두고 그대로 뛰어가는 앳된 얼굴. 그의 어깨에 매달려 내 손전화는 나를 기다리고 있을 것이다. 바로 전화를 하자니 그 학생이 겁을 먹을 것 같아서 오후쯤 전화한다.

8282 번호를 누른다. 너무 똑똑해 이름도 스마트 폰이다. 8282를 부르니 어디선가 뚜르르뚜르르 애타게 나를 찾는 울음소리. 어디에 감금되어 저렇게 울고 있는지 알 수 없다. 이제 몇 시간만 지나면 울 기운마저 쇠하게 될 차마 목소리를 더 들을 수 없어 끊었다. 그와의 인연이 여기까지였다. 밍크 방울도 사다 놓고 아직 달아주지도 못했고 포도주색 옷도 사다 놓고 한 번도 갈아입히지 못했는데 그 옷을 다른 스마트 폰에게 바꿔 입혀야 하는 가혹한 운명에 마음속으로 문자메시지를 보낸다.

겨우 4개월의 명을 받아 태어난 너 나와의 인연에 서러워 말고 편히 잠들그라. 다시는 그런 연으로 이 시상에 오지 말고 영원히 살 수 있는 그 시상에서 인연이란 끈을 잘라버리고 울지 마. 폰이여 안녕. 바스락 낙엽 한 장 바스러지는 소리가 귓전에 밟힌다. 그렇게 손전화를 보내고 다른 손전화를 구입한다. 생전 처음 구매했던 따끈따끈한 손전화. 그렇게 처음 첫사랑 손전화는 불의의 사고로 제명을 다하지 못하고 사라지고 만다.

일주일을 지난 어느 날 경비실에서 연락이 온다. 보관물이 있으니 찾아가란다. 내게 보관할 사람이 없는데 그렇지만 누구라도 물건을 맡겼으니 찾아가란 말 아닌가. 경비실에 간다. 경비 아저씨는 친절하게도 모르는 학생이 맡겼다며 가방을 내민다. *이거요. 어떤 학생이 맡겼어요.* 하고 내미는 건 분명 그 도둑 학생이 매고 나간 청으로 만든 가방이다. 고맙다는 말보다 먼저 급하게 받아들고 가방을 열어본다. 그 안에 손전화도 있고 반지며 목걸이도 그대로 있다. 대충 얼른 가방으로 집어넣고 경비아저씨께 고맙다는 인사를 건네고 집으로 온다. 혹시 나쁜 물건이라도 들어 있지 않을까 나쁜 생각을 하면서 조심스럽게 가방을 열어본다. 가방을 거꾸로 엎어 방바닥에 모두 털어놓는다. 이걸 팔면 돈이 꽤 될 텐데 어떻게 다이아몬드 반지도 목걸이도 그대로 땅바닥에 떨어진다. 어떻게 물건에 손도 안 대고 되돌려 보냈을까? 아무것도 없어진 것이 없다. 마음이 짠한 생각이 든다. 그런데 하얀 종이 하나가 딱지처럼 접혀있다. 펼쳐보니 거기엔 대학생이라 믿기 어려운 삐뚤삐뚤한 필체의 편지 내용은 가슴을 찡하게 만든다.

아주머니 놀라게 해서 죄송해요.

급한 일이 있어서도 아니고

꼭 써야 할 일이 있어서 아주머니네 집에 들어간 것도 아닙니다.

여자 친구하고 여행을 가려고 하는데 돈이 없어서

생각 끝에 한탕 하면 쉬울 것 같아서 처음으로 아주머니네 집에 들어간 겁니다.

그런데 아주머니께서 하시는 말씀을 듣고 부끄럽고 창피해서 눈물이 났어요. 많이 뉘우쳤습니다.

사실은 지난 여름방학 때도 한탕 해서 여행을 다녀왔는데 그때는 쉽게 했거든요.

그런데 이번에 아주머니 말씀 듣고는 많은 생각을 하게 되었습니다.

도둑인 제게 아들한테 말하듯이

차근차근 말씀해 주시는 상대를 헤아려 어렵고 급한 일도 아닌 저를

급하고 어려운 일이 있는 사람처럼 말씀하셔서 너무 부끄러웠습니다.

죄송합니다.

다시는 이런 생각하지 않고 열심히 공부해서 아주머니처럼 멋진 사람이 되겠습니다.

그때 정신이 없어서

아니 더 정확하게 말씀드리자면 혹, 신고를 하실까 봐 가방을 그냥 가지고 왔습니다.

그러나 이 가방에 있는 물건은 아무것도 손대지 않았습니다.

어렵게 사시면서도 남을 생각하시는데

도저히 손을 댈 수가 없어 모두 돌려보내 드립니다.

참으로 죄송합니다.

건강하십시오.

그리고 고맙습니다.

잊지 않고 열심히 살겠습니다.

다시는 이런 부끄러운 생각을 하지 않고 열심히 공부해서

어려운 사람을 돕고 사는 사람이 되기로 결심했습니다.

안녕히 계세요.

도둑 드림.

인간도 저 도둑처럼 지구의 심장을 조금씩 훔쳐 먹다가 다른 사
람의 멀쩡한 마음을 훔쳐 먹다가 죽음 앞에 가서야 뉘우치고 환골
탈태(換骨奪胎)를 결심하며 죽어가는 것은 아닐까? 물갈퀴 손 생각
이 다시 되돌이표로 돌아온다.

40도가 넘는 불볕더위를 만났다. 가만히 있어도 숨이 막히는데
모처럼 바람 좀 쐬러 갔건만 더워서 어떻게 할 수가 없다. 시아버
지께서 영주 시장에 볼일이 있다며 같이 가자고 했다. 집에 있어도
숨이 막히니 마다할 이유가 없다. 깨끗한 삼베옷을 입고 중절모를
쓰고 백구두를 신은 시아버지와 함께 버스를 타고 영주 시장에 들

러 볼일을 보고 나왔다. *에미야! 니 머 머꼬 싶노? 내 맛있는 거 사주마.* 하고 선심을 던졌다. *앗싸! 그래믄 냉면 먹으로 가요. 그래. 그래믄 저 짝에 냉면 잘하는 집 있다. 가자.* 시아버지 팔짱을 끼고 냉면집에 들어갔다.

냉면집엔 아직 이른 탓인지 손님이 한 팀밖에 없었다. 손님 대신 파리들이 우르르 몰려다니며 앵앵거리며 대낮의 땡볕을 가르고 있었다. 냉면을 시키고 컵에 물을 따르려니 파리 한 놈이 냉큼 물속에 먼저 들어가 더위를 식혔다. 파리가 목욕을 하게 그냥 컵을 밀어두고 냉면이 나오길 기다리고 있는데 맞은편에 앉아서 어머니와 아들이 앉아 짜장면을 먹으면서 *엄마 진짜 맛있니더.*

맛있다는 말을 꺼내고 그 자리에 짜장면을 넣고 있는 아이의 손이 예사롭지 않았다. 우리 쪽으로 그 아이의 시선이 옮겨 와서 얼른 시선을 피했다가 슬그머니 다시 쳐다보니 열 손가락 사이사이에 오리처럼 물갈퀴가 있어 꼭 오리발 같았다. 잠깐 훑어보고 있는데 또 아이의 눈이 우리 쪽으로 건너와 순간 눈을 화들짝 돌린다.

왜 그래노? 몬 볼 것 본 거맨치로. 아버님 목소리가 나자 그 남자아이는 우리 쪽으로 고개를 돌리더니 일어서서 우리가 앉아 있는 테이블로 걸어왔다. 흠칫 놀라는 사이 그 아이는 시아버지 앞으로 와서는 *아부지!* 하고 불렀다. 당황한 시아버지는 그 남자를 보더니 누 누 누구이껴? 아부지 지씨더. 지요. *진상이란 말이씨더. 사램 잘몬 봤니더.* 그러고 있는 사이 어머니가 아들을 부른다. 진

상아! 이리 얼릉 온나. 나무 밥상에 가서 그래믄 몬 쓴다. 엄마 왜 나무 밥상이로. 우리 아부지 밥상이제. 얼릉 이리 안 오나!

소리를 지르더니 벌떡 일어나 밥상까지 뛰어와서 아이의 손을 잡고 끌다시피 데리고 밖으로 나가버렸다. 먹던 곳을 보니 아직 짜장면이 그대로 남아있었다. 시아버지의 표정은 장성처럼 굳어 있었다. 무슨 일일까? 분명 뭔가 있다고 생각했다. *아버님 저 사람이 누군데 아버님한테 아부지라고 하니껴? 우뜬 미친 눔이제. 나는 모르는 사램이따. 정신이 조끔 돌은 아 같다. 얼릉 냉면이나 머라.* 나와야 먹제요.

당황한 게 확실하다. 나오지도 않은 냉면을 먹으라니. 파리가 수영을 하고 있는 물컵을 자신의 물컵으로 알고 당겨서 보지도 않고 파리도 같이 마셨다. 빼앗을 겨를도 없이 일어난 일이라 체념하며 컵을 당겨보니 파리도 마셔버린 게 분명했었다. 시아버지 얼굴이 가을낙엽처럼 말려드는 걸 보고 일어서며 말했다. *잠깐 뒤깐 댕게 올게요.* 말을 마치고 밖으로 나왔다.

둘은 아직도 밖에서 실랑이를 벌이고 있었다. 아들은 아직 덜 먹었다고 짜장면을 먹고 간다고 하고 엄마는 그냥 가자고 실랑이를 벌인다. *잠깐만요. 왜요? 아까 아부지라 부르던데 진짜 아부지이껴? 맞니더. 우리 아부지 맞는데 남 앞에서는 아부지라 부르지 마라 하니더.* 여자는 아들의 말을 손으로 틀어막으며 눈은 나를 향했다. *댁은 누구이껴?* 하고 도리어 물었다. 잠깐 생각을 굴렸다. 머느리라고 하면 바르게 말하지 않을 것이다.

아~ 지는 이 아래 시장서 장사하는 사램인데 저분이 덥다고 냉면 한 그릇 사주신다고 해서 냉면 머로 따라 왔니더. 그때야 긴장을 푸는 여인은 묻지 마소. 저 사람하고도 상관이 있니더. 그릏지만 이 몹쓸 미친년이 잘몬해서 아 한테 아부지란 소리도 몬 하고 아부지 없는 아로 크게 하고 죄인이씨더. 아아 그러시군요. 어데, 여게 가까이 사시니껴? 저게 터미널 뒤에 사니더. 아 알겠니더.

말을 마치고 얼른 화장실에 들어갔다. 온몸에 힘이 빠져 멍하니 서 있는데 밖에서 시아버지 목소리가 들린다. *야는 뒤깐에 가서 빠자 죽었나? 왜 이래 안 오노.* 밖으로 나와서 두리번거리는 소리가 화장실 문을 열고 들어온다. *안 빠자 죽었니더. 빠자 죽을 뿐한 일을 구경하느라고요. 냉면 머로 가야재요. 죽더라도 냉면이나 머꼬 죽어야제.*

당황해서 입은 헛말을 툭 내뱉었었다. 밖에 나오니 그들은 간 곳 없고 시아버지는 무얼 찾는지 두리번거리고 있었다. 다시 냉면집으로 들어가자 냉면이 나와 있었다. 파리란 놈이 먼저 코를 처박고 먹고 있다. 파리를 쫓으며 젓가락을 들었으나 떨려서 도저히 먹을 수가 없었으나 안 먹을 수도 없어서 후루룩 후루룩 단숨에 씹지도 않고 넘겨버렸었다. *니가 배가 마이 고팠구나. 그래도 얹힐라 천처이 머라. 당황을 마시는 거제 냉면 먹는 게 아니씨더.*

단숨에 먹고 시아버지께 뼈있는 말을 했었다. 시아버지는 아직

반도 안 먹고 씁쓰레한 얼굴을 하고 앉아있었다. 머릿속엔 온통 쓰레기통 쏟은 것처럼 지저분한 생각들이 마구 굴러다녔다. 아버님 얼릉 잡수소. 파리가 다 머 뿌레기 전에 얼릉 드셔야제요. 입맛이 없다. 먼누무 냉면이 이래 퉁퉁 뿔어빠자서 대체 맛이 있어야 먹제. 아버님 맴이 퉁퉁 뿔은 게 아이고 냉면이 뿔었니껴? 니 시방 머라하노? 아이요. 지도 다 뿔어터진 파리가 먹다 남은 냉면 다 멌는데 아버님도 얼릉 다 잡숫고 저녁차 타고 가야제요.

시아버지는 기어이 냉면을 뿔었다는 핑계로 남기고 돈만 지급했다. 냉면이 불어터져 이걸 먹으라고 해주니껴? 주인 여자한테 화조각을 떼었다. 그렇게 버스에 짐짝처럼 몸을 싣고 집에 갔다. 머릿속은 마구 헝클어져 어떻게 정리가 되질 않았고 시어머니가 무얼 눈치채고 있을까 두려웠다. 그런 것 같지는 않았지만 그래도 혹모를 일이었다.

어머님, 아버님은 술은 드셔도 여자는 가까이 안 하시는 모양이씨더? 왜 가까이 안 해. 장터 다방 여자나 식당 여자 바께른 기중 먼저 가는 게 니 시아부지다. 그래믄 속 안 상하니껴? 왜 안 상해. 그룹제만 아주 내놓고 살림 차린 사람도 많으이 그것만 아니래도 다행이라 생각하고 그냥 참고 사는 거제. 그래요. 다행히 여자를 사귀거나 그래지는 않네요. 그걸 누가 아노? 그룹제만 눈치로 보믄 그른 것 같지는 않으이 살림은 안 차맀나보다 하는 거제. 그른데 왜 뜬금없이 그른 거는 묻노? 그냥 궁금해서 물어봤니더. 궁금할 일도 많다. *그까짓 게 머가 궁금해.*

그 정도에서 마음을 읽어내니 전혀 모르고 있는 것 같다. 서울에 가기 전에 내용을 알아내야겠다는 생각에 이튿날 볼일을 보러 간다고 하고 집을 나섰다. 영주 터미널 앞에 내려서 주위를 둘러보았다. 소비도시인 영주에서 이름도 성도 모르는 집을 찾기란 어려워 보였다. 날씨는 방전도 되지 않는지 마구마구 뜨거운 불을 지피고 있었다. 그 아이 얼굴은 제대로 봐 두었으니 이 그늘에 서서 기다려 보기로 하고 터미널 앞 의자에 앉았다. 조금 있으니 어제 물갈퀴 소년이 터미널 앞에서 서성거렸다. 혼자다. 얼른 일어나서 그 소년 옆으로 갔었다.

누구시이껴? 놀란 소년이 물었다. 아, 어제 우리 냉면집에서 만났잖니껴. 아부지란 분하고 같이 냉면 먹…. 아~ 알겠다. 우리 아부지하고 냉면 먹던 분이군요. 맞디더. 기억 잘하시니더. 우리 어데 가서 애기 쫌 할라니껴? 어데 가서요? 요 앞에 다방에 갈까요? 야 맴대로 하소. 그른데 지를 아시니껴? 처음부텀 아는 사램이 있니껴? 야.

아이를 데리고 다방으로 들어갔었다. 이른 시간이라 우리가 첫 손님 같았다. 다방은 시골에 걸맞게 오래된 냄새가 묻은 노래가 흘러나왔고 다방 주인도 나이가 오래된 것 같았다. 키가 큰 그 여자는 앞에서 보기에는 그런대로 봐줄 만하더니 돌아선 모습에서는 완전히 할머니 나이가 붙어있었다. 이 소년을 잘 아는지. *얼릉 와.*

오늘은 낯선 분하고 왔네. 하고 반색을 했었다.

어디서부터 어떻게 말을 꺼내야 할지 난감한데 아이가 먼저 말을 꺼냈었다. 지한테 머 물어볼라 그래니껴? 팥빙수 멀래요? 팥빙수가 머이껴? 응 팥빙수를 몰래? 한 분도 머 본 적이 없니더. 그래요. 여게 팥빙수 하나 주소. 팥빙수 머꼬 차차 얘기해. 야. 얼음이 헤엄을 치고 있는 냉커피와 얼음을 갈아서 팥을 넣고 수북하게 보기만 해도 시원한 팥빙수가 나왔다.

목이 타서 냉커피를 단숨에 반쯤을 다 들이켰었다. 아이는 처음이라 먹을 줄 모르는지 가만히 앉아서 내가 커피 마시는 것만 쳐다보고 있었다. 그때야 아차! 싶어 숟가락을 들어 골고루 섞어준 다음 숟가락을 소년 쪽으로 그릇에 꽂아주었다. 이거 시원하고 맛있으니 머 봐. 야. 저~ 어머니는 어데 가셨어? 일하로 갔니더. 우리 엄마 식당에서 일하니더. 아~ 그래. 누나나 형 아니면 동상들은 없어? 야. 지 혼자씨더. 그래서 놀 사램도 없니더. 핵교는? 핵교는 국민핵교 졸업하고 중핵교 때 엄마가 아파서 몬 갔니더. 엄마는 가라고 했는데 아픈 엄마를 두고 우째 내만 핵교 가니껴. 그래 엄마가 아픈 게 쪼매 낫고 나이 내 친구들은 다 중학생이 돼 버레서 또 몬 갔제요.

아 그랬구나. 그래믄 아부지란 분이 생활비를 안 줘? 안 주이까 엄마가 몸도 아픈데 저래 식당에 설거지하로 나가제요. 아부지가 밉기도 하고 좋기도 하고 그릏니더. 아부지는 말만 아부지제 우리 집에는 한 분도 온 적 없니더. 그래믄 아부지란 걸 우째 알았어? 지가 국민핵교 입학할 때 한 분 오싰는데 아부지라고 했제요. 그레고는 두 분인가 와서 밥 사주고 갔니더. 그른데 요새는 안 오신지 2년도 넘었니더. 2년 만에 식당에서 그날 만냈는 거씨더. 아부지는 내 손이 이래 생기서 챙피해서 안 오는 게제요. 아이 그룿지는 않을 거야. 지끔 및 살이야? 열네 살이씨더. 집에서 책이라도 읽어. 우리 집에 책도 없니더. 그레고 맨날 맨날 터미널에 나가서 누나 기다래야 하니더. 누나를 찾아 나서고 싶어도 우리 엄마 불쌍해서 몬 가니더. 엄마가 아프거든요.

갑자기 숨이 콱 막히는 기분이 들었다. 한 모금 남은 커피를 마시고 일어서니 하늘은 온통 뜨거운 입김을 품어내느라 어디 한 군데 숨어들 그늘조차 만들지 않았다. 소년도 나와서는 제법 정중하게 인사를 했다. 잘 가이소. 그래. 엄마 간호 잘 해드레고. 밖에 나왔지만, 사방이 불볕더위 벽으로 꽉 막혔다. 생각의 정리가 필요했었다. 무엇을 어떻게 해야 할지 도무지 덥기만 했다. 소년을 보내고 다시 다방으로 들어갔었다. 덥기도 하지만 뭔가 답답함을 풀 수 있을지도 모른다는 생각에서였다.

얼릉 오이소. 다방 주인은 다정한 목소리로 인사를 먼저 던지고 얼굴을 들고 보더니 또 오싰니껴? 머 잊어삐고 갔니껴? 하고 친절로 아는 척을 한다. 아이씨더. 날이 너무 더와서 시원한 냉커피 한 잔 더 머꼬 갈라고요. 아 그래믄 그레 하이소. 냉커피 한 잔을 말

아서 가지고 왔다. 아까 진상이 잘 아는 사이이껴? 아이 잘은 몰래
도 쪼맨치 알제요. 아주 불쌍한 아 씨더. 그 아 엄마가 우리 친정
앞집에 살았니더. 어릴 때는 가정이 어려와서 일찍 인견 공장을 댕
겠제요. 할배 때 잘 살던 재산 일본군한테 전부 몰수당하고 그 울
화빙으로 할배가 돌아가시고 그의 아부지도 그 충격으로 술로 시
월을 보내고 엄마는 일찍 돌아가시서 아부지를 모시고 공장 갔다
와서 술주정뱅이 아부지 뒷바라지 하민서 컸제요. 그래다 보이 어
데로 시집도 몬 갈 지경인데 옆 마을에 머슴으로 있는 사람을 누
가 말해서 시집을 갔제요.

그른데 시집가서 3년도 몬 살고 쫓기 났니더. 글쎄 시집을 갔는
데 시아부지가 남편만 없으믄 시도 때도 없이 덤벼들어서 폭행을
했다니더. 그래서 몬 견딜 지경이었는데 어느 날 낮에 시아바이가
또 들이닥쳐서 몸부림을 치는데 서방이라는 작자가 들어와서 그
광경을 보고는 시아바이한테는 아무 말도 안 하고 자신을 내쫓아
서 쫓게서 친정에 왔제요. 친정 아부지는 술로 시월을 보내다가 결
국 간이 굳어 버렜제요. 아부지를 보내고 머꼬 살아야 하이까 식
당에 설거지하로 댕겠제요.

그 식당에서 우뜬 남자를 알았대요. 돈도 많고 멋쟁이라디더.
우리 다방도 두 분인가 왔는데 멋쟁이긴 하더라고요. 그릏게 그 남
자를 의지하기에 잘 됐다 싶었는데. 어느 날 아이를 출산했제요.
그 아이가 바로 그 멋쟁이 아들이라는데 가정이 있으이 집으로 델

꼬 가지도 몬 하고 더군다나 태어날 때 머 잘못되었는지 손꾸락 사이마다 물갈퀴가 있게 태어나서 그 아 가 태어나고부텀 발길을 끊다시피 한다니더. 가뭄에 콩 나듯이 한 분썩 아이 만나 밥 한 끼 사주고 만다니더. 그레이 아 가 사춘기 때는 울매나 힘들어 할지 걱정이 늘어졌니더.

죽고 싶다는 말도 여러분 했지만, 그때마다 지가 말랬니더. 저 정상도 아닌 아이를 두고 죽으믄 저 아이 장래는 우쩰 꺼냐고. 그래 겨우 고비를 넘겼제만 몸이 마이 안 좋니더. 시한부 인생을 살고 있제요. 진상이 핵교도 가야 하는데 손이 저러니 챙피하다고 핵교도 안 갈라고 하고 남 앞에 나서지도 안 할라고 하니더. 여름에도 장갑을 끼고 뎅게서 걱정스룹기도 하제요. 그른데 누구시이껴? 아는 사이는 아이고 식당에서 만냈는데 커피 한 잔 사주고 싶어서 델꼬 들어 왔니더. 말씸 고맙니더.

남은 커피를 입에다 들어붓고 밖으로 나왔지만 아이는 어디로 갔는지 보이지 않았다. 그렇게 그 아이 생각으로 여름휴가를 다 써버리고 서울로 다시 올라왔지만, 그 아이 때문에 아무것도 할 수가 없었다. 그 손가락 사이에 물갈퀴가 자꾸만 눈에 걸리고 학교에도 못 간다는 말에 마음이 자꾸 쓰였다. 시아버지한테 전화해서 기차를 타고 갈 거니까 영주역에서 잠시 만나자고 약속을 했고 시아버지가 잔뜩 긴장에 잠겨있는 표정이었다. 먼 할 말이 있다고? 금방 서울 가서 또 만내자 그래노? 불안감이 뭉실뭉실 얼굴에 기어 다

넜다. 아버님 지한테 숨기는 거 없으시이껴? 없다. 진짜 없니껴. 그래. 니 날 시방 심문하나? 심문? 그릏제요. 심문이제요. 내가 멀 잘 몬했다고 메느리한테 심문받을 짓 한 적 없다. 잘 생각해 보시제요. 심문이 아이라 아버님 솔직한 심정을 꺼내보고 싶니더. 멀? 아버님 직선으로 갈게요. 먼 길로 돌아가지 마시고 대답해 주소. 야가 참말로 원. 아버님 진상이란 아이 아시제요?

표정에 관심을 두고 물어보니 분명히 일그러졌다. 모른다. 참말로요? 참말 모른다. 그래믄 알겠니더. 그른데 니가 먼 증거로 그릏게 날 다그치노? 다그치는 게 아이라. 분명 그쪽에서는 안다는데 아버님은 모른다고 하시잖니껴? 누가 그래도? 진상이가 하는 말이 분명히 진상이는 아버님을 아부지로 알고 있던데요. 머가? 바늘 끝에 찔린 것처럼 팔딱 뛰었다. 아니믄 그만이제 왜 그래 놀래시니껴? 말도 안 되는 소리를 하니까 그릏제. 그래요? 우째 그 아는 아버님을 자기 아부지라 알고 있니껴? 그른 황당한 소리 하지 마라. 니는 나무 말은 믿고 시애비 말을 왜 몬 믿노?

순간 뭔가 자꾸만 미궁으로 빠진다는 느낌이었었다. 나는 무 자르듯이 싹둑 말을 잘라버린다. 알았니더. 서울로 가나? 야. 가야제요. 허탈함이 온몸을 휘감았었다. 내가 잘못했다. 잘 알지도 못하면서 시아버지를 의심하면서 불쌍하다는 이유 하나로 아니 시아버지와 분명 연관이 있을 거라고 믿으며 진상이를 돌봐주었다. 그러나 이 모두가 피었다 지는 세상사의 헛꽃 한 송이에 불과한 일이었다.

헛꽃

허공을 집요하게 붙들고
꽃들이 익어간다
빛이 녹슬어간다
최상의 화려 속에서 피고
최상의 슬픔 속으로 지는 기적의 언어들

자신이 놓은 덫에 걸려 발버둥 치며
목숨을 옥죄다 죽음으로 번지는 여행

부석사 금불상이 훠이휘이 손짓한다
비바람에 찢겨
볼품없이 찢겨
상처투성이 되어버린 이승으로 온 여행
겨울보다 서러운 합장

쌓이는 독 못 이겨 살이 허옇게 살 찢어진 솔가지 위로
푸르르푸르르 산꿩 울음 날아내리고
낮 하늘 초승달 파르르파르르 눈까풀 떨고 있다

영생을 누리려 애쓰는 독은
해독이란 말속에 해를 빼낸 오류다

빗방울 햇빛 푸른 그림자 싱싱한 물소리 만지작거리며 새 노래
들으며 적멸에 드는
꽃향기
낭떠러지에 서서 나아가지도 돌아가지도 못하고 어정쩡 어물쩡
비바람에 찢기고 눈보라에 저항하던 생, 여기저기 물새는 소리
난다
화무십일홍, 기발한 진화는 같은 시간에 귀속되지 못한다

먼 후생 오늘에 수세기 전 바람과 건기가 밀려들고 있다
헛꽃, 헛꽃, 헛꽃으로 하얗게 환전되고 있는 생

곡선으로 불어오던 바람이 수직 파문을 일으키며 고요하게 날아
내리는 시간, 검은 구름의 터진 배로 지루한 장마가 쏟아지며 언뜻
언뜻 보이던 푸른 하늘 같은 시간마저 보이지 않는다. 고사목에
기생하는 푸른 이끼는 누구의 전생인지 궁금해지지만, 근원을 알
수 없어 그저 푸르다. 굽이굽이 휘돌며 끊임없이 흐르는 실개천들
도 결국엔 바다로 가기 위해 긴 여정을 달리지만, 바다까지 가지

못하고 도중에 증발하기도 하듯 나, 숙명도 발꿈치에 하얗게 금이 가도록 그늘을 말리고 백도라지 같은 손으로 끝없는 삶을 매만지면서 살아왔다.

떨어져 너덜거리는 해를 곱게 깁고 남루한 달빛 흙을 털고 깨끗이 빨아 말리며 생을 물레질하던 심장에 남는 사람들. 해가 낮 동안 태워 재가 된 밤과 달이 밤 동안 태워 기름이 된 낮으로 끊임없이 태우던 가슴은 누구의 생을 비추기 위한 등불이었을까? 엄마처럼 살지 않겠다고 입버릇처럼 되뇌던 삶이 쌍둥이처럼 엄마를 닮아가고 있음에 숙명은 비 맞은 중처럼 중얼거렸다. 아! 엄마가 되어보지 않고 엄마처럼 살지 않겠다고 선언하며 기만하던 대가를 치르는 것이다. 납작한 겸허와 얇은 겸손 한 장이 모자라 행복이란 나무에 오르지 못하는 숙명. 조금 더 말을 아낄 걸 그랬나? 조금 더 물처럼 낮게 흘러야 할 걸 그랬나? 숙명이란 이름 탓일까?

그렇게 중도 아닌 신분으로 중얼중얼한다. 그러나 모든 일은 자신들의 빛을 뿌리고 사라져버리는 해와 달처럼 삶은 계란이 되어버린 삶이란 생각역에 도착하니 갑자기 엄마가 미치도록 보고 싶어 숙명은 숙명처럼 부석사로 향했다.

속세에 모든 것을 훌훌 벗어던지듯 머리카락 한 올도 남기지 않고 벌초를 한다. 민둥산처럼 반질반질한 산 아래 두 웅덩이에서 인진쑥 같은 눈물이 볼을 타고 주르르 흐르고 있었다. 현역인 숙명의 삶에 편입했던 달녀와 시호랑이와 아주버님과 진상이가 눈물을 글썽이며 숙명을 바라보고 있었다. 초충도(草蟲圖)에서 바람이 빠져나온다. 풀과 벌레가 쓰러진다. 봄꽃 화르르 내려앉자 딸깍! 차단기가 내려지고 세상이 암전(暗轉)으로 변해 버리듯, 숙명이 속세라는 조명을 끄고 백운고비(白雲孤飛) 속으로 자신을 밀어 넣자 숙명이 주인공인 영화는 막을 내렸다.

14권으로 계속